7/10/'98

Collection dirigée par Michel Simonin

DIDEROT

Contes

PRÉFACE, NOTES ET NOTICES PAR
BÉATRICE DIDIER

LE LIVRE DE POCHE
classique

Ce volume contient :

MYSTIFICATION
LES DEUX AMIS DE BOURBONNE
ENTRETIEN D'UN PÈRE AVEC SES ENFANTS
ENTRETIEN D'UN PHILOSOPHE AVEC LA MARÉCHALE DE ***
CECI N'EST PAS UN CONTE
MADAME DE LA CARLIÈRE
SUPPLÉMENT AU VOYAGE DE BOUGAINVILLE

Béatrice Didier est professeur à l'École Normale Supérieure (Ulm-Sèvres). Elle est l'auteur de nombreux essais sur la littérature du XVIIIᵉ siècle : *La Musique des Lumières* (1985), *Beaumarchais ou La Passion du drame* (1994), *Alphabet et Raison, le paradoxe des dictionnaires au XVIIIᵉ siècle* (1996). Elle a dirigé le *Dictionnaire des littératures* (P.U.F., 1994).

« N'êtes-vous pas Monsieur Diderot ? »

Mais qui est monsieur Diderot ? Bien malin qui le dira. Diderot le sait-il lui-même, et l'interrogation qu'il fait poser par la maréchale, ne se la pose-t-il pas, peut-être de façon plus aiguë encore dans ces années où se situent les contes ? Elles correspondent en effet à un moment de relatif répit après la fin de l'*Encyclopédie* dont les derniers volumes ont été livrés aux souscripteurs en 1766. Deux ans plus tard, lorsqu'il écrit *Mystification*, il est à peine remis de cette terrible entreprise qui a mobilisé seize ans de sa vie. Elle lui a valu des persécutions, un intense surmenage, le plaisir et les difficultés d'organiser le travail d'une équipe, tout en rédigeant par lui-même un grand nombre d'articles. Il a connu le bonheur et les affres de se trouver à la tête d'un ouvrage qui rend compte de toutes les connaissances, de toutes les institutions de son temps, et qui les remet en cause aussi, ou du moins les interroge.

La variété même des œuvres que Diderot a écrites jusqu'à cette date, si elle fait apparaître l'extraordinaire richesse du Philosophe, ne fait peut-être aussi qu'augmenter l'embarras de qui voudrait tenter de brosser son portrait. La maréchale poursuit son interrogatoire : « C'est donc vous qui ne croyez rien ? » « Cependant votre morale est d'un croyant. » Diderot va s'efforcer de lui expliquer qu'il n'est pas nécessaire de croire à l'au-delà pour se comporter en honnête homme. Ce qui nous semble assez évident apparaît comme une contradiction à la maréchale et à la plupart de ses contemporains. Depuis les *Pensées philosophiques* et la *Lettre sur les aveugles*, la réputation de libre penseur de Diderot est bien établie.

En 1769, il a commencé la rédaction du *Rêve de d'Alembert* où son matérialisme s'affirme dans les perspectives évolutionnistes les plus étonnantes. Son théâtre, du moins si on le lit à un premier niveau, tient un peu du prêche et exalte la morale familiale. Morale familiale que l'on oublie volontiers dans la fiction des *Bijoux indiscrets*, ce roman d'un libertinage parfumé d'orientalisme.

Diderot est essentiellement « le Philosophe », mais il est aussi homme de théâtre. Il a un œil de peintre et de metteur en scène. Son œuvre de critique d'art, avec les *Salons*, a pris une grande ampleur. *Son pittore anch'io*. Il est tout aussi passionné de musique, il a suivi de près les leçons de clavecin de sa fille Angélique. Les articles d'organologie qu'il a écrits pour l'*Encyclopédie, Le Neveu de Rameau*, qui est encore dans ses tiroirs, sont là pour témoigner de l'importance de la réflexion musicale dans sa pensée.

C'est peut-être, tout autant qu'à cause de la censure, en raison de sa propre complexité, de l'embarras qu'il éprouve à donner de lui-même une image unique, sinon unie et uniforme, que Diderot ne se précipite pas pour publier ses textes. Il aime cette demi-publicité entre gens de qualité que permet la faible diffusion de la *Correspondance littéraire*, quoique le destinataire aristocratique et princier de ce journal manuscrit oblige à certains ménagements. *Le Neveu, Jacques le Fataliste* restent longtemps en chantier, ce qui permet d'y revenir, de travailler par ajouts et petites retouches, au gré du vagabondage de ses « catins » de pensées ; et l'on verra que pour plusieurs contes la méthode de composition a été la même. Pas plus que l'écrivain, le texte n'est défini, délimité une fois pour toutes.

Pourquoi vouloir opposer le bon père de famille, qui marie fort bourgeoisement sa fille Angélique, à l'amant de Mme de Maux, ou encore à ce Diderot qui ne cesse d'aimer Sophie Volland, et en tout cas d'écrire le roman épistolaire de sa passion pour elle ? Pourquoi opposer l'écrivain sédentaire qui est heureux dans sa vieille robe de chambre, à l'homme qui rêve avec Bougainville de voyager à Tahiti et qui ne va pas tarder à se mettre en route vers les « glaces du Nord » où l'appelle Catherine II ? Ce ne sont peut-être pas tant des contradictions, que le désir d'être tout à la fois, à l'image de son livre, de cette *Encyclopédie* où la diversité sinon les divergences d'un article à un autre forment finalement un tout dont la cohérence s'impose d'âge en âge.

Comment faire coexister cette légion d'êtres divers qu'il porte en lui, que la maturité, loin de réduire, a multipliés ? L'écriture romanesque serait une solution. Est-il « moi », est-il le « Neveu » ? Il est l'un et l'autre, et encore davantage. Le conte, de formes plus réduites, permet de brusques flashes sur une réalité qui donne à réfléchir, mais dont Diderot n'entend pas résoudre les difficultés par une quelconque théorie. Le conte possède une valeur expérimentale : expérimentation du monde, de la société, et de soi-même. Dans ces quelques années où Diderot s'achemine vers la soixantaine, c'est la solution dynamique qui lui permet de s'exprimer le plus librement, sinon de se connaître. « Je vais avoir la soixantaine, il serait temps de me connaître »... On est tenté, en ajoutant quelques années au calcul d'Henry Brulard, de reprendre l'interrogation stendhalienne.

La délimitation du texte

Diderot n'a pas organisé de son vivant la publication de l'ensemble de ses textes de fiction. D'où la difficulté de délimiter un corpus de façon satisfaisante. Que faut-il mettre sous la dénomination de « contes » ? Laurent Versini dans le volume intitulé *Contes* regroupe sous ce titre toute l'œuvre de fiction, sauf l'*Entretien d'un philosophe avec la maréchale de**** qu'il met dans le volume *Philosophie*, tout en faisant remarquer : « On aurait pu ranger l'*Entretien d'un philosophe avec la maréchale de**** dans les *Contes* [1] ». Il justifie cette répartition en ajoutant : « Plus que les autres contes de Diderot, celui-ci renoue avec la tradition du dialogue philosophique illustrée par les libertins érudits et les premières Lumières françaises. » Sauf dans l'édition « Bouquins » où chaque volume

---

1. *Œuvres*, Laffont, « Bouquins », t. I, p. 927.

constitue une masse considérable, la plupart des éditeurs excluent des *Contes* les textes les plus longs : *Les Bijoux indiscrets, La Religieuse, Le Neveu de Rameau, Jacques le Fataliste*, et réunissent sous l'appellation de « contes » seulement les œuvres les plus courtes. On peut voir à ce classement des raisons surtout pratiques, le critère de longueur n'étant pas absolument concluant pour distinguer roman et conte. *Le Neveu* se rattacherait pourtant bien à la tradition du conte philosophique, à laquelle appartiennent aussi des contes plus courts. La fiction qui se rapprocherait le plus de la notion de roman, ce serait *La Religieuse*, où le déroulement d'une durée est plus sensible. L'obligation de se soumettre aux limites du Livre de poche nous a en quelque sorte facilité la tâche et heureusement obligée à sortir de ces perplexités génériques. Nous avons donc exclu, comme on le fait en général, des *Contes* les textes relativement amples. Cependant ce critère de longueur n'est pas le seul que nous ayons retenu. *L'Oiseau blanc* n'est pas très long, guère plus que le *Supplément*, et il inscrit la dénomination de « Conte bleu » dans son titre ; mais il nous a paru mieux venu dans un recueil où figureraient aussi *Les Bijoux indiscrets*. Il relève du conte libertin, ses dates de composition, son ton, son allure, l'écartent nettement des *Contes* que nous publions ici.

Si l'on s'en tient, malgré tout, au critère contestable de longueur, quel sera le calibre minimal ? Faut-il retenir *La Vision de M. de Bignicourt*, comme le fait Laurent Versini, comme le suggère R. Lewinter ? Il est possible de le réunir à *Mystification*, malgré sa brièveté : il appartient bien au même registre. Ce serait un conte à développer, quoique, à vrai dire, il ne soit inachevé ni par rapport à la logique du récit, ni pour ce qui est de la facture et du style.

Dans la mesure où les contes n'ont pas été publiés, où le plus souvent on possède seulement la trace d'une diffusion dans la *Correspondance littéraire*, on serait tenté d'annexer des passages d'autres textes de Diderot : mais il faut se garder de cette tentation qui risquerait de mener très loin. Des lettres, des fragments des *Salons* sont bien des contes en miniature ; il convient cependant de les laisser là où ils sont et de ne pas se mettre à fabriquer des extraits. On peut enfin s'interroger sur la notion d'authenticité. Dans son édition des *Contes* (University of London Press, 1963), un chercheur aussi autorisé que H. Dieckmann incluait deux textes suspects : *La Marquise de Claye et le comte de Saint-Alban, Cinqmars et Derville*. Il faisait remarquer les ressemblances qui existent entre le début de *Cinqmars* et celui de *Ceci n'est pas un conte* et de *Madame de La Carlière* et concluait seulement à une « forte probabilité ». Nous avons trouvé plus prudent de ne pas reprendre ici ces deux œuvres retenues par H. Dieckmann. Ses remarques sur la pratique de l'écriture collective au XVIIIe siècle n'en sont pas moins fort justes. Écrire ou raconter des contes, comme composer des portraits et des maximes était un jeu de société. Il semble que Diderot ait ainsi composé des contes avec Mme de Maux, et surtout avec Mme d'Épinay. On peut penser qu'à ces deux contes en effet Diderot a bien collaboré, sans pour autant pouvoir les considérer comme lui appartenant tout à fait.

Cohérences

Si donc on accepte les limites que nous avons choisies, on constate une certaine cohésion dans la diversité. Cohésion chronologique d'abord. Le plus ancien de ces textes, *Mystification*, est de 1768. Le *Supplément au Voyage de Bougainville* a été composé pendant l'été 1772, retouché en 1773, avec l'insertion en 1780 d'un ajout. On peut considérer que l'essentiel de ces textes relève de la période 1768-1773, et même surtout de la période 1771-1772. Dans la vie du Philosophe, cette composition prend place à une époque de voyages ou de préparatifs de voyage. *Les Deux Amis de Bourbonne* et l'*Entretien d'un père avec ses enfants* se rattachent au voyage à Langres de 1770. En juin 1773, Diderot part pour Saint-Pétersbourg en passant par La Haye. Le voyage en Russie a été longuement projeté.

Il y a une analogie entre le conte et le récit de voyage qui apparaît de façon particulièrement convaincante dans

Jacques le Fataliste ou dans le *Supplément au Voyage de Bougainville*. Le recueil présenté par Anne-Marie Chouillet réunit, sous le titre *Voyage à Bourbonne, à Langres et autres récits* (Aux Amateurs de livres, 1989), *Le Voyage à Bourbonne-les-Bains*, le *Voyage à Langres*, *Les Deux Amis de Bourbonne*, l'*Entretien d'un père avec ses enfants*. Ce regroupement présente une forte unité géographique. Cependant le statut du « récit », et en particulier le traitement du dialogue, affirment une nette différence entre les récits de voyage et les contes. L'humeur voyageuse contribue probablement à la libération de l'imagination, mais un récit de voyage n'est pas un conte ; et l'on pourrait constituer un autre recueil de « voyages » où l'on mettrait aussi le *Voyage en Hollande*, mais non pas le *Supplément*.

L'humeur voyageuse ? Le vagabondage philosophique plaît peut-être davantage à Diderot que le vagabondage spatial. Ces deux voyages ne correspondent certes pas à ce que nous appellerions des voyages d'agrément. Mais il est bien vrai que dans cette période des *Contes*, soulagé du poids de l'*Encyclopédie*, Diderot se sent libre de voyager et d'écrire. Il faut donc voir dans le voyage et l'écriture des *Contes* non pas une relation de cause à effet, mais plutôt un même mouvement de libération.

À s'en tenir à la localisation des aventures narrées dans notre recueil, on peut sentir des regroupements et des alternances. *Mystification* et, si l'on veut considérer ces deux pages comme un conte, *La Vision de M. de Bignicourt* sont situés à Paris ; *Les Deux Amis de Bourbonne* et l'*Entretien d'un père* entraînent le lecteur dans le pays natal de l'écrivain : Langres ; il reviendra à Paris avec *Ceci n'est pas un conte* et *Madame de La Carlière*, pour partir à Tahiti avec le *Supplément*.

D'autres regroupements cependant s'imposent si l'on considère les thèmes traités ; les effets de l'imagination et ce que nous appellerions des phénomènes psychosomatiques réunissent les deux premiers des textes que nous venons de citer, et l'on pourrait les rattacher alors à *La Religieuse*, qui relève de la mystification opérée par l'auteur-narrateur. *Les Deux Amis* et l'*Entretien d'un père* sont réunis par une même méditation sur « le danger de se mettre au-dessus des lois » ; *Ceci n'est pas un conte* et *Madame de La Carlière* mettent l'accent sur les drames du couple. Cependant le *Supplément* réunirait à la fois le problème de la morale sexuelle et celui de la loi. Finalement l'aumônier convient lui aussi qu'il y aurait un danger à se mettre au-dessus des lois. Entre *Ceci n'est pas un conte*, *Madame de La Carlière* et le *Supplément* s'instaure une forte cohésion due à une même réflexion sur les trois codes, civil, religieux, naturel, et Diderot en est bien conscient qui dans une lettre désigne le *Supplément* comme « troisième conte ». L'*Entretien d'un père*, l'*Entretien d'un philosophe* soulignent par leur titre même des ressemblances structurelles, et l'*Entretien d'un philosophe* pose également la question du rapport du code moral et du code religieux : le « Diderot » fictif qui n'est pas le Diderot « réel » annonce qu'à l'article de la mort, lui, l'athée, se soumettra aux rites de son pays, comme l'aumônier se soumet finalement aux rites, plus plaisants il est vrai, de Tahiti.

Le rapport au théâtre

Leur structure même crée une parenté profonde entre ces textes, parenté qui permet cependant une démonstration éblouissante de la variété des procédés. On pourrait analyser cette technique dans son rapport au théâtre. L'élaboration d'un art original du conte dans les années 1770 prend chez Diderot le relais de la recherche d'un renouvellement du théâtre quinze ans plus tôt, avec *Le Fils naturel* et *Le Père de famille*. Au théâtre, il faut montrer les personnages agissant dès le lever du rideau. Diderot pratique une technique de la brièveté qui l'amène aussi à entrer rapidement dans le vif du sujet. Ainsi, dans *Mystification*, une première phrase situe un rapport entre le conteur et le destinataire, mais pour attaquer immédiatement : « Je voudrais bien me rappeler la chose comme elle s'est passée, car elle vous amuserait. Commençons à tout hasard, sauf à laisser mon récit s'il m'ennuie. » Puis mention de l'histoire du prince Galitsine et de son mariage, indispensable pour comprendre qu'il veuille recouvrer les portraits, et très vite le récit devient théâtre. De brèves didascalies suffisent à camper les lieux et les personnages aussi rapidement que possible : titre de la pièce « Les Portraits recouvrés », lieu, personnages. Mlle Dornet fait son entrée et la pièce démarre, que l'on pourrait diviser en scènes, d'après les mouvements des acteurs : le départ de Desbrosses, par exemple, après sa consultation, amène une scène entre « nos deux femmes seules » ; puis « Je laissai passer quelques jours entre cette scène et ma première visite » marque le passage à une autre scène entre Mlle Dornet et Diderot. Les dernières scènes de fantasmagorie, difficiles à expliciter et qui relèveraient davantage du théâtre de la Foire ou de l'opéra à machines, sont simplement esquissées à titre de projet. De tous les contes que nous présentons, c'est celui dont la structure même est le plus proche du théâtre, c'est déjà une pièce qui pourrait être jouée, et l'insistance avec laquelle revient le mot « scène » est bien significative.

Le rapport au théâtre est le moins marqué, au contraire, dans *Les Deux Amis de Bourbonne*, ce qui n'exclut évidemment pas des éléments de théâtralité, mais le récit l'emporte nettement sur la mise en scène, tandis que l'*Entretien d'un père avec ses enfants* inscrit les répliques des personnages, comme au théâtre, avec de larges moments de récits, cependant. *Ceci n'est pas un conte* offre une technique beaucoup plus complexe et, partant, plus intéressante à analyser. Car il y a bien théâtre, mais à plusieurs niveaux, du fait même de l'introduction de ce personnage qu'est le lecteur. Il y a deux niveaux du plateau. On imaginerait à l'avant-scène le conteur et son auditeur dialoguant, tandis que se joue le drame entre Tanié et Mme Reymer, puis Gardeil et Mlle de La Chaux, deux drames dont la symétrie inversée est soulignée. Le dialogue entre le narrateur et son auditeur n'est pas limité à l'introduction, il se poursuit et s'insère dans le déroulement des deux histoires parallèles. Il ne s'agit pas seulement de réflexions que feraient à haute voix des spectateurs devant des scènes qui se dérouleraient devant leurs yeux ; Diderot suppose que l'auditeur a lui aussi eu affaire à Mme Reymer, et que, du fait même, il connaît déjà une partie de l'histoire : « Je savais tout cela. —

Vous avez peut-être été un des successeurs de Tanié ? —
Vous l'avez dit, et c'est avec cette belle abominable que
j'ai dérangé mes affaires. » Pour la seconde partie du
conte, le narrateur, sans avoir eu auprès de Mlle de La
Chaux la situation de l'auditeur auprès de Mme Reymer,
a cependant eu avec elle une certaine intimité intellec-
tuelle : « Une fureur commune pour l'étude de la langue
grecque commença entre Gardeil et moi une liaison que
le temps, la réciprocité des conseils, le goût de la retraite,
et surtout la facilité de se voir, conduisirent à une grande
intimité. » Dans *Jacques le fataliste*, Diderot montre à
une plus vaste échelle les effets que l'on peut tirer de
cette introduction du dialogue entre narrateur et auditeur
lorsque ces personnages ne demeurent pas étrangers à
l'action : les voyageurs vont retrouver sur leur route le
marquis des Arcis dont l'aubergiste leur a raconté l'aventure avec Mme de la Pommeraye. Le procédé crée un
effet de réel, qui pourrait se résumer naïvement ainsi :
l'histoire du marquis est bien vraie, puisqu'on peut le rencontrer en chemin, comme si ce chemin lui-même n'était
pas de l'ordre de la fiction ! Ici l'effet est encore accru
quand le narrateur se réfère à des œuvres de Diderot : elle
est d'autant plus réelle cette Mlle de La Chaux, puisque
c'est elle qui a provoqué le complément que Diderot a
ajouté à la *Lettre sur les sourds et muets*. Cependant, à
circonscrire aussi précisément le narrateur dans le réel,
c'est-à-dire dans le temps, la discussion ne perdra pas son
caractère général. D'abord parce que le lecteur, fût-il du
XXᵉ ou même du XXIᵉ siècle, a toutes chances de s'identi-
fier à ce premier auditeur mis en scène, mais aussi parce
que la fin du texte élargit la discussion en faisant interve-
nir un « on » qui est plus intemporel. Le dialogue avec ce
« on » n'est pas rédigé, il est simplement esquissé : libre
au lecteur « réel » de poursuivre la discussion avec l'auteur ; c'est le propre même de la lecture de susciter ce
dialogue, surtout lorsqu'elle est stimulante et elle l'est
plus qu'ailleurs chez Diderot. Le dialogue cependant déjà
s'amorce grâce au « vous » : « Dites-moi, vous, monsieur
l'apologiste des trompeurs et des infidèles (...). Vous hésitez ? »

Le *Supplément au Voyage de Bougainville*, plus long,

offre d'autres modes de rapport entre les différents niveaux du dialogue. Il est encadré au début et à la fin par la conversation entre A et B qui est nettement séparée du récit que constituent « Les adieux du vieillard », « L'entretien de l'aumônier et d'Ourou » et la « Suite de l'entretien avec l'habitant d'Otaïti » ; cependant le dialogue de A et B reparaît après les « Adieux du vieillard » et à la fin du dialogue de l'aumônier et d'Orou. Ce n'est pas, comme dans les autres textes, un dialogue commentant un autre dialogue rapporté oralement, mais un dialogue commentant un dialogue déjà mis par écrit. « B » propose à « A » de lire le *Supplément*, manuscrit dont la matérialité est soulignée : il se trouve « sur cette table ». « A » tient un rôle critique par rapport à l'enthousiasme de « B » qui présente ce *Supplément* dont il ne nous est pas dit exactement qu'il soit l'auteur. C'est que « B » n'est pas Diderot, et que les objections de « A », ce sont celles qu'il se fait, tout autant et même plus que celles du lecteur supposé. L'écrivain est le premier lecteur de son texte, et parfois le plus critique. « A » concentre d'abord ses objections sur la question de la traduction : « Comment Bougainville a-t-il compris ces adieux prononcés dans une langue qu'il ignorait ? » Cependant l'objection va plus loin, ou plus exactement « A » pose bien dans toute sa complexité le problème fondamental de la traduction, c'est-à-dire le passage d'un univers culturel à un autre : « Il me semble retrouver des idées et de tournures européennes. » La réponse de « B » ne fait que creuser la difficulté : « Pensez donc que c'est une traduction de l'otaïtien en espagnol, et de l'espagnol en français. » Ce décalage, devenu double, excuse peut-être le texte présenté par « A », mais souligne encore le problème du décalage culturel.

Un genre à définir

Qu'entend-on au XVIIIe siècle sous le terme de « conte » ? Recourons d'abord à l'*Encyclopédie* : « C'est un récit fabuleux en prose ou en vers, dont le mérite principal consiste dans la variété et la vérité des peintures, la

finesse de la plaisanterie, la vivacité et la convenance du
style, le contraste piquant des événements. Il y a cette
différence entre le conte et la fable, que la fable ne
contient qu'un seul et unique fait, renfermé dans un certain espace déterminé et achevé dans un seul temps, dont
la fin est d'amener quelque axiome de morale et d'en
rendre la vérité sensible ; au lieu qu'il n'y a dans le conte
ni unité de temps, ni unité d'action, ni unité de lieu, et
que son but est moins d'instruire que d'amuser. La fable
est souvent un monologue ou une scène de comédie ; le
conte est une suite de comédies enchaînées les unes aux
autres. La Fontaine excelle dans les deux genres, quoiqu'il ait quelques fables de trop, et quelques contes trop
longs. » Cet article est complété par un autre « Conte.
Fable. Roman » : « désignent des récits qui ne sont pas
vrais ; avec cette différence que la fable est un récit dont
le but est moral et dont la fausseté est sensible, comme
lorsqu'on fait parler des animaux ou des arbres ; que le
conte est une histoire fausse et courte qui n'a rien d'impossible, ou une fable sans but moral ; et le roman un
long conte. » Suit la signature par une initiale « O » qui
désigne d'Alembert. On retiendra de cette définition plusieurs éléments : elle est faite par rapport à la fable, elle
insiste sur l'aspect fictif : il y a des degrés, dans la fiction ; le conte peut relever du domaine du possible. Elle
insiste aussi sur la signification morale, plus nette dans la
fable, plus libre dans le conte. On notera aussi le rapprochement avec le théâtre si sensible justement dans les
contes dialogués de Diderot. Cette définition explique
pourquoi Diderot intitule l'histoire de Tanié et de
Mme Rymer, suivie de celle de Mlle de La Chaux et de
Gardeil, *Ceci n'est pas un conte*. Il désire se situer dans
la réalité, non dans la fiction ; la signification morale
n'est pas exclue, mais elle demeure plus ouverte, et plus
ambiguë.

Depuis cet article, la théorie et la pratique du conte ont
cependant évolué. Marmontel a publié dans le *Mercure*
ses contes moraux. Leur réédition est l'occasion
d'une polémique dans la *Correspondance littéraire*
(15 novembre 1761 ; 1er mai 1765). Diderot écrivait déjà
à Grimm en septembre 1759, à propos de *La Bergère des*

Alpes de Marmontel : « Il y a du charme, du style, des grâces, de la couleur, de la vitesse, de la chaleur, du pathétique ; beaucoup d'idées et de talent ; mais peu de vérité et point de génie[1] ». Grimm reprend le même grief : les contes de Marmontel sont « fort plats » et manquent de « vérité[2] ».

Un autre conteur dont Diderot entend s'écarter, c'est Saint-Lambert qui a publié au début de l'année 1770, un conte iroquois. Diderot y répond par *Les Deux Amis de Bourbonne*. « Il ne faut pas aller jusque chez les Iroquois pour trouver deux amis » : on peut les trouver aussi bien dans la France profonde, encore « sauvage » en partie. Pourtant, si Diderot veut donner une réplique réaliste au conte iroquois de Saint-Lambert, ne va-t-il pas, à son tour, écrire un conte tahitien ? Il est nécessaire d'avoir à l'esprit le conte iroquois de Saint-Lambert, non seulement pour lire *Les Deux Amis*, mais tout autant pour comprendre dans le *Supplément au Voyage de Bougainville* à la fois une certaine distanciation ironique à l'égard de son propre texte, attitude fréquente et féconde chez Diderot, et aussi la préférence donnée au discours théorique sur l'idylle.

Peut-être en effet faut-il avoir présent encore à l'esprit, pour bien comprendre l'esthétique du conte chez Diderot, le développement de l'idylle. On est un peu étonné quand on apprend que *Les Deux amis de Bourbonne* et l'*Entretien d'un père avec ses enfants* ont paru, sur la proposition de Diderot, dans un recueil de contes et d'idylles composés par Gessner. Le contraste est frappant, et Diderot, qui estimait Gessner, a probablement voulu souligner ainsi la différence, l'idylle allant du côté du conte merveilleux dont il entend se distinguer nettement, non sans exclure pour autant toute poésie de ses propres contes.

Il faut encore avoir présent à l'esprit l'importance des contes de Voltaire. Dans ses quatorze dernières années, Voltaire écrit autant de contes que dans tout le reste de sa vie, fait remarquer S. Menant[3] ; la *Correspondance littéraire* les diffuse avec enthousiasme. En 1764, Vol-

---

1. *Correspondance*, t. II, p. 257. — 2. Diderot, *Œuvres*, D.P.V., t. XII, p. 362. — 3. Voltaire, *Contes*, Garnier, t. II, p. VII.

taire publie en recueil les *Contes de Guillaume Vadé*. Il
est conscient de l'impact du conte sur un public qui s'est
élargi. L'immense succès de *Candide* en 1759 avait déjà
prouvé, s'il en était besoin, combien le conte pouvait être
précieux pour faire passer une réflexion philosophique à
ce public. Si chargé d'idées et de fantaisie que soit le
conte voltairien, il n'en marque pas moins dans cette dernière phase un certain souci de réalisme sensible, en particulier dans *L'Ingénu* et surtout dans *L'Homme aux
quarante écus* (1768), cette histoire d'un « smicard » si
bien analysée par R. Pomeau[1].

C'est par rapport à cette extension et à cette transfor-
mation du genre qu'il faut comprendre les définitions que
tente Diderot à la fin des *Deux Amis de Bourbonne*, en
évitant soigneusement cependant de citer Marmontel et
Voltaire auxquels il ne peut pas ne pas penser[2]. Il distingue trois types de contes ; d'abord « le conte merveilleux » « à la manière d'Homère, de Virgile et du Tasse » ;
là « vous mettez le pied dans une terre inconnue, où rien
ne se passe comme dans celle que vous habitez, mais où
tout se fait en grand comme les choses se font autour
de vous en petit ». Les termes qu'emploie Diderot pour
caractériser ce type de « conte » sont ceux que l'on
retrouve chez les théoriciens de l'épopée et de l'opéra.
Dans les exemples qu'il donne, il n'est que des auteurs
de l'Antiquité ou de la Renaissance. Point d'exemples
dans un siècle qui a conscience d'avoir perdu le génie
épique, et qui renvoie le merveilleux dans des genres qu'il
considère aux confins de la littérature : le livret, la féerie.
Autre type de conte, « le conte plaisant », facilement
libertin. À côté de La Fontaine et d'Hamilton, l'Arioste
— et non Boccace que Diderot n'évoque pas, mais que
l'on mettra plutôt dans la troisième catégorie ; enfin ce
Vergier, si peu connu de nos jours, qui appartient comme
Hamilton à l'aube du XVIIIᵉ siècle, puisqu'il meurt en
1720, et qui écrivit des contes en vers à la manière de La
Fontaine. Il s'agit là de séduire, de charmer, seul compte
le plaisir du lecteur. C'est la troisième catégorie de contes

---

1. Slatkine, « Fleuron », 1996. — 2. *Cf. Œuvres*, Laffont, t. II,
p. 480, note de L. Versini, sur des copies où figure Marmontel.

qui nous retiendra, car c'est d'elle que se réclame Diderot : « Il y a enfin le conte historique, tel qu'il est écrit
dans les *Nouvelles* de Scarron, de Cervantès, etc. » On
notera le passage au mot « nouvelle » explicite pour Scarron et sous-entendu pour les *Nouvelles exemplaires* de
Cervantès. Mais on notera aussi que l'*Encyclopédie* ne
réservait pas d'article à la « nouvelle », dans son acception de genre littéraire. La nouvelle est censée, à la différence du conte, relater des faits véritables. Le sens du mot
« historique » se délimite donc. Diderot ne semble pas
songer ici à la nouvelle historique, au sens où nous l'en-
tendons, c'est-à-dire qui se situe dans une époque historique lointaine, mais à la nouvelle s'appuyant sur des faits
vrais, comme doit le faire le récit de l'historien. Le
conteur historique narre-t-il une histoire véritable ? Certes
non. L'ambiguïté de ce conteur est soulignée par l'insistance avec laquelle reviennent les mots « mensonge »,
« mentir ». Ce conteur doit être à la fois « véridique et
menteur », c'est-à-dire « historien et poète ». En tant que
poète, il va pratiquer l'art de « toucher », d'émouvoir, et
se servir des prestiges de la poésie et de l'éloquence. Mais
pour donner l'illusion du réel, « il parsèmera son récit de
petites circonstances si liées à la chose, de traits si
simples, si naturels et toutefois si difficiles à imaginer,
que vous serez forcé de dire en vous-même : "Ma foi,
cela est vrai ; on n'invente pas ces choses-là" ».

Les ressources du pathos, Diderot ne s'en prive pas
plus dans les *Contes* que dans son théâtre. Le tableau des
héritiers misérables, dans l'*Entretien d'un père avec ses
enfants*, fait songer à Greuze que Diderot admire tant,
peut-être justement parce qu'il retrouve en lui à la fois
la déclamation pathétique et le détail réaliste. Tout aussi
pathétique et réaliste à la fois l'état misérable dans lequel
se trouve Mlle de La Chaux qui meurt « sur la paille dans
un grenier ». Le pathos ne s'exprime pas seulement dans
les tableaux, mais encore et peut-être davantage dans le
discours des personnages : en déléguant la parole à des
personnages, l'écrivain peut mettre sur leur compte tout
cet excès du pathétique dont ainsi il se décharge. Alors
l'éloquence du père de famille et celle du sage vieillard
de Tahiti se rejoignent dans les mêmes procédés, non sans

soulever, nous l'avons vu, quelques réflexions ironiques de « A ». Diderot, homme de théâtre, imagine des personnages qui eux-mêmes n'hésitent pas à organiser des mises en scènes pathétiques : telle Mme de La Carlière, convoquant à deux reprises ses amis, d'abord pour les rendre témoins des serments de Desroches, ensuite de son parjure et de sa condamnation.

L'illusion du réel

À la fin des *Deux Amis de Bourbonne*, c'est le mot d'un ami comédien — encore une référence au théâtre — que cite Diderot : « Un peu de poussière sur mes souliers, et je ne sors pas de ma loge, je reviens de la campagne. » Précède une référence à un autre domaine favori de Diderot, la peinture : « Je dirai donc à nos conteurs historiques : Vos figures sont belles, si vous voulez ; mais il y manque la verrue à la tempe, la coupure à la lèvre, la marque de petite vérole à côté du nez qui les rendraient plus vraies. » On songe à ce qui sera chez Stendhal, qui a beaucoup lu Diderot, le culte du « petit fait vrai ». *Les Deux Amis de Bourbonne* là encore apparaissent comme exemplaires. L'évocation d'Oreste et de Pylade est bien l'équivalent de la référence à Vénus : l'amitié, la beauté absolue et antique doivent être relayées par des exemples pris dans la société présente. Félix est « balafré » ; va figurer aussi la « cabane » qui sert d'asile aux « charbonniers ». Dans l'*Entretien d'un père avec ses enfants*, les malheureux apparaissent grâce à des détails du vêtement, de l'attitude : « les hommes, appuyés sur leurs bâtons, la tête nue, avaient la main dans leurs bonnets ». Les lettres de Desroches qui vont révéler son infidélité, nous les voyons aussi dans leur matérialité grâce à ce « petit coffret cerclé en dessus et par côté de lames d'acier ». Si Debrosses écrit d'étonnantes révélations sur Mlle Bornet, il faut pour que nous voyions la scène que l'« on apporte une table, de l'encre, des plumes et du papier ». Mais le « réalisme » de Diderot n'a rien à voir avec celui de Balzac, et nous n'aurons pas de minutieuses descriptions : on songe encore à Stendhal.

Cette présence des objets, des détails permet de faire vivre une société dont ces *Contes* nous donnent un échantillonnage extrêmement varié : la province et Paris, certes ; mais aussi des catégories sociales bien différentes. Avec *Mystification*, c'est le monde des comédiennes, que les aristocrates fréquentent et entretiennent, mais n'épousent pas ; c'est aussi le médecin, la femme peintre, Mme Therbouche. *Les deux Amis de Bourbonne* évoquent le monde inquiétant des brigands, des charbonniers, et aussi celui des gens de justice, du subdélégué, et des seigneurs terriens facilement querelleurs. Dans l'*Entretien d'un père*, c'est l'honnête artisan, mais aussi le géomètre, le chapelier, les magistrats, le prieur, tous les notables de province, à quoi s'opposent le monde des gueux, ces misérables héritiers du curé. *Ceci n'est pas un conte* introduit le lecteur dans un univers social qui est celui d'une petite-bourgeoisie parisienne où l'argent est difficile à trouver, où un Tanié accepte l'aventure pour s'en procurer, où une Mlle de La Chaux devient rapidement misérable : réduite à porter des « haillons », elle doit s'exiler aux « extrémités de la ville ». L'univers de *Mme de La Carlière* est plus aristocratique, ce qui ne veut pas dire que les questions d'argent en soient absentes. Mme de La Carlière doit faire un procès à la mort de son premier mari ; Desroches est « devenu possesseur d'une fortune immense à la mort d'un père avare ».

Les institutions de la France de l'Ancien Régime sont présentes, et les personnages en subissent tout le poids. Les visiteurs de l'*Entretien d'un père avec ses enfants*, figurent bien cette forte présence de deux structures essentielles : un ecclésiatique, certes bon vivant, et « un homme de justice », notaire et lieutenant de police. Un ouvrier aussi survient, mais il ne demeurera pas longtemps : ce n'est pas à lui qu'il revient d'édicter les règles sociales. « Il ne resta que le prieur, l'homme de loi, le géomètre et moi. » La discussion qui suit reflète la parfaite connaissance que possède Diderot des mécanismes juridiques de son temps, mécanismes pourtant fort complexes à une époque où, comme le rappelle l'édition Hermann (D.P.V.), la législation n'est pas une d'un bout à l'autre de la France, et le régime des testaments n'est pas le même dans les pays de droit écrit et les pays de droit coutumier. L'anecdote de la faillite de Bourmont, que racontera le prieur, met en scène les règles complexes aussi de la liquidation judiciaire. C'est donc sur un fond de réalité très précise que vont se détacher les aventures que Diderot nous conte. Anecdotes vraies, en ce sens que le narrateur veut nous faire croire qu'elles ont réellement eu lieu, mais peut-être davantage, parce que, en raison même de ce contexte social et juridique si précisément évoqué, elles ont très bien, en effet, pu se produire. C'est aussi parce que cette société est fortement structurée et souvent oppressive que les personnages qui vont avoir à l'affronter ont un tel relief.

Les personnages

Ils ont en commun la force de caractère et l'originalité. On sait la fascination de Diderot pour le marginal, fascination qui l'amène à mettre en scène le neveu de Rameau, mais aussi, dans *Jacques le Fataliste*, Gouste ou le père Hudson, Jacques lui-même. Cette fascination pour la force de caractère, tout autant que la remise en cause des lois de la société, explique l'intérêt de Diderot pour les hors-la-loi. Jacques le Fataliste ne va-t-il pas lui aussi connnaître Mandrin, *in fine* ? Mandrin est évoqué avec Cartouche et Testalunga dans *Les Deux Amis de Bourbonne*, dont les deux personnages essentiels sont des brigands au grand cœur, bien dignes de figurer dans quelque mélodrame romantique. Mais, me direz-vous, Mme de La Carlière appartient à la meilleure société aristocratique. Certes. Pourtant dans ce contexte du XVIIIᵉ siècle où les mariages sont surtout de convenance, c'est une originalité de vouloir un conjoint fidèle, une originalité aussi d'organiser cette étrange mise en scène pour condamner le coupable. Elle a affaire à ce chevalier Desroches que Diderot présente ainsi : « Ce fou qui a subi toutes sortes de métamorphoses, et qu'on a vu successivement en petit collet, en robe de palais et en uniforme... » « Sa vie est un tissu d'événements singuliers. » Son originalité a consisté essentiellement à refuser d'accomplir les rôles que d'autres, dans ses situations successives, auraient tenus sans se poser de questions. Le Desbrosses de *Mystification* est un bien curieux personnage également : « un certain brigand Bonvalet Desbrosses, soi-disant médecin turc ».

De ce goût pour l'original, il faut rapprocher l'attrait qu'éprouve Diderot pour les états limites de la conscience, cette fascination pour l'excès et la folie. Quand l'amoureux Tanié doit se séparer de la perfide Reymer : « C'était un désordre d'idées, un désespoir, une agonie dont je n'ai jamais vu un second exemple. » La passion rend « fou à enfermer aux Petites-Maisons ». L'état de Mlle de La Chaux est tout aussi inquiétant avec « des éclats d'un rire convulsif plus effrayants mille fois que les accents du désespoir ou les râles de l'agonie. Ce furent ensuite des pleurs, des cris, des mots inarticulés, des regards tournés vers le ciel, des lèvres tremblantes, un torrent de douleurs. »

On comprend le goût de Diderot pour le personnage du médecin, et l'on songe évidemment au *Rêve de d'Alembert* et à Bordeu. Le médecin est capable d'analyser le délire ; il représente la raison devant la folie. Encore ne faudrait-il pas donner un sens restrictif au mot « raison ». Il est celui qui a compris comment, dans le dérangement mental, s'articule les relations du corps et de l'esprit. Il réunit l'analyse lucide et le dévouement sans limite. Le « docteur » est le seul à ne pas abandonner Mlle de La Chaux lors de sa détresse. Dans l'*Entretien d'un père avec ses enfants*, le docteur Bissei affirme qu'il donnera ses soins à tous ceux qui en ont besoin sans distinction, y compris à un malfaiteur. Il soignerait Mandrin et affirme tout rondement : « Mon affaire est de guérir, non de juger ; je le guérirai parce que c'est mon métier ; ensuite le magistrat le fera pendre, parce que c'est le sien. » Dans *Mystification*, le faux médecin Desbrosses, sous son déguisement de turquerie comique, n'en émet pas moins des principes médicaux où s'expriment à la fois l'intérêt de Diderot pour la médecine, et une analyse sensualiste et matérialiste des dérangements de l'esprit. On voit aussi comment le personnage du médecin s'inscrit bien dans cette écriture du réel : « On juge la maladie aux gestes, à la couleur, aux regards, au pouls, à l'état de la peau, aux urines, aux traits de la main, quand on peut la toucher, aux rêves quand on peut les savoir. »

Le réel, certes, mais dans cette réalité, non pas l'ennuyeuse banalité du quotidien, mais les cas extrêmes intéressent davantage le philosophe et le conteur. « Ô La Chaux ! ô Gardeil ! Vous fûtes l'un et l'autre deux prodiges ; vous, de la tendresse de la femme, vous, de l'ingratitude de l'homme. » Le « prodige » à l'intérieur du réel, et non pas le merveilleux, c'est déjà l'esthétique que pratiquait Cervantès dans les *Nouvelles exemplaires*, et l'on a vu comment Diderot invoquait son nom quand il tentait de définir le conte tel qu'il entendait le pratiquer. Le « cri de la passion » permet à l'homme, au sein même de la civilisation, de retrouver cet accent vrai, féroce, de la nature, par-delà les voiles de la politesse mondaine. Ainsi le Parisien rejoint le Tahitien. La passion, la folie introduisent au sein même de notre société qui les endigue tant bien que mal, un « ailleurs », une sorte d'exotisme.

Un ailleurs

Cette société parisienne ou langroise si bien campée n'est pas la totalité du réel. Tout autour, au-delà, existe le vaste univers. Dans *Ceci n'est pas un conte*, pour satisfaire les caprices de la Reymer, le brave Tanié va chercher fortune successivement dans les « contrées brûlantes de l'Amérique » et dans les « glaces du Nord », c'est-à-dire à Saint-Pétersbourg. Cet ailleurs n'est évoqué qu'en passant. Il est le lieu même de l'action, dans le *Supplément au Voyage de Bougainville* qui se situe à Tahiti.

Avec le *Supplément*, la technique change. Diderot n'a jamais prétendu rendre dans sa réalité l'univers du Tahitien ; il s'agit davantage de se situer dans le registre de l'utopie, mais pour dénoncer les absurdités de ce monde bien réel et que Diderot connaît bien ; celui des « préjugés » européens. Pourtant, si le registre de la narration n'est pas le même, il existe une complémentarité entre l'utopie tahitienne et les contes parisiens ou langrois. Les principes philosophiques qui les sous-tendent sont bien les mêmes.

Le mythe tahitien a pris une forte consistance en Europe dans ces années où Diderot rédige les *Contes*. Il lit en 1771 le *Voyage* de Bougainville. Il faut rappeler que ce *Voyage* est loin de présenter une apologie systématique de la vie sauvage : elle est douce à Tahiti parce que le climat est merveilleux, mais elle peut être terrible dans d'autres régions. D'autre part, Diderot émet certaines réserves dans le compte rendu de ce *Voyage* qu'il rédige pour la *Correspondance littéraire*. La réprobation de l'esprit de conquête y est clairement exprimée, tout autant que l'évocation idyllique des Tahitiens. Cependant il faut noter que le mythe tahitien s'était développé avant même la publication du *Voyage*. Bougainville a ramené un Tahitien à Paris : les salons se le disputent. L'édition D.P.V. prétend pouvoir fixer la date de « la constitution définitive de la fable de Tahiti. C'est la publication dans le *Mercure* du post-scriptum d'une lettre de Commerson écrite le 21 février 1769 à son ami Lalande [1] ». « C'est le seul coin de la terre, écrit le naturaliste Commerson, où habitent des hommes sans vices, sans préjugés, sans besoins, sans dissensions. » Ensuite, le mythe s'amplifie, et la discussion s'instaure. Paraissent *Le Sauvage de Tahiti aux Français, avec un envoi au Philosophe ami des sauvages* de Bricaire de la Dixmérie, en 1770, et les pages de Louis-Sébastien Mercier dans *L'An deux mille quatre cent quarante* (fin 1770-début 1771). C'est seulement alors que Bougainville publie en mai 1771 son *Voyage autour du monde*.

La fable de Tahiti a essentiellement une fonction critique, mais Diderot est trop subtil pour ne pas marquer plusieurs éléments de distanciation. D'abord une certaine ironie, qui souligne la difficulté qu'un Européen peut avoir à comprendre la pensée sauvage, et qui s'inscrit dans le texte, par le retour récurrent du thème de la traduction que nous avons évoqué. Autre distance : est-il même légitime qu'un Européen aille interroger un Tahitien ? Et cette rencontre ne s'effectue-t-elle pas dans un

---

1. *Œuvres*, éd. D.P.V., t. XII, p. 371.

contexte qui est celui du colonialisme dénoncé par *L'His-*
toire des deux Indes, mais aussi par la référence au rôle
des jésuites en Amérique du Sud ? Enfin, et cela mérite
d'être souligné, la société tahitienne n'est pas une société
sans interdits. Loin de là. L'impératif de la reproduction
amène aussi des tabous : celui des rapports sexuels trop
précoces ou trop tardifs, par exemple. Et finalement,
Diderot en supposant que les Tahitiens ne voient dans la
sexualité qu'un moyen de se reproduire, ne leur fait-il pas
rejoindre un des *topoi* du discours des catholiques sur le
mariage ? Ne tombons donc pas dans une lecture réduc-
trice du *Supplément* qui ferait de Diderot un apologiste
inconditionnel de la société tahitienne. La fonction de ce
texte est autre, et c'est justement là que se révèle sa profonde cohérence par rapport aux divers contes. L'utopie
apporte une confirmation au réalisme des récits langrois
et parisiens. Tableau mythique d'une société que Diderot
ne peut qu'imaginer, elle possède essentiellement une
vertu critique par rapport à une société qu'au contraire
Diderot ne connaît que trop.

La morale de toutes ces aventures ?

Le lecteur de ces *Contes* ne sera pas tenté de reprendre
la réflexion ironique de *Point de lendemain* : « Je cher-
chai bien la morale de toute cette aventure, et... je n'en
trouvai point. » Même s'il est surtout sensible au charme
du conteur, même s'il demeure perplexe sur les solutions
à adopter, il n'en sentira pas moins la force de l'argumentation critique qui s'y développe. En effet, et les commen-
tateurs de Diderot y ont été très sensibles, cet ensemble
de contes présente de façon très frappante l'opposition de
trois « codes » : la loi naturelle, la loi civile, la loi religieuse. Dans la France du XVIIIe siècle, loi civile et loi
religieuse tendent à se confondre, tandis qu'à Tahiti le
code civil serait inspiré par le code naturel. D'où les
divergences entre l'aumônier et Orou. Le célibat des
prêtres et des religieuses est contre nature, les Philosophes l'ont dit cent fois. Contre nature aussi d'obliger
l'homme et la femme à des serments d'éternelle fidélité,

dans une nature qui se renouvelle sans cesse et où le roc même s'effrite. La véhémente condamnation du colonialisme s'inscrit aussi dans ce propos ; il est doublement contraire à la loi naturelle, parce qu'il va contre la propriété, et que les hommes de la Révolution eux-mêmes hésiteront à remettre en cause le caractère « naturel » de ce droit ; mais davantage encore parce qu'il impose violemment à un peuple qui avait su se conserver proche de cette loi naturelle, une loi artificielle, inspirée par une religion absurde et qui, comble d'absurdité, n'est pas la leur.

La société européenne n'a certes pas à se poser en modèle, elle qui offre le spectacle de la corruption et où les institutions sont à ce point dépravées. Desroches a quitté tour à tour l'état ecclésiastique et la magistrature, parce qu'il craignait « d'avilir l'habit ecclésiastique par de mauvaises mœurs, ou de se trouver un jour souillé du sang de l'innocent ». La vue du malheureux supplicié par suite de la condamnation qu'il avait formulée l'a définivement écarté du triste métier de juge. Mais alors il achète une compagnie. Est-ce mieux ? « Il laissa le métier de condamner ses semblables pour celui de les tuer sans aucune forme de procès. » Une blessure au genou et son amour pour Mme de La Carlière l'amènent à encore renoncer à ce triste métier. Il aura donc successivement refusé trois états qui s'inscrivent contre l'ordre de la nature, mais sont fort honorés par la civilisation occidentale comme les fondements mêmes de la société : l'Église, la magistrature, l'armée. En ne parvenant pas à rester fidèle à Mme de La Carlière, il ne fait là encore qu'obéir à la loi naturelle. Cependant Gardeil ne fait-il pas de même avec Mlle de La Chaux, et le lecteur pourra se laisser attendrir par le triste état où Diderot présente la pauvre victime de cette loi naturelle de l'inconstance. Est-ce la seule civilisation qu'il faut incriminer ? Supposons Mlle de La Chaux tahitienne... C'est ce que Diderot nous invite à faire à la fin du *Supplément*, lorsque, évoquant Gardeil, Tanié, Mlle de La Chaux, le chevalier Desroches et Mme de La Carlière, « A » affirme : « Il est certain qu'on chercherait inutilement dans Otaïti des exemples de la dépravation des deux premiers et du malheur des trois derniers. »

La question jaillit alors immédiatement : « Que ferons-nous donc ? Reviendrons-nous à l'état de nature ? Nous soumettrons-nous aux lois ? » « B » propose une solution qui n'a rien de révolutionnaire, et qui se situe bien dans les perspectives réformistes qui sont celles d'un bon nombre de philosophes des Lumières : « Nous parlerons contre les lois insensées jusqu'à ce qu'on les réforme, et en attendant nous nous y soumettrons. » Propos prudents ? De même, la fin de l'*Entretien d'un père avec ses enfants* est une discussion serrée sur la question : faut-il obéir aux lois dont pourtant l'absurdité révoltante a été démontrée. Le fils suggère qu'il appartient au sage de décider quand on doit se soumettre aux lois et quand on doit y manquer, et le père rétorque : « Je ne serais pas trop fâché qu'il y eût dans la ville un ou deux citoyens comme toi ; mais je n'y habiterais pas, s'ils pensaient tous de même. »

Imiterons-nous l'aumônier « moine en France, sauvage à Tahiti » ? À la fin de l'*Entretien d'un philosophe avec la maréchale de****, « Diderot » s'attire de la part de la vertueuse et pieuse maréchale cette réprobation sur laquelle se termine le conte : « Fi ! le vilain hypocrite. » L'aumônier mérite-t-il le même blâme ? Mais voilà : le « Diderot » de cet *Entretien* n'est pas exactement Diderot qui, lui, ne voulut pas recevoir les derniers sacrements. Il n'est pas non plus l'aumônier, ni Orou. Il brouille à plaisir — son plaisir à lui et le nôtre — tout commentaire univoque. Car enfin cette maréchale, si rigoureusement fidèle aux lois de la société et de la religion la plus antinaturelle qui soit aux yeux de Diderot : le catholicisme, cette maréchale, elle se reproduit comme une sauvage de Tahiti. Le mariage, institution antinaturelle s'il en est, a fait son bonheur. « Diderot » en convient et la maréchale de lui dire : « Vous n'avez pas, à ce que je vois, la manie du prosélytisme. » L'écrivain l'a-t-il plus que son personnage homonyme ? Son engagement dans le combat philosophique, les années de sa vie qu'il vient de passer à poursuivre l'œuvre encyclopédique (l'*Entretien* ne manque pas de louer Mme de Pompadour grâce à qui les persécutions furent moins rudes. Est-ce une élégante façon de rappeler son combat ?) nous le prouvent et inciteraient à voir dans les *Contes* davantage un temps de repos, de détente ludique, qui n'exclut certes pas que les grands problèmes continuent à exister, et que le conteur, comme en se jouant, force son lecteur à y réfléchir, mais sans vouloir donner de réponse univoque. Il n'est que de voir à quel point les interprétations du *Supplément* sont divergentes, pour sentir la complexité, la richesse de ces textes, et cette merveilleuse liberté que le conteur laisse à son lecteur.

De cette liberté, je verrais deux signes : l'un qui peut paraître accessoire, l'autre qui est fondamental et correspond à la structure même des textes. On aura l'occasion de remarquer en relisant attentivement ces contes, comment les notations atmosphériques contribuent à l'évocation de leur décor. Quoi de plus changeant que le ciel, les brumes et les nuages ? S'il est antinaturel d'imposer des vœux éternels à des hommes et des femmes qui vivent sous un ciel dont les couleurs changent sans cesse, n'est-il pas aussi antinaturel de leur imposer une opinion unique comme le ferait le prédicateur dans un sermon ? C'est cela aussi qu'affirme la forme dialoguée de tous ces contes. Le dialogue est aux antipodes du prosélytisme. Ce qui ne signifie pas que l'on parle pour ne rien dire, comme dans les salons que ridiculise Crébillon, mais que l'art de la conversation consiste à laisser entendre plusieurs voix, fussent-elles contradictoires.

Un art de la conversation

Tous ces contes ont en commun d'être des dialogues. Ils relèvent de cet « art de la conversation » si bien analysé par Marc Fumaroli comme une des « trois institutions littéraires » essentielles [1]. Ils semblent, à la veille de la Révolution, incarner de façon manifeste les caractéristiques d'un art arrivé à son suprême degré. Art aristocratique ? Certes, la vie de salon est favorable à l'affinement

---

1. *Trois Institutions littéraires*, Gallimard 1986, rééd. Folio 1994.

de cet art. Il existe cependant dans des classes sociales moins favorisées. Ces contes en apportent l'illustration. À côté des contes parisiens, les contes langrois évoquent la vitalité de la conversation et de la discussion autour d'un artisan de province. « Dans toutes les classes, en France, écrit Mme de Staël, on sent le besoin de causer ; la parole n'y est pas seulement, comme ailleurs, un moyen de communiquer ses idées, ses sentiments, et ses affaires, mais c'est un instrument dont on aime à jouer, et qui ranime les esprits, comme la musique chez quelques peuples, les liqueurs fortes chez d'autres[1] ». Un jeu, au sens musical du terme, où intervient le plaisir fondamental d'échanger des idées, un jeu amusant et sérieux à la fois, où les plus graves questions peuvent être abordées. Ces contes en apportent bien aussi la preuve : Église, justice, armée s'y trouvent dénoncées ; le mariage est remis en cause, et la morale, et l'existence de Dieu. « Montesquieu et Mme de Staël suggèrent (...) que le despotisme, l'arbitraire, si évident par ailleurs en France s'arrêtent au seuil de la vie privée des nobles, et là commencent d'élégantes saturnales de la parole[2] ». À en croire les contes, ces saturnales se retrouvent aussi dans des lieux moins élégants, autour d'un artisan forgeron, considéré comme le sage de son village. La discussion y est moins ludique, certes ; elle n'en est pas moins d'une audace qui nous surprend. Je sais bien ce que les sceptiques vont m'objecter : ces conversations sont écrites par Diderot ; dans quelle mesure sont-elles le reflet de conversations réelles, ou possibles ? Il n'est cependant que de consulter la *Correspondance* pour se rendre compte qu'à Langres comme à Paris on discute ferme. La parole possède une étonnante liberté. C'est peut-être pour pouvoir la reproduire plus librement que Diderot préféra souvent ne pas publier les contes de son vivant, et pour la plupart d'entre eux, s'en remettre à la diffusion limitée de la *Correspondance littéraire*.

La *Correspondance littéraire* est le lieu où peut se prolonger une conversation entre gens de qualité aux quatre

---

1. Cité par Marc Fumaroli, *op. cit.*, p. 119. — 2. Marc Fumaroli, *op. cit.*, p. 122.

coins de l'Europe. Ce n'est certes pas un hasard si le
salon de Mme d'Épinay, que fréquentent assidûment
Diderot et Grimm, a un rôle si important dans l'élaboration des articles. La *Correspondance littéraire* donne une
expansion internationale et semi-clandestine à un art de la
conversation qui se prolonge aussi dans les innombrables
lettres privées. Les lettres de Diderot à Sophie Volland, à
Mme de Maux, à Grimm (voir Dossier) contiennent déjà
des amorces de ces contes, et d'autres que le Philosophe
aurait pu développer. La lettre, au XVIIIᵉ siècle, et c'est ce
qui constitue son charme, est toute bruissante des conversations relatées ; elle est elle-même conversation à distance. Le voyage fût-il fort lointain et dangereux, tel celui
de Bougainville, devient finalement discussion sur le
voyage, objet de conversation, parole.

Le conte suscite la discussion, parce qu'il est raconté,
et Diderot a su merveilleusement maintenir cette oralité,
effet d'art, je le veux bien. La liberté de la parole est
entraînante. Un conte en amène un autre. La parole fran-
chit l'espace sans entrave ; dans la maison du vieux forgeron de Langres, « moi », grâce à la lecture du père Labat,
raconte l'histoire du *calzolaio* de Messine. « A » et « B »,
grâce à l'échange de leurs propos, font apparaître sous un
brouillard d'Ile-de-France, les chaleurs torrides de Tahiti,
non sans évoquer aussi Venise et les Grecs, non sans
ramener aussi les exemples parisiens de Gardeil, de
Tanié, etc. Un sujet en fait naître un autre. On voit la
méthode de composition de Diderot : reproduire dans
l'écriture cette fécondité de la parole. De même que dans
une conversation, on peut toujours ajouter un exemple,
une anecdote, de même Diderot procède par provigne-
ment, par ajout, lorsque tel exemple, telle idée lui vient,
telle lecture qui permet d'enrichir la réflexion, il ajoute
un fragment au conte. On en verra un bel exemple dans
le *Supplément au Voyage de Bougainville*.

Liberté de l'oralité, certes, mais qui ne signifie pas
désordre. On sait ce que Goethe dira de l'ordre impla-
cable qu'il découvrira sous l'apparence d'une conversation décousue dans *Le Neveu de Rameau*. La brièveté des
textes présentés ici rend plus sensible encore leur structure. *Ceci n'est pas un conte* est construit sur une symétrie

bien visible et qui a valeur de démonstration. À l'histoire d'un homme dévoué et d'un monstre femelle succède l'histoire inverse et identique d'un homme bourreau et d'une femme victime. La légère dissymétrie ne rend que plus convaincante la démonstration. Le *Supplément* est construit sur une solide architecture où la discussion entre « A » et « B » encadre « Les adieux du vieillard », « L'Entretien de l'aumônier et d'Orou », « La suite de l'entretien », ce qui n'exclut pas des interventions plus brèves de la discussion d'« A » et de « B » dans ces trois fragments. À la fin du *Supplément*, le rappel de Tanié, Gardeil, Mme de La Carlière, etc. fait figure de « tutti » à la fin d'un opéra.

Dans la discussion qui suit l'histoire de Mme de La Carlière, une habile argumentation *pro* et *contra* pourrait rappeler les exercices de la scolastique, non sans humour. Les arts de rhétorique sont convoqués par Diderot et volontiers sous forme parodique. De même que *Jacques le Fataliste* contient une parodie d'oraison funèbre burlesque, de même, dans la relation du discours un peu ostentatoire de Mme de La Carlière par le narrateur, se mêle une certaine distanciation qui fait mieux accepter le pathétique, tandis que l'interlocuteur se souvient « avoir entendu dans le temps une parodie bien comique de ce discours ». Parole réfractée, variations dans les degrés de la parole qui supposent tout un art. Et cet art de la rhétorique, dans la conversation, « doit rester invisible et devenir improvisation, trouvaille, charme [1] ».

C'est ainsi que jaillit aussi la maxime, de préférence paradoxale. « C'est un bonheur qu'une maladie dans les grands chagrins », lisons-nous dans *Ceci n'est pas un conte*. On pourrait en relever bien d'autres, où l'on verrait l'héritage de La Bruyère et de La Rochefoucauld. Comme chez Crébillon et chez Voltaire, la maxime est souvent subvertie parce que le goût de la pointe, lorsqu'il devient goût du paradoxe, remet en cause les vérités que la société nous inculque ; on voit combien, déjà à la fin du XVIIe siècle, mais bien davantage au XVIIIe, la maxime a changé de statut ; elle semblait faite pour être inscrite, gravée,

---

1. Marc Fumaroli, *op. cit.*, p. 126.

méditée dans la solitude. À partir du moment où elle s'intègre si étroitement à l'art de la conversation, elle retrouve une fluidité, une oralité qui était celle du proverbe. Or elle est un anti-proverbe, car le proverbe, par définition, vit de lieux communs et la maxime les dénonce.

Les deux formes cependant font appel au sentiment de groupe : mais le groupe n'est pas le même. Le proverbe est un appel à une collectivité très étendue : il repose sur la « sagesse des nations » ; la maxime, telle que la pratiquent Crébillon ou Diderot, est davantage un clin d'œil à un petit groupe des sages refusant le lieu commun moral que formule au contraire, avec le plaisir d'une expérience mainte fois confirmée, le proverbe : elle vise la singularité, l'aristocratie de l'esprit. Du même coup elle renforce ce sentiment de complicité qui s'instaure entre les interlocuteurs d'une conversation.

Le conteur et le lecteur

Le sentiment d'une communauté, qui constitue peut-être un des plus sûrs plaisirs que procure la lecture des contes de Diderot, se situe à différents niveaux. Les vertus du dialogue entre les personnages y sont bien démontrées. Il y a certes des irréductibles entre lesquels le dialogue est devenu impossible, ce sont les anciens amants. Aucune communication ne peut plus s'instaurer entre Gardeil et Mlle de La Chaux. Mais les dialogues d'idées, au contraire, amènent des rapprochements sensibles de personnages. Finalement l'aumônier fait à Orou bien des concessions. Mme la maréchale, qui semblait à cent lieues du Philosophe, au lieu d'être horrifiée par les sacrilèges qu'il murmure à son oreille, est sur le point de lui dire aussi « une sottise », et le retient « encore un moment » ; elle marque son embarras : « Je ne sais trop que vous répondre, et cependant vous ne me persuadez pas. » Il s'agit de tout autre chose que d'une concession de la conversation mondaine ; alors le dialogue s'inscrit dans la tradition du dialogue philosophique dont le dialogue platonicien est le modèle en Europe : le disciple finit par confesser son ignorance et par conséquent est disposé à apprendre. Et ces dialogues entre les personnages sont des figures d'un autre dialogue, celui du narrateur et de son auditeur qui devient à son tour l'image du dialogue entre le conteur et son lecteur ; lui aussi sera ébranlé par les propos et anecdotes relatés. Dans ce dialogue qui se poursuit à un triple niveau (entre les personnages, entre le narrateur et son interlocuteur, entre Diderot et son lecteur), le conteur nous montre ces personnages : « Le voilà guéri ; le voilà à côté de Mme de La Carlière » : le déictique (« le voilà »), en soulignant la rapidité du récit, les fait surgir à nos yeux. En nous faisant voir, il nous intègre, le temps de la lecture, à cette communauté de personnages, dont pourtant plus de deux siècles nous séparent. Nous croyons pouvoir dire comme l'interlocuteur fictif : « Qui n'a entendu parler de Mme de La Carlière ? » Nous pouvons convoquer dans la discussion les exemples de la Reymer, de Gardel, de Tanié, comme le fait « A » dans le *Supplément*. Qui est « A », qui est « B » ? Ce n'est pas par hasard que Diderot néglige de leur donner une dénomination — l'abstraction, en quelque sorte mathématique de ces lettres, étend leur champ sémantique. Il n'y a plus là de véritable distinction entre le narrateur et celui qui l'écoute. La parole passe de « A » à « B » ; on ne sent plus très bien la différence entre ces deux voix. Et dans la mesure où elles représentent aussi cet autre niveau de la conversation entre Diderot et son lecteur, on arrive donc à une sorte de fusion entre eux.

C'est bien la suprême *Mystification*. Il n'est pas que des raisons d'ordre chronologique pour faire figurer ce conte à l'ouverture de notre recueil. Il est le symbole même, l'essence du conte tel que le pratique Diderot. Mystification à tous les niveaux : à celui de l'intrigue, organisée pour reprendre les portraits, mais aussi analyse de cette autre mystification du souvenir, de l'objet que l'on croit capable de conserver quelque trace de l'être aimé, et d'assurer une présence de substitution. Mystification du conteur qui finit par nous persuader que son récit est vrai, « n'est pas un conte » : mystification d'autant plus subtile qu'elle ne l'est que partiellement, car il est bien vrai que le prince Galitsine a existé, qu'il voulait reprendre ses portraits avant de se marier ; il est bien vrai qu'Orou a existé ; les Parisiens l'ont vu. Mlle de La Chaux a vécu et souffert. Mais maintenant il nous reste un texte. Par ces simulacres de la réalité que sont les personnages romanesques et les objets, Diderot nous impose leur présence grâce à un leurre assez comparable à celui dont se berce Mlle Dornet en conservant tant de « souvenirs », plus ou moins « pieux », autour d'elle. Mlle Dornet subit avec une certaine complaisance ces diverses mystifications : celle du souvenir, celle de la parole de son interlocuteur. Le lecteur, quant à lui, se laisse complaisamment mystifier : « Je voudrais bien me rappeler la chose comme elle s'est passée, car elle vous amuserait. » C'est plus que de l'amusement. Le plus grand plaisir du lecteur provient de cette mystification qui le fait à tel point adhérer à la magie du texte qu'il a le sentiment d'être lui-même le conteur, et de participer à l'invention de Mlle Dornet, de Tanié, et même d'Orou[1].

Béatrice DIDIER

---

1. Le lecteur désireux de disposer d'une édition complète, sûre et d'un prix accessible, se reportera avantageusement à l'édition de L. Versini, Laffont, « Bouquins », 1994.

MYSTIFICATION

La correspondance avec Sophie Volland abonde en anecdotes qui auraient pu donner lieu à des contes, qui sont déjà des contes en gestation. Dans une lettre qu'on peut dater du 21 septembre 1768, Diderot lui écrit : « Vous savez bien ces portraits du prince qu'on me chargeait de retirer. Cela est devenu une mystification dont il y a déjà un demi-volume d'écrit. Je réserve tout cela pour les mortes saisons. L'histoire des portraits que je les obtienne ou non, vous fera dire que je suis quelquefois un grand scélérat » (Correspondance, éd. Minuit, t. VIII, p. 179-180). Le prince Galitsine venait de se marier et voulait récupérer des portraits donnés à une ancienne maîtresse, Mlle Dornet. Diderot imagina une « mystification » avec l'aide de Desbrosses qui se fit passer pour un médecin turc et de Mme Therbouche (cf. Yves Benot, À propos de Diderot, et Mystification ou Histoire des portraits, préface de Pierre Dux, Paris, 1954). Faut-il prendre à la lettre ce « demi-volume déjà écrit » ? Jacques Proust, dans son édition de Quatre Contes (Droz, 1954), a le premier édité ce texte à partir de la copie du fonds Vandeul (B.N.). Ce n'est pas un texte très long, comme on le voit, et il est peu probable qu'il y ait eu un manuscrit plus long, quoique, comme le suggère très habilement Laurent Versini, Diderot eût pu prolonger cette histoire. « Le déménagement de Mme Therbouche et le suicide de Desbrosses » ont empêché la fin de la mystification. « Diderot, dont la liberté créatrice se borne à avancer d'un an, dans une addition postérieure (...), la mort de Desbrosses, qui ne se produisit en réalité qu'en novembre 1769, ne songe pas à prolonger les deux scènes réelles par une scène imaginaire » (Contes, Laffont, p. 432).

La rédaction, contemporaine de l'histoire, se situe donc, la correspondance en fait foi, entre septembre et le début novembre 1768. Le 1er octobre : « *Notre mystifica-tion va toujours son train* » (Correspondance, t. VIII, p. 184). Le 26 octobre : « Les portraits, les portraits ! L'oulvari de la petite maison que nous avons évacuée ; notre installation dans un hôtel garni ont un peu dérangé les suites de notre mystification. Ce volume, c'est moi qui l'ai écrit. C'est la chose comme elle s'est passée. »

Le suicide de Desbrosses est également raconté dans une lettre à Grimm du 19 novembre 1769. Desbrosses ruiné était venu voir Diderot et l'avait entretenu de son désir de mettre fin à ses jours. Diderot lui avait conseillé d'aller refaire sa fortune « au loin » : « J'apprends ce matin qu'un domestique s'est présenté avec un billet de change de trente mille francs ; qu'il a pris la lettre de change ; qu'il en a déchiré un morceau qui a servi à charger un pistolet, et qu'il s'est lâché un coup de pistolet dans la tête » (Correspondance, t. IX, p. 219). Peut-être Diderot a-t-il eu quelques scrupules à tirer de la littéra-ture de ce fait divers tragique, ou bien a-t-il jugé qu'il l'aurait fait sortir du sujet même de son conte ; il est surtout vraisemblable qu'en 1769, Diderot n'a plus envie de reprendre ce texte pour développer cette coda sinistre. Il se contente de terminer brusquement : « Desbrosses, quelques jours avant cette singerie, se cassa la tête de deux coups de pistolet. » L'élan qui l'a poussé à écrire ce texte est passé et il est plongé dans un autre travail. On peut préférer d'ailleurs l'effet esthétique de cette rupture brutale de Mystification à *un prolongement mélodrama-tique que Diderot n'a pas voulu écrire.*

**

Je voudrais bien me rappeler la chose comme elle s'est passée, car elle vous amuserait[1]. Commençons à tout hasard, sauf à laisser là mon récit, s'il m'ennuie.

---

1. Le ton du début du texte est celui d'une lettre à Sophie Volland. C'est à elle que fut envoyée la première mouture.

M. le prince de Galitsine[1] s'en va aux eaux d'Aix-la-Chapelle ; il y trouve la jeune et belle comtesse de Schmettau. En huit jours de temps il en devient amoureux, il le dit, il est écouté, il est époux.

Il avait été attaché à Paris à une demoiselle Dornet, grande fille, assez belle, mais d'une mauvaise santé, ne manquant pas tout à fait d'esprit, mais ignorante comme une danseuse d'Opéra, et toute propre à donner dans un torquet[2].

Le prince, après son mariage, regretta deux ou trois portraits qu'il avait laissés à cette fille, et il me pria de les ravoir, si je pouvais. La chose n'était pas aisée. Entre plusieurs moyens qui me vinrent en tête, celui auquel je m'arrêtai, ce fut de tirer parti des inquiétudes qu'elle avait sur sa santé, et de supposer à ces portraits une influence funeste qui l'effrayât. Voilà qui est bien ridicule, me direz-vous. D'accord. Mais d'un autre côté il est si agréable de se bien porter, les portraits d'un infidèle sont si peu de chose ; il y a un si grand fonds à faire sur l'imagination d'une femme alarmée, et en général les femmes sont si crédules et si pusillanimes en santé, si superstitieuses dans la maladie[3] !

Le point important était de trouver un homme leste et capable de bien faire le rôle que j'avais à lui donner. Il était sous ma main. Je ne dirai rien de son talent en ce genre, vous en jugerez.

Vous connaissez à présent le sujet de la scène, ce sont *Les Portraits recouvrés*. Le lieu, c'est l'appartement de

---

1. Le prince Galitsine (1738-1803) fut ministre de Russie à Paris de 1765 à 1767. C'est alors qu'il fit la connaissance de Falconet et de Diderot, c'est alors aussi qu'il eut cette liaison avec Mlle Dornet. En août 1768, il épousa la comtesse de Schmettau, ce qui explique sa volonté de récupérer les portraits donnés à Mlle Dornet qui était danseuse (née en 1747). — **2.** Embûche, attaque ; donner dans un torquet, c'est ce que nous appellerions tomber dans le panneau. — **3.** Ces propos rejoignent ce que Diderot écrit dans son compte rendu *Sur les Femmes* (*cf.* p. 217, n. 1), à propos de l'influence de l'imagination sur la santé des femmes : « Un médecin dit aux femmes de Bordeaux, tourmentées de vapeurs effrayantes, qu'elles sont menacées du mal caduc, et les voilà guéries » (*Œuvres*, Laffont, t. I, p. 953).

Mme Therbouche[1], dans la petite maison de Falconet[2]. Les personnages sont Mme Therbouche, Mlle Dornet, surnommée la Belle Dame, et un certain brigand, Bonvalet Desbrosses[3], soi-disant médecin turc.

C'était au mois de septembre, sur la fin du jour. Mme Therbouche avait quitté sa palette, et causait avec Desbrosses de ses affaires, auxquelles je crois qu'il prenait un profond intérêt.

Survient Mlle Dornet. Elle ne salue point, elle se jette sur un canapé. Elle n'a fait qu'un pas, et elle est excédée de fatigue. C'est qu'elle devient à rien, c'est que ses forces s'en vont tout à fait. Et puis la voilà embarquée dans l'éternelle histoire de sa santé passée et de ses infirmités présentes. Desbrosses, le dos appuyé contre la cheminée, la regardait fixement, sans mot dire.

MADEMOISELLE DORNET, *à Desbrosses*. — À me voir, monsieur, vous aurez peine à croire un mot de ce que je dis.

DESBROSSES. — D'autant plus de peine, mademoiselle, que je n'en ai rien entendu.

MADAME THERBOUCHE. — Vous n'écoutiez pas ? Mais, docteur, cela est fort mal, de ne pas écouter.

DESBROSSES. — C'est mon usage. Je n'écoute jamais, je regarde.

MADEMOISELLE DORNET. — Et pourquoi n'écoutez-vous point ?

DESBROSSES. — C'est que le discours ne m'appren-

---

1. Mme Therbouche (1721-1782) était peintre du roi de Prusse. Grâce à Diderot, elle fut reçue à l'Académie royale de peinture et de sculpture en 1767. Falconet lui laissa sa maison quelque temps, pendant qu'il était en Russie. Les rapports de Mme Therbouche avec Diderot se gâtèrent, et, la correspondance en fait foi, il éprouva un grand soulagement à lui voir repasser la frontière. — **2.** Il s'agit évidemment du sculpteur (1716-1791), ami de Diderot. Il fut à Saint-Pétersbourg d'octobre 1766 à septembre 1778. C'est pourquoi sa maison est disponible. — **3.** Desbrosses Bonvalet (1738-1769) était agent de change ; ruiné par son frère, il se suicida.

drait que ce qu'on pense de soi ; au lieu que le visage m'apprend ce qui en est[1].

MADEMOISELLE DORNET. — Eh bien, que mon visage vous a-t-il appris ?

DESBROSSES. — Que vous êtes réellement malade. Cela est sûr ; mais ce qui l'est davantage, c'est que les médecins n'ont rien connu de votre maladie.

MADEMOISELLE DORNET. — Ah ! je suis donc malade ? Dieu soit loué ! Mais vous, monsieur, que pensez-vous de mon état ?

DESBROSSES. — Rien encore. Un homme qui se respecte ne prononcera jamais sur un premier coup d'œil, sur quelques observations superficielles.

MADEMOISELLE DORNET. — Nous sommes seuls ici ; je n'ai point de secret pour madame, et vous êtes le maître d'interroger, de visiter et de voir.

DESBROSSES. — Je n'interroge point, je vous l'ai déjà dit. Quand les réponses ne signifient rien, les questions sont inutiles. Mais puisque mademoiselle le permet, voyons.

(Desbrosses s'approche d'elle, lui penche la tête en arrière, regarde ses yeux, qu'elle a un peu durs, mais fort beaux, écarte le fichu, promène sa main sur la gorge, veut lui tâter le ventre.)

MADEMOISELLE DORNET. — Mais, monsieur...

(Desbrosses, sans lui répondre, continue de la parcourir, puis il va s'appuyer sur le dos d'un fauteuil et y reste quelque temps, dans l'attitude d'un homme qui rêve.)

MADAME THERBOUCHE. — Au moins, docteur, si vous ne rencontrez pas, ce ne sera pas la faute de mademoiselle, elle s'est prêtée de bonne grâce à vos observations.

MADEMOISELLE DORNET. — On veut guérir ou on ne le veut pas.

---

1. On peut rapprocher cette remarque des progrès de l'intérêt pour la « physiognomonie » au XVIIIe siècle. *L'Art d'étudier la physiognomonie* de Lavater ne paraît qu'en 1772.

DESBROSSES, *marmottant tout bas*. — L'air, le tour du visage, les yeux... oui, les yeux d'une femme à talents.

MADAME THERBOUCHE, *éclatant de rire*. — Ah ! Ah ! une femme à talents. C'est bien trouvé.

DESBROSSES. — Que je revoie. Tout cela tient à si peu de chose. Mademoiselle, ouvrez les yeux, regardez-moi. Levez-vous, marchez. Déployez vos bras. Penchez votre tête sur l'épaule droite... Femme à talents, femme à talents, vous dis-je.

MADAME THERBOUCHE. — Vous vous trompez, vous vous trompez, vous dis-je.

Cependant Mlle Dornet flattée du mot de femme à talents, faisait tout ce qu'il fallait pour que le docteur n'en démordît pas ; elle ne dansait pas, mais elle s'en donnait tous les airs. Desbrosses disait : « Cela est plus clair que le jour » ; et elle ajoutait : « Mais puisque M. le docteur l'a deviné, pourquoi lui en faire un mystère ? »

DESBROSSES. — Oh, mesdames, de la bonne foi, s'il vous plaît.

MADEMOISELLE DORNET. — Monsieur le docteur, laissez dire Mme Therbouche et comptez sur ma franchise.

Et Desbrosses revenant à elle, et lui passant la main sur les joues, lui prenant la gorge, lui pressant les cuisses, disait : « Comme cela était ferme ! comme cela était rond ! »

MADEMOISELLE DORNET. — Hélas ! oui, cela était.

DESBROSSES, *en soupirant*. — Vie dissipée, vie délicieuse, vie funeste.

MADEMOISELLE DORNET. — Vie funeste, c'est bien dit.

DESBROSSES. — Et puis vie retirée, vie triste, vie ennuyée, vie plus funeste encore.

MADEMOISELLE DORNET. — Mais où voyez-vous cela ?...

DESBROSSES. — Cela est écrit là, là, et là encore. La tristesse passe, mais ses traces demeurent. (*À Mme Ther-*

bouche) Voyez, madame, vous qui êtes peintre et par conséquent physionomiste...

(La demoiselle Dornet était si curieuse de faire dire la vérité au docteur, qu'à mesure qu'il parlait et que Mme Therbouche la regardait, son visage prenait l'expression de la tristesse.)

DESBROSSES. — Et puis le malaise.

MADEMOISELLE DORNET. — Eh oui, le malaise.

DESBROSSES. — Les vapeurs.

MADEMOISELLE DORNET. — J'en suis rongée.

DESBROSSES. — Les angoisses, les peines d'âme et d'esprit.

MADAME THERBOUCHE. — Peu.

MADEMOISELLE DORNET. — Pardonnez-moi, madame, j'ai souffert et beaucoup.

DESBROSSES. — L'humeur et le dépit.

MADEMOISELLE DORNET. — On en aurait à moins.

DESBROSSES. — La colère et les emportements.

MADEMOISELLE DORNET. — Ah, monsieur le docteur, si vous saviez, quitter sa maison, courir les champs, passer le Mordeck ! Encore si j'avais aimé ; mais c'est que je n'aimais pas. On n'y comprend rien.

DESBROSSES. — Les insomnies.

MADEMOISELLE DORNET. — Oh non, je buvais, je mangeais, je dormais.

DESBROSSES. — De fatigue. Quand une fois les esprits ont pris un certain cours et ces diables de fibres je ne sais quel pli, cela ne se redresse pas comme on veut. L'odeur qu'elle a reçue dans sa nouveauté, la cruche la retient. C'est Horace, qui est un de nos grands médecins, qui l'a dit.

MADEMOISELLE DORNET. — Monsieur est médecin ?

DESBROSSES. — Oui, madame.

MADAME THERBOUCHE. — Je vous connaissais bien des qualités, mais non celle-là.

DESBROSSES. — J'ai fait mes cours à Tubinge, et je croyais vous l'avoir dit.

MADAME THERBOUCHE. — Je ne me le rappelle pas.

MADEMOISELLE DORNET. — Exercez-vous ?

DESBROSSES. — Quand un ami a besoin de mon secours, lorsque je puis donner un conseil salutaire, même à un indifférent, je croirais, en m'y refusant, manquer aux premiers devoirs de l'humanité.

MADEMOISELLE DORNET. — Vous êtes étranger ?

DESBROSSES. — Il est vrai.

MADEMOISELLE DORNET. — Pourrait-on vous demander d'où vous êtes ?

DESBROSSES. — Je suis turc.

MADEMOISELLE DORNET. — Vous êtes donc circoncis ?

DESBROSSES. — Très circoncis.

MADEMOISELLE DORNET, *bas à Mme Therbouche*. — Cela doit être singulier, un homme circoncis.

MADAME THERBOUCHE, *bas*. — N'allez-vous pas lui parler de cela ?

MADEMOISELLE DORNET. — Turc ! mais vous en avez assez la physionomie, et vous devez être fort bien en turban. On dit que l'état de médecin est très honoré en Turquie.

DESBROSSES. — Et très difficile.

MADEMOISELLE DORNET. — Et pourquoi plus difficile qu'ailleurs ?

DESBROSSES. — C'est qu'il n'est pas permis d'interroger sa malade. L'époux est là debout, à côté de vous, la main posée sur un cimeterre ; il vous observe, il observe sa femme ; s'il vous échappe un mot, la tête du médecin est à bas.

MADEMOISELLE DORNET. — Fi, les vilaines gens ! À la place des médecins, je les laisserais tous crever.

DESBROSSES. — On juge la maladie aux gestes, à la couleur, aux regards, au pouls, à l'état de la peau, aux urines, aux traits de la main, quand on peut la toucher, aux rêves, quand on peut les savoir.

MADEMOISELLE DORNET. — Les miens sont affreux.

DESBROSSES. — J'allais vous le dire. Notre médecine turque a deux parties essentielles que la vôtre n'a pas : l'oneirocritique et la chiromancie ; l'oneirocritique ou la connaissance de la maladie par les songes, la chiromancie ou la connaissance de sa fin par les traits de la main.

MADEMOISELLE DORNET. — Vous dites la bonne aventure ?

DESBROSSES. — Certainement.

MADEMOISELLE DORNET. — J'avais cru jusqu'à présent qu'un diseur de bonne aventure n'était qu'un fripon.

DESBROSSES. — C'est assez l'ordinaire ; mais un fripon n'empêche pas qu'il n'y ait d'honnêtes gens, non plus qu'un charlatan qu'il n'y ait de vrais médecins.

MADAME THERBOUCHE. — Rien n'est plus juste.

MADEMOISELLE DORNET. — Regardez donc bien vite ma main ; je me meurs d'envie de savoir ce que vous y lirez.

(On approche des bougies, et Desbrosses se met à lui considérer la main avec une loupe.)

MADEMOISELLE DORNET. — Voyez-vous là bien des choses ?

DESBROSSES. — Beaucoup.

MADEMOISELLE DORNET. — Bonnes ? mauvaises ?

DESBROSSES. — D'unes et d'autres.

MADEMOISELLE DORNET. — Vous me les direz ?

DESBROSSES. — Non, madame ; il y a des choses qui ne se disent pas.

MADEMOISELLE DORNET. — Eh bien, écrivez-les.

DESBROSSES. — Très volontiers.

On apporte une table, de l'encre, des plumes et du papier, et Desbrosses lui écrit de sa vie passée, de son état présent, de ses mœurs, de son tempérament, de son esprit, de ses passions, de son cœur, de son caractère, de

ses intrigues, côtoyant la vérité d'assez près pour n'être
ni trop clair ni trop obscur. Il cachette son papier et le lui
donne. Elle allait rompre le cachet et lire, lorsque Desbrosses l'arrêta et lui dit : « Non, madame, pas à présent ;
ce sera pour quand vous serez seule. Cela demande de
votre part l'attention la plus sérieuse. »

MADEMOISELLE DORNET. — Avec votre permission,
monsieur le docteur, il faut que je voie tout à l'heure ; je
ne saurais attendre, cela me soucierait. Et puis il faut que
je sache tout de suite quelle confiance on peut avoir dans
un art qui m'a paru toujours suspect.

DESBROSSES. — Ah, mademoiselle, puisqu'il s'agit de
l'honneur de l'art, je ne puis rien refuser à l'honneur de
l'art.

(Elle ouvre le papier, elle lit, et en lisant elle souriait
et disait : « Ma foi, cela est vrai... Cela l'est encore...
Mais cela est prodigieux... Comment est-il possible qu'on
ait sa vie écrite dans sa main ?...) Monsieur le docteur,
une femme doit trembler à vous confier sa main. »

DESBROSSES. — Et voilà précisément pourquoi les
vrais chiromanciens s'en cachent.

À la suite d'un assez long détail, il lui prescrivait un
régime propre à rétablir une machine usée par la peine et
par le plaisir, mais à laquelle il y avait encore de l'étoffe ;
des aliments sains, de la distraction, de l'exercice, mais
surtout la soustraction de tout ce qui pouvait lui rappeler
de certaines idées, comme meubles, lettres, bijoux, portraits. Et la demoiselle Dornet qui, tout en l'écoutant, reli-
sait ce papier fait avec beaucoup de finesse, s'écriait :
« Cela est à confondre. C'est qu'on ne comprend pas du
premier coup tout ce qu'il y a là-dedans. Plus je réfléchis
et plus cela ressemble. Y a-t-il longtemps que vous
connaissez madame ? »

DESBROSSES. — Trois ans ou environ. J'eus l'honneur
de la voir pour la première fois à la cour de Wurtemberg.
J'arrive ici ; j'apprends qu'elle y est, et je n'ai rien de
plus pressé que de lui faire ma cour. Voici ma première
visite. Je ne me suis pas même donné le temps de quitter

mon habit de voyage, et j'ai espéré qu'elle ne verrait que mon empressement.

(En effet il était en chapeau rabattu, en petite perruque ronde et sans poudre, en casaque bleue bordée d'or et en bottines courtes.)

MADEMOISELLE DORNET. — Connaissez-vous M. Diderot ?

DESBROSSES. — Non, madame. J'en ai beaucoup entendu parler en pays étranger, et je me propose bien de le voir avant que de quitter celui-ci.

MADEMOISELLE DORNET, *à Mme Therbouche*. — Je voudrais bien savoir ce que notre esprit fort en dirait.

MADAME THERBOUCHE. — Il dirait que le docteur est un scélérat bien sifflé qui nous joue.

DESBROSSES. — Je ne m'en offenserais nullement, parce que M. Diderot qui ne me connaît pas doit me juger ainsi ; mais je lui servirais d'un autre plat de mon métier qui pourrait ébranler son incrédulité. Nous en avons retourné d'aussi éclairés et de plus méfiants. Qu'il se donne seulement la peine de m'honorer d'une visite ; mais il faut que ce soit un quart d'heure avant mon départ.

MADEMOISELLE DORNET. — Et pourquoi ?

DESBROSSES. — C'est que je ne reste point dans un endroit quand j'y suis connu.

MADAME THERBOUCHE. — Il faut que vous nous fassiez voir cela à mademoiselle et à moi.

DESBROSSES. — Non, mesdames, cela est trop fort pour vous. Vous en jetteriez des cris de frayeur, on accourrait, et il n'en faudrait pas davantage pour me perdre.

(Cependant la demoiselle Dornet ruminant sur son papier, disait : « Point de meubles, point de bijoux, point de lettres, point de portraits ! »)

MADEMOISELLE DORNET. — Monsieur le docteur, mais quel danger y a-t-il à ces choses-là, quand on n'y met plus d'importance ?

DESBROSSES. — C'est qu'il est faux qu'on n'y en

mette point. On les revoit, on y pense, la digestion en est plus ou moins dérangée, le sommeil interrompu ; on fait des rêves, on a des palpitations ; l'imagination s'échauffe, le sang se brûle, le tempérament se détruit, on tombe dans un état misérable, et cela sans savoir pourquoi. Témoin une grande dame d'Allemagne, une dame qui a un nom dans l'Europe ; je ne sais comment je le devinai, car c'était la vertu du pays.

MADAME THERBOUCHE. — Les prêtres disaient que c'était un sortilège.

(Desbrosses hochait de la tête à Mme Therbouche et lui imposait silence en se mettant le doigt sur la bouche ; et Mlle Dornet disait au docteur :)

MADEMOISELLE DORNET. — Quoi, sérieusement il y a des femmes...

DESBROSSES. — Il y en a sans nombre.

MADEMOISELLE DORNET. — Par un bijou, des lettres, un portrait ?

DESBROSSES. — J'étais à Gotha. Je vis là par hasard une jeune fille belle comme un ange, des yeux, une bouche, un tour de visage tout comme vous l'avez. La pauvre enfant dépérissait à vue d'œil. Ses parents qui l'aimaient à la folie en étaient désolés. Je leur dis : « Changez-la de demeure et elle guérira. » Ils le firent et elle guérit.

MADAME THERBOUCHE. — Elle habitait apparemment la maison d'un amant qu'elle avait perdu ?

DESBROSSES. — Bien moins que cela. Sa fenêtre donnait sur un jardin où ils s'étaient quelquefois promenés... Mais une autre ; celle-ci, madame Therbouche, est une de vos compatriotes.

MADAME THERBOUCHE. — La femme du chambellan de la princesse de *** ?

DESBROSSES. — Elle ou une autre. Il suffit que veuve depuis cinq ou six ans d'un mari dont elle n'avait pas été folle...

MADAME THERBOUCHE. — C'est celle que je pensais ; j'en suis sûre.

DESBROSSES. — Chut. Elle avait gardé, sans conséquence, à ce qu'elle croyait, un bracelet de ses cheveux.
Ce bracelet jeté pêle-mêle avec d'autres parures de
femme, lui tombait de temps en temps sous la main, et à
chaque fois elle se rappelait son mari. Cela commença
par des soupirs qui lui échappaient sans qu'elle s'en aper-
çût. Peu à peu sa tête s'embarrassa ; la mélancolie sur-
vint ; l'insomnie suivit la mélancolie ; le marasme suivit
l'insomnie comme c'est l'ordinaire ; elle devint sèche
comme un morceau de bois. Nous avons été quelque
temps en commerce de lettres. Depuis un an ou deux, je
n'en ai pas entendu parler ; il faut qu'elle soit morte. Il
ne faut pas laisser engrener cela.

MADAME THERBOUCHE. — Cela ne se comprend pas.

MADEMOISELLE DORNET. — C'est comme tant
d'autres choses qu'on ne comprend pas davantage.

DESBROSSES. — On dirait qu'il s'échappe des choses
qui ont appartenu, qui ont touché à un objet aimé, des
écoulements imperceptibles qui se portent là. Cette idée
n'est pas nouvelle ; c'est la vieille doctrine d'Épicure. Ces
Anciens-là en savaient plus que nous. Cela tient à la
vision, et la vision comment se fait-elle ? Par des simulacres minces et légers qui se détachent des corps et
s'élancent vers nos yeux. Qui est-ce qui connaît les qualités bien ou malfaisantes de ces simulacres ? Personne.
Mais il est bien démontré par l'expérience qu'ils ne sont
pas tous innocents. Quelle est la tête qui résisterait longtemps à un appartement tendu de noir ? Cependant une
tenture blanche, noire, rouge, verte ou grise n'est toujours
que de l'étoffe. Si les astres, qui sont à des distances
infinies, versent sur nos têtes des influences qui disposent
de nous, comment nier l'effet des êtres qui nous environ-
nent, nous assaillent, nous pressent, nous touchent ? Ô
Nature ! Nature ! qui est-ce qui a pénétré tes secrets !
Nous en connaissons un peu plus que le commun, mais
avec cela nous sommes encore bien ignorants.

MADAME THERBOUCHE. — Et le chapitre des sympa-
thies et des antipathies ?

DESBROSSES. — Il est infini.

MADAME THERBOUCHE. — Et puis est-il possible qu'il ne nous reste pas de nos goûts une pente secrète ?

DESBROSSES. — N'en doutez pas. Nous la suivons d'abord sans le sentir ; sa force s'accroît en nous sourdement, tant et si bien qu'elle finit à la longue par nous entraîner avec une violence à laquelle on ne résiste plus. La théologie a voulu s'en mêler ; mais affaire d'organisation, effet naturel, affaire de médecine. On devient triste sans raison, à ce qu'on croit, premier symptôme. L'ennui nous gagne ; nous cherchons à nous dissiper, nous ne le pouvons, partout il nous manque quelque chose.

MADEMOISELLE DORNET. — C'est précisément où j'en suis.

DESBROSSES. — Qu'une bague, un portrait, une lettre, un billet tendre qu'on aura reçu vienne à tomber sous les yeux, et voilà le simulacre perfide qui s'attache à la rétine.

MADEMOISELLE DORNET. — Qu'est-ce qu'une rétine ?

DESBROSSES. — C'est une toile d'araignée tissue des fils nerveux les plus déliés, les plus fins, les plus sensibles du corps, qui tapisse le fond de l'œil. Quand l'image s'est attachée à cette toile mobile, quand ses petits ébranlements ont été transmis à cette substance si délicate, si molle qu'on appelle le cerveau ; quand l'âme a pris les ondulations de cette substance ; quand l'une et l'autre lassées d'osciller, viennent à s'affaisser de fatigue, de l'ennui on passe à la tristesse, à la mélancolie, à l'attendrissement, aux larmes, au chagrin, à l'indigestion, à l'insomnie, à la douleur, aux nerfs agacés, aux vapeurs.

MADEMOISELLE DORNET. — C'est moi, c'est moi, comme si ma femme de chambre vous l'avait dit.

DESBROSSES. — Des vapeurs à la maigreur ; plus de tétons, plus de cuisses, plus de fesses. Des os, et puis encore quoi ? Des os.

(Ici Mlle Dornet écartant avec ses deux mains la partie du vêtement qui cachait sa poitrine, leur découvrit une large plaine, inégale, traversée de profonds sillons. Cela aurait fait pitié à tout d'autres que de mauvais plaisants. Puis elle ajoutait : « Monsieur le docteur, ce n'est rien

que cela ; donnez-moi votre main. » Le docteur lui donna
sa main qu'elle conduisit par les fentes de ses jupons sur
ses hanches.)

MADEMOISELLE DORNET. — Eh bien ! qu'en dites-
vous ?

DESBROSSES. — Je dis que vous n'en êtes pas encore
jusqu'où cela peut aller.

MADEMOISELLE DORNET. — Et que peut-il m'arriver
de pis ?

DESBROSSES. — C'est que le peu de graisse qui reste
se fonde ; que la peau se noircisse et se colle sur les os ;
que le feu prenne au squelette ; que les yeux s'allument
comme deux chandelles, et que la raison se perde. Alors
c'est du délire, c'est de la fureur.

MADEMOISELLE DORNET. — Finissez, monsieur le
docteur, vous me donnez la chair de poule.

DESBROSSES. — C'est le dernier période qui est
affreux, c'est la queue des passions qui est à redouter ;
cette queue-là n'a point de fin. Aussi je m'attache d'abord
à la vie, aux mœurs, aux goûts, aux passions d'un malade.
J'exige le sacrifice de toutes ces guenilles qui ne signifient plus rien pour le bonheur et qui peuvent avoir des
suites si funestes. Si on me les refuse, je me retire et
j'abandonne une insensée à son mauvais sort. Les passions, les passions, ce sont comme les volcans qu'on croit
éteints parce qu'ils ne jettent plus. Moi, mesdames, moi
qui vous parle, j'ai vu, j'ai connu un homme qui avait été
dix ans, entendez-vous, dix ans sans songer à une infidèle
qu'il avait quittée, lui, sans la chercher, sans la voir, sans
en parler, sans la regretter. Au bout de ces dix ans, le
hasard veut qu'il la rencontre ; ses yeux s'obscurcissent,
sa tête s'embarrasse, il tremble de tous ses membres, ses
genoux se dérobent sous lui, il se trouve mal, mais mal à
mourir. Qu'on vienne me dire après cela qu'on connaît
l'état de son cœur... Vous riez, madame Therbouche ;
vous ne croyez pas à cela ?

MADAME THERBOUCHE. — Tout au contraire, docteur,
c'est que j'ai par-devers moi un exemple tout pareil.

DESBROSSES. — Un dé à coudre plein d'une certaine poudre noire. Ce n'est rien. Une étincelle de feu ; c'est moins encore. Cependant...

MADEMOISELLE DORNET. — Et la passion la plus violente, qu'est-ce dans son premier instant ? Un souris, un mot, un regard, un geste, un tour de tête, un clin d'œil, un je-ne-sais-quoi.

MADAME THERBOUCHE. — Et ce je-ne-sais-quoi a bouleversé plus d'un empire.

DESBROSSES. — Fort bien, mesdames, fort bien. Les femmes ! ah ! les femmes ! je l'ai dit cent fois, si elles voulaient s'en mêler, nous n'aurions qu'à fermer boutique. C'est une sagacité naturelle dont nous n'approchons pas avec tous nos livres. Tandis que nous tournons autour de la chose, elles mettent la main dessus [1].

MADAME THERBOUCHE. — Trêve de galanterie ; nous savons de reste ce que nous valons. Mais que conclure de toutes les belles choses que vous nous avez débitées ?

DESBROSSES. — Qu'en conclure ? C'est de ne rien négliger, de se méfier de tout, c'est, mesdames, de se secourir par tous les moyens possibles.

MADAME THERBOUCHE. — Doucement, docteur ; point de pluriels. Je n'en suis pas.

DESBROSSES. — D'accord, madame ; mais vous ne savez pas ce qui vous attend.

Ici le docteur se rappela qu'il avait peu dîné et qu'il avait faim. On lui offrit du pain, du vin, des pêches et du raisin qu'il accepta. Il mangeait d'un appétit et dissertait d'une profondeur que je désespère de vous rendre. Il démontrait à ces dames que dans un ordre où tout tient il n'y a point de petites choses, et que les plus minutieuses sont l'origine des plus importantes ; là-dessus il en appelait à l'histoire même de leur vie. Il faisait rentrer les lettres, les bagues, les portraits avec une adresse

---

1. *Cf. Sur les femmes* : « Tandis que nous lisons dans les livres, elles lisent dans le grand livre du monde. (...) Quand elles ont du génie, je leur en crois l'empreinte plus originale qu'en nous » (*Œuvres*, Laffont, t. I, pp. 960-961).

incroyable, et Mlle Dornet l'écoutait de toutes ses oreilles. Il disait : « Si le présent est gros de l'avenir, il faut avouer aussi qu'il en est de cette grossesse du présent comme d'une autre, et qu'il faut bien peu de chose pour le féconder. — Et que c'est bien dommage, ajoutait Mlle Dornet, qu'on ne puisse voir clair dans cette matrice-là. » Le docteur ne répondit rien, mais il fixa ses regards sur elle d'un air plein d'intérêt et même d'attendrissement ; et Mme Therbouche lui disait à l'oreille : « C'est un diable d'homme auquel je n'entends rien. Il m'a prédit à Stuttgart des choses inouïes et qui se sont vérifiées à la lettre. »

MADEMOISELLE DORNET. — Tout de bon ?

MADAME THERBOUCHE. — D'honneur. Cela m'avait même donné du scrupule, je craignais qu'il n'y eût de la diablerie dans son fait ; mais il m'a toujours paru si honnête homme.

DESBROSSES. — Que chuchotez-vous là, mesdames ? Il ne tiendrait qu'à vous que je profitasse de ce que vous dites.

MADEMOISELLE DORNET. — C'est madame qui prétend que vous en savez bien plus encore que vous n'en voulez montrer.

DESBROSSES. — Madame Therbouche, vous êtes une indiscrète.

MADEMOISELLE DORNET. — Monsieur le docteur, ne craignez rien ; je ne suis plus un enfant, et je sais un peu ce qu'il faut dire ou taire. Madame, répondez-lui de moi et priez-le...

MADAME THERBOUCHE. — Docteur, vous connaissez les femmes ; elles sont curieuses, et madame voudrait que vous lui dissiez quelque chose.

DESBROSSES. — Que voulez-vous que je lui dise ? Je ne sais rien.

MADAME THERBOUCHE. — Vous ne vous êtes pas repenti de m'avoir parlé. Je connais madame, et je puis vous assurer qu'elle mérite votre confiance.

DESBROSSES. — Encore une fois, madame, je ne sais rien.

MADAME THERBOUCHE. — Allons, mon petit docteur, mon petit docteur, ne contristez pas une belle dame comme celle-là, et dites-lui quelque chose.

Desbrosses ne demandait pas mieux que de s'avouer sorcier pour faire plaisir à la Belle Dame, mais il était une heure du matin et il avait envie de dormir. Il prit un air boudeur, se leva et disparut. Mlle Dornet eut beau crier du haut de l'escalier « Monsieur le docteur, monsieur », le bruit de la porte lui apprit qu'il était déjà dans la rue. Elle rentra bien fâchée de ne lui avoir pas offert son carrosse, du moins elle aurait su sa demeure... Et voilà nos deux femmes seules.

MADEMOISELLE DORNET. — Ah çà, madame Therbouche, j'espère que vous ne me refuserez pas un service.

MADAME THERBOUCHE. — Assurément, s'il est en mon pouvoir.

MADEMOISELLE DORNET. — C'est un homme bien extraordinaire.

MADAME THERBOUCHE. — Je vous en réponds. Vous savez ce qui m'est arrivé à Paris. Eh bien ! il me l'avait annoncé, et vous et le prince Galitsine et Stackes[1] et Mme de Rieben et M. Diderot et ce pauvre Chabert ; il n'y manquait que les noms. D'abord je traitai cela comme des rêveries, et je crois que vous en auriez fait autant.

MADEMOISELLE DORNET. — Peut-être.

MADAME THERBOUCHE. — C'est qu'apparemment vous avez meilleur esprit que moi.

MADEMOISELLE DORNET. — Pardi, si l'on me dit des choses que je sache toute seule, il est à croire qu'on les a devinées.

MADAME THERBOUCHE. — Cela est sans réplique. Mais il est tard ; venons au service que je puis vous rendre.

---

1. Yves Benot propose de lire le comte de Stackelberg ; ministre de Russie à Madrid, il passa à Paris en 1768.

MADEMOISELLE DORNET. — Vous le reverrez ?

MADAME THERBOUCHE. — Je l'espère.

MADEMOISELLE DORNET. — Il faudrait l'engager à souper chez moi. Nous ne serions que nous trois, et nous le tiendrions sur la sellette.

MADAME THERBOUCHE. — Pour moi, je vous déclare que je ne veux rien savoir.

MADEMOISELLE DORNET. — Et la raison ?

MADAME THERBOUCHE. — C'est que les choses n'en arrivent pas moins et qu'on en a l'inquiétude d'avance.

MADEMOISELLE DORNET. — C'est tout au contraire à mon égard. Les choses me touchent moins quand je m'y attends, et c'est là peut-être pourquoi je suis si curieuse. Ainsi qu'il vienne toujours ; si ce n'est pas pour vous, ce sera pour moi.

MADAME THERBOUCHE. — Il n'y a plus qu'une petite difficulté, c'est qu'il est parfois bizarre et silencieux.

MADEMOISELLE DORNET. — Il n'en a pas l'air.

MADAME THERBOUCHE. — Je vous dis qu'il est des mois entiers sans sortir et des semaines sans desserrer les dents ; il ne parle à ses gens que par signe. Il ne faut pas croire qu'il soit toujours comme vous l'avez trouvé aujourd'hui. Il est avec une amie qu'il a perdue de vue depuis deux ans et qu'il revoit pour la première fois ; il se rencontre vis-à-vis d'une femme jeune et belle ; il faut que vous l'ayez singulièrement intéressé pour se lâcher comme il l'a fait.

MADEMOISELLE DORNET. — Il aime les femmes ?

MADAME THERBOUCHE. — Les belles femmes, à la folie.

MADEMOISELLE DORNET. — Vous me l'amènerez ?

MADAME THERBOUCHE. — J'y ferai de mon mieux ; je ne réponds que de cela.

MADEMOISELLE DORNET. — Belle, faites cela pour moi ; je vous en aurai obligation toute ma vie.

MADAME THERBOUCHE. — Mais s'il vient à vous dire des choses qui vous tracassent ?

MADEMOISELLE DORNET. — J'ai la tête excellente, et l'on ne me tracasse pas aisément.

MADAME THERBOUCHE. — À votre place, je ne le consulterais que sur ma santé. À quoi m'ont servi ses prédictions ? À rien. J'en ai ri la première fois ; je n'en rirais pas la seconde.

MADEMOISELLE DORNET. — À tout hasard, je veux savoir, et vous me fâcherez vraiment, si notre partie n'a pas lieu.

MADAME THERBOUCHE. — Je ne veux pas vous fâcher, mais je ne veux pas non plus de vos reproches.

MADEMOISELLE DORNET. — Vous n'en aurez point.

MADAME THERBOUCHE. — Vous n'oublierez pas que c'est contre mon gré, que c'est vous qui l'avez voulu ?

MADEMOISELLE DORNET. — Oui, oui, c'est moi qui l'aurai voulu, qui le veux. Voilà qui est convenu, n'est-ce pas ?

MADAME THERBOUCHE. — À la bonne heure.

MADEMOISELLE DORNET, *en l'embrassant*. — Vous êtes charmante, au vrai.

Je laissai passer quelques jours entre cette scène et ma première visite. Je la trouvai soucieuse ; je lui en demandai la raison.

MADEMOISELLE DORNET. — Ce n'est rien.

DIDEROT. — Vous ne dites pas vrai. Qu'avez-vous ?

MADEMOISELLE DORNET. — J'ai...

DIDEROT. — Quoi ?

MADEMOISELLE DORNET. — Puisqu'il faut vous l'avouer, j'ai vu un diable d'homme qui m'a renversé la tête.

DIDEROT. — Vous êtes devenue amoureuse ? Où est le mal ? S'il vous convient, vous le garderez ; s'il ne vous convient pas, vous le renverrez.

MADEMOISELLE DORNET. — Si ce n'était que cela !

DIDEROT. — Ah, je comprends : vous voulez épouser.

MADEMOISELLE DORNET. — Épouser ! Je ne serais pas sa femme pour tout l'or du monde ; je craindrais qu'une belle nuit le diable ne me tordît le cou.

DIDEROT. — Le diable ne tord plus de cou. Rassurez-vous.

MADEMOISELLE DORNET. — Avez-vous vu un certain médecin turc ?

DIDEROT. — Non.

MADEMOISELLE DORNET. — C'est que vous aurez sa visite.

DIDEROT. — À la bonne heure. Mais qu'est-ce que ce médecin turc a de commun avec votre souci ?

MADEMOISELLE DORNET. — Vous allez vous moquer de moi, j'en suis sûre ; n'importe. Je l'ai trouvé dans la petite maison.

DIDEROT. — Chez Mme Therbouche ?

MADEMOISELLE DORNET. — Oui. C'est un homme de sa connaissance.

DIDEROT. — Eh bien ! cet homme de la connaissance de Mme Therbouche ?...

MADEMOISELLE DORNET. — M'a regardée dans les yeux, dans la main ; m'a tâtée, retâtée, m'a parlé, m'a écrit, m'a dit tout ce que j'ai pensé, tout ce que j'ai fait, tout ce qui m'est arrivé depuis que je suis au monde.

DIDEROT. — Je le crois. J'en aurais fait presque autant.

MADEMOISELLE DORNET. — Vous me connaissez, vous, mais il ne me connaît pas.

DIDEROT. — Mais il connaît quelqu'un qui vous connaît, et cela revient au même.

MADEMOISELLE DORNET. — Je me suis bien doutée que vous me ririez au nez.

DIDEROT. — Ne voudriez-vous pas que je donnasse, pour vous plaire, dans les sorciers, les revenants, les astrologues ? Allez, ce prétendu médecin turc est un sot ou un fripon.

MADEMOISELLE DORNET. — Pour sot, je vous jure qu'il ne l'est pas ; pour fripon, il n'en a ni l'air, ni le ton.

DIDEROT. — Il en a bien le jeu. Et que vous a-t-il donc appris, montré de si incompréhensible et de si effrayant ?

MADEMOISELLE DORNET. — Le fond de mon cœur ; mes actions les plus ignorées, mes pensées les plus secrètes, ce que personne ne sait que mon bonnet et moi.

DIDEROT. — Il aura causé avec votre bonnet qui n'aura pas été discret.

MADEMOISELLE DORNET. — Trêve de plaisanterie : il me trouve mal et très mal.

DIDEROT. — Vous n'êtes pas bien.

MADEMOISELLE DORNET. — Il exige un régime.

DIDEROT. — Il a raison.

MADEMOISELLE DORNET. — Des sacrifices.

DIDEROT. — Il en est qu'on peut faire.

MADEMOISELLE DORNET. — Il met de l'importance à des bagatelles.

DIDEROT. — Il faudrait savoir ce que vous appelez de ce nom.

MADEMOISELLE DORNET. — Mais les lettres, les bijoux, les portraits.

DIDEROT. — Et il prétend ?

MADEMOISELLE DORNET. — Qu'il s'échappe de là je ne sais quoi de pernicieux, des simulacres... oui, des simulacres, c'est le mot... qui s'en vont s'attacher... à la tétine... là, dans l'œil.

DIDEROT. — Vous voulez dire à la rétine.

MADEMOISELLE DORNET. — Oui, oui, à la rétine. Mais il y a donc quelque fondement là-dedans ?

DIDEROT. — Je pense qu'on n'a rien de mieux à faire que de se détacher de tous les objets qui réveillent en nous un souvenir fâcheux. C'est le plus sûr.

MADEMOISELLE DORNET. — Cela me ferait pourtant quelque peine.

DIDEROT. — En ce cas gardez-les.

MADEMOISELLE DORNET. — Mais mon médecin turc ne le veut pas.

DIDEROT. — Laissez-le dire.

MADEMOISELLE DORNET. — Et si tous les malheurs qu'il m'a prédits allaient fondre sur moi ?

DIDEROT. — Si vous m'assurez bien que votre homme n'est ni un idiot ni un coquin, il faudra que je croie que c'est une espèce de fou.

MADEMOISELLE DORNET. — Sage ou fou, dans le doute, quel inconvénient y aurait-il d'accéder à sa folie ?

DIDEROT. — En ce cas défaites-vous-en.

MADEMOISELLE DORNET. — Cependant il est si doux, surtout quand l'âge avance, de se rappeler ses conquêtes par les bagatelles qu'on a reçues !

DIDEROT. — Gardez-les donc.

MADEMOISELLE DORNET. — Mais il cite des faits qui font frémir.

DIDEROT. — Ne les gardez pas.

MADEMOISELLE DORNET. — Savez-vous bien que ces gardez-les, ne les gardez pas sont d'une ironie et d'une indifférence insupportables ?

DIDEROT. — Si vous l'aimez mieux, faites l'un et l'autre.

MADEMOISELLE DORNET. — Et comment cela, s'il vous plaît ?

DIDEROT. — Confiez-les-moi.

MADEMOISELLE DORNET. — Nous verrons. En attendant, si j'ai mon médecin turc à dîner, ou si nous allons souper chez lui, vous en serez, n'est-ce pas ?

DIDEROT. — Volontiers.

MADEMOISELLE DORNET. — Savez-vous qu'il a projeté votre guérison ?

DIDEROT. — Je ne suis pas malade.

MADEMOISELLE DORNET. — Vous êtes l'incrédule le plus déterminé que je connaisse.

DIDEROT. — Je ne m'en porte que mieux.

MADEMOISELLE DORNET. — S'il nous tient parole...

DIDEROT. — Il vous manquera, c'est moi qui vous le dis.

MADEMOISELLE DORNET. — Et pourquoi ?

DIDEROT. — C'est que ces gens-là connaissent leur monde.

MADEMOISELLE DORNET. — C'est nous dire assez nettement, à Mme Therbouche et à moi, que nous sommes deux imbéciles.

DIDEROT. — Non. Mais... Voilà Naigeon[1] qui entre, et je crois que si vous êtes un peu jalouse de son estime, vous ferez sagement de ne pas lui confier vos enfantillages.

MADEMOISELLE DORNET. — Je m'en garderai bien. Vous êtes tolérant, mais il ne l'est point[2].

DIDEROT. — Paix.

Naigeon entra, et je ne sortis que lorsque je pus compter par le nouveau tour de la conversation qu'il ne serait pas question du médecin turc ; aussi ne lui en parla-t-elle point.

Voilà où nous en sommes. Il y a un souper d'arrangé, non chez la Belle Dame, mais chez le docteur. Nous verrons ce que cela deviendra.

Cela ne devint rien. J'avais un buste du prince, nous devions en avoir un autre qui aurait été celui de la princesse. On aurait ajusté des corps d'osier à ces deux bustes ; nous les aurions habillés à notre fantaisie ; on les aurait placés au fond d'un petit appartement tendu de noir. Les visages des bustes, enduits de phosphore,

---

1. Jacques-André Naigeon (1738-1810), disciple de Diderot, qu'il rencontra en 1765, écrivit plusieurs articles pour l'*Encyclopédie*, fut son exécuteur testamentaire et donna en 1798 la première édition des œuvres dites « complètes », c'est-à-dire très incomplètes, de Diderot. — 2. Jacques Proust a pu déchiffrer ici une phrase barrée sur le manuscrit : « On ne le contredit guère sans s'exposer à de gros mots. »

auraient été garantis du contact de l'air, et l'appartement rempli de la vapeur du camphre. La Belle Dame serait entrée, une petite bougie allumée à la main ; la vapeur du camphre se serait enflammée, elle aurait mis feu au phosphore ; le phosphore brûlant aurait éclairé les visages du prince et de la princesse. Elle aurait reconnu le prince, et en un instant les deux fantômes auraient disparu par le moyen d'une trappe qui se serait enfoncée sous leurs pieds et refermée sur eux. Mais Desbrosses, quelques jours avant cette singerie, se cassa la tête de deux coups de pistolet, et la suite bien ou mal projetée n'eut pas lieu.

LES DEUX AMIS DE BOURBONNE

*Ce conte a été rédigé en plusieurs étapes : 1) première rédaction à Bourbonne du 13 au 18 août 1770 ; 2) Diderot va à Langres et retourne à Bourbonne, il ajoute alors l'histoire de Félix et un prologue qui fut supprimé ensuite mais qui se trouve dans un manuscrit entré récemment à la Bibliothèque nationale (1985). Il a été publié pour la première fois par J. Varloot (cf. p. 226 et sq.). L'édition Versini le reproduit en variante. Ce prologue accentuait ce lien que nous avons remarqué à plusieurs reprises entre le conte et la lettre. Le conte est terminé avant le 21 octobre. Il y avait un épisode perdu à la place de la lettre du curé Papin. On se reportera à la lettre à Grimm du 21 octobre 1770 : « J'avais pensé comme vous que l'atrocité du prêtre ôtait tout le pathétique de l'histoire de Félix. Envoyez-moi une copie de cette histoire et de celle d'*Olivier, et ce que vous demandez sera fait ; mais dépêchez-vous* » (Correspondance, t. X, p. 146). G. Roth n'est pas certain que Grimm soit le destinataire de cette lettre. C'est cependant probable, et on supposera que Diderot pense déjà à une publication dans la* Correspondance littéraire. *G. Roth émet cette hypothèse que la lettre du curé Papin remplacerait* « le narré d'une intervention directe et plus "atroce" du prêtre » *(p. 146, n. 6) ; 3) Diderot retouche encore son texte au début de novembre. Le conte* « paraît » *dans la* Correspondance littéraire *du 15 décembre 1770 ; 4) lettres de Diderot à Grimm en janvier 1771, le 7 février et le 4 mars : Diderot demande que la totalité du texte lui soit renvoyé ; il suggère à Grimm avec humour une correction :* « Corrigez dans les Deux amis *l'endroit où j'ai fait voyager et travailler dans la forêt la charbonnière après sa mort. On en conclurait que je crois à la résurrection »*

(Correspondance, t. X, p. 238) ; 5) première publication imprimée par Gessner qui la joint, traduite en allemand, à ses Idylles *(Publication Zurich, février 1773). Cette version contient un paragraphe qui ne se trouvait pas dans la* Correspondance littéraire *(l'épisode sicilien). L. Versini conclut très justement : « Diderot est donc revenu au moins quatre fois sur son conte. »*

Outre diverses sources manuscrites (parmi les plus importantes : copies dans le fonds Vandeul ; copie de la Correspondance littéraire *à Gotha ; copie de Leningrad ; pour plus de détail, voir édition D.P.V., p. 421), trois versions imprimées anciennes sont intéressantes : celle de Gessner, celle de Naigeon, une édition du XIXᵉ siècle, faite d'après un manuscrit perdu, et que reproduit J. Proust. Enfin, la version donnée par L. Versini dans son excellente édition « Bouquins » (Laffont).*

**

Il y avait ici deux hommes qu'on pourrait appeler les Oreste et Pylade de Bourbonne [1]. L'un se nommait Olivier, et l'autre Félix. Ils étaient nés le même jour, dans la même maison, et des deux sœurs ; ils avaient été nourris du même lait, car l'une des mères étant morte en couches, l'autre se chargea des deux enfants. Ils avaient été élevés ensemble ; ils étaient toujours séparés des autres ; ils s'aimaient comme on existe, comme on vit, sans s'en douter ; ils le sentaient à tout moment, et ils ne se l'étaient peut-être jamais dit. Olivier avait une fois sauvé la vie à Félix, qui se piquait d'être grand nageur, et qui avait failli de se noyer. Ils ne s'en souvenaient ni l'un ni l'autre. Cent fois Félix avait tiré Olivier des aventures fâcheuses où son caractère impétueux l'avait engagé ; et jamais celui-ci n'avait songé

---

1. La référence antique est naturelle à Diderot et aux hommes de son temps. Elle accompagne chez lui ce réalisme du quotidien contemporain qu'évoque le mot de « Bourbonne ». Le 10 août, Diderot avait rejoint Mme de Maux et sa fille à Bourbonne, proche de Langres en Haute-Marne. Dans ce conte qui idéalise l'amitié fraternelle, on pourra lire une compensation avec la réalité familiale que connut Diderot, dont les rapports avec son frère l'« abbé » étaient loin d'être idylliques.

à l'en remercier ; ils s'en retournaient ensemble à la maison, sans se parler, ou en parlant d'autre chose.

Lorsqu'on tira pour la milice[1], le premier billet fatal étant tombé sur Félix, Olivier dit : « L'autre est pour moi. » Ils firent leur temps de service, ils revinrent au pays ; plus chers l'un à l'autre qu'ils ne l'étaient auparavant, c'est ce que je ne saurais vous assurer : car, petit frère[2], si les bienfaits réciproques cimentent les amitiés réfléchies, peut-être ne font-ils rien à celles que j'appellerais volontiers des amitiés animales et domestiques. À l'armée, dans une rencontre, Olivier étant menacé d'avoir la tête fendue d'un coup de sabre, Félix se mit machinalement au-devant du coup, et en resta balafré. On prétend qu'il était fier de cette blessure : pour moi, je n'en crois rien. À Hastembeck[3], Olivier avait retiré Félix d'entre la foule des morts où il était demeuré. Quand on les interrogeait, ils parlaient quelquefois des secours qu'ils avaient reçus l'un de l'autre, jamais de ceux qu'ils avaient rendus l'un à l'autre. Olivier disait de Félix, Félix disait d'Olivier ; mais ils ne se louaient pas. Au bout de quelque temps de séjour au pays, ils aimèrent, et le hasard voulut que ce fût la même fille. Il n'y eut entre eux aucune rivalité ; le premier qui s'aperçut de la passion de son ami, se retira. Ce fut Félix. Olivier épousa ; et Félix, dégoûté de la vie sans savoir pourquoi, se précipita dans toutes sortes de métiers dangereux ; le dernier fut de se faire contrebandier[4]. Vous n'ignorez pas, petit frère, qu'il

---

1. La milice provinciale avait été créée au début de la Ligue d'Augsbourg pour augmenter les effectifs de l'armée. Les célibataires en bon état physique et mental étaient seuls concernés (d'où des mariages hâtifs, des mutilations volontaires ou des simulations de folie pour y échapper). Le tirage au sort se faisait avec des billets noirs (« le billet fatal ») et des billets blancs ; environ 1 billet noir pour 4 ou 5 blancs. Il était possible, pour ceux qui en avaient les moyens, de se racheter. Seule la population rurale était touchée par cette institution très impopulaire. — 2. Le « petit frère » désigne Naigeon. — 3. Village de Basse-Saxe, lieu d'une victoire française le 26 juillet 1757. — 4. La contrebande est très répandue sous l'Ancien Régime. La France ayant des frontières fiscales internes, elle existe aussi à l'intérieur du pays. Les aventures de Mandrin, auquel fait allusion aussi *Jacques le Fataliste*, avaient contribué à l'aura du contrebandier (*cf.* M. Huret-Martinet, *Gabelous et faux sauniers en France à la fin de l'Ancien Régime*, Rennes, 1975). On voit ici s'esquisser le thème du contrebandier au grand cœur dont abuseront le roman noir et le roman populaire du XIXe siècle.

y a quatre tribunaux en France, Caen, Reims, Valence et Toulouse, où les contrebandiers sont jugés ; et que le plus sévère des quatre, c'est celui de Reims, où préside un nommé Coleau, l'âme la plus féroce que la nature ait encore formée. Félix fut pris les armes à la main, conduit devant le terrible Coleau, et condamné à mort, comme cinq cents autres qui l'avaient précédé. Olivier apprit le sort de Félix. Une nuit, il se lève d'à côté de sa femme, et sans lui rien dire, il s'en va à Reims. Il s'adresse au juge Coleau, il se jette à ses pieds, et lui demande la grâce de voir et d'embrasser Félix. Coleau le regarde, se tait un moment, et lui fait signe de s'asseoir. Olivier s'assied. Au bout d'une demi-heure, Coleau tire sa montre et dit à Olivier : « Si tu veux voir et embrasser ton ami vivant, dépêche-toi ; il est en chemin ; et si ma montre va bien, avant qu'il soit dix minutes il sera pendu. » Olivier, transporté de fureur, se lève, décharge, sur la nuque du cou, au juge Coleau un énorme coup de bâton, dont il l'étend presque mort ; court vers la place, arrive, crie, frappe le bourreau, frappe les gens de la justice, soulève la populace indignée de ces exécutions. Les pierres volent ; Félix délivré s'enfuit : Olivier songe à son salut ; mais un soldat de maréchaussée lui avait percé les flancs d'un coup de baïonnette, sans qu'il s'en fût aperçu. Il gagna la porte de la ville ; mais il ne put aller plus loin ; des voituriers charitables le jetèrent sur leur charrette, et le déposèrent à la porte de sa maison un moment avant qu'il expirât. Il n'eut que le temps de dire à sa femme : « Femme, approche, que je t'embrasse ; je me meurs, mais le balafré est sauvé. »

Un soir que nous allions à la promenade selon notre usage, nous vîmes au-devant d'une chaumière une grande femme debout avec quatre petits enfants à ses pieds ; sa contenance triste et ferme attira notre attention, et notre attention fixa la sienne. Après un moment de silence, elle nous dit : « Voilà quatre petits enfants ; je suis leur mère, et je n'ai plus de mari. » Cette manière haute de solliciter la commisération était bien faite pour nous toucher. Nous lui offrîmes nos secours, qu'elle accepta avec honnêteté [1].

1. La charité sous l'Ancien Régime, en suppléant à une organisation sociale de secours aux démunis, est un moyen de maintenir l'ordre

C'est à cette occasion que nous avons appris l'histoire de son mari Olivier, et de Félix son ami. Nous avons parlé d'elle, et j'espère que notre recommandation ne lui aura pas été inutile. Vous voyez, petit frère, que la grandeur d'âme et les hautes qualités sont de toutes les conditions et de tous les pays ; que tel meurt obscur, à qui il n'a manqué qu'un autre théâtre, et qu'il ne faut pas aller jusque chez les Iroquois pour trouver deux amis[1].

Dans le temps que le brigand Testalunga[2] infestait la Sicile avec sa troupe, Romano, son ami et son confident, fut pris. C'était le lieutenant de Testalunga, et son second. Le père de ce Romano fut arrêté et emprisonné pour crimes. On lui promit sa grâce et sa liberté, pourvu que Romano son fils trahît et livrât son chef Testalunga. Le combat entre la tendresse filiale et l'amitié jurée fut violent. Mais Romano père persuada son fils de donner la préférence à l'amitié, honteux de devoir la vie à une trahison. Romano fils se rendit à l'avis de son père. Romano père fut mis à mort ; et jamais les tortures les plus cruelles ne purent arracher de Romano fils la délation de ses complices[3].

Vous avez désiré, petit frère, de savoir ce qu'est devenu Félix, c'est une curiosité si simple, et le motif en est si louable, que nous nous sommes un peu reproché de ne l'avoir pas eue. Pour réparer cette faute, nous avons pensé d'abord à M. Papin, docteur en théologie et curé de Sainte-Marie à Bourbonne ; mais maman[4] s'est ravisée, et nous avons donné la préférence au subdélégué Aubert, qui est un bon homme, bien rond, et qui nous a envoyé le récit suivant, sur la vérité duquel vous pouvez compter.

« Le nommé Félix vit encore. Échappé des mains de la justice de Reims, il se jeta dans les forêts de la province, dont il avait appris à connaître les tours et les détours pen-

---

social. Les Philosophes en exaltant la bienfaisance s'efforcent de laïciser la vertu chrétienne de charité.

1. Saint-Lambert vient de publier en 1770 *Les Deux Amis, conte iroquois*. Cette phrase concluait la version de 1770. — **2.** Le brigand Testalunga joue un grand rôle dans *L'Histoire de Juliette* de Sade, fasciné comme Diderot par les grands criminels. — **3.** Cet épisode serait tiré, d'après L. Versini, du *Voyage en Sicile* de Riedesel (traduction en français, 1773). — **4.** Mme de Maux.

dant qu'il faisait la contrebande, cherchant à s'approcher peu à peu de la demeure d'Olivier, dont il ignorait le sort.

« Il y avait au fond d'un bois, où vous vous êtes promenée quelquefois, un charbonnier dont la cabane servait d'asile à ces sortes de gens ; c'était aussi l'entrepôt de leurs marchandises et de leurs armes[1]. Ce fut là que Félix se rendit, non sans avoir couru le danger de tomber dans les embûches de la maréchaussée qui le suivait à la piste. Quelques-uns de ses associés y avaient porté la nouvelle de son emprisonnement à Reims ; et le charbonnier et la charbonnière le croyaient justicié, lorsqu'il leur apparut.

« Je vais vous raconter la chose, comme je la tiens de la charbonnière, qui est décédée ici il n'y a pas longtemps.

« Ce furent ses enfants, en rôdant autour de la cabane, qui le virent les premiers. Tandis qu'il s'arrêtait à caresser le plus jeune, dont il était le parrain, les autres entrèrent dans la cabane en criant : "Félix ! Félix !" Le père et la mère sortirent en répétant le même cri de joie ; mais ce misérable était si harassé de fatigue et de besoin, qu'il n'eut pas la force de répondre, et qu'il tomba presque défaillant entre leurs bras.

« Ces bonnes gens le secoururent de ce qu'ils avaient, lui donnèrent du pain et du vin, quelques légumes : il mangea et s'endormit.

« À son réveil, son premier mot fut : "Olivier ! Enfants, ne savez-vous rien d'Olivier ? — Non", lui répondirent-ils. Il leur raconta l'aventure de Reims ; il passa la nuit et le jour suivant avec eux. Il soupirait ; il prononçait le nom d'Olivier ; il le croyait dans les prisons de Reims ; il voulait y aller ; il voulait aller mourir avec lui ; et ce ne fut pas sans peine que le charbonnier et la charbonnière le détournèrent de ce dessein.

« Sur le milieu de la seconde nuit, il prit un fusil, il mit un sabre sous son bras, et s'adressant à voix basse au charbonnier : "Charbonnier !

« — Félix !

---

1. Le contrebandier est souvent un « charbonnier », parce qu'il se réfugie dans les mines de charbon de bois situées dans les forêts. Quelques années plus tard, et surtout en Italie, le « carbonaro » prend une dimension politique dont bénéficient les « bandits » stendhaliens.

« — Prends ta cognée, et marchons.

« — Où ?

« — Belle demande ! chez Olivier.”

« Ils vont. Mais tout en sortant de la forêt, les voilà enveloppés d'un détachement de maréchaussée.

« Je m'en rapporte à ce que m'en a dit la charbonnière ; mais il est inouï que deux hommes à pied aient pu tenir contre une vingtaine d'hommes à cheval : apparemment que ceux-ci étaient épars, et qu'ils voulaient se saisir de leur proie en vie. Quoi qu'il en soit, l'action fut très chaude ; il y eut cinq chevaux d'estropiés, et sept cavaliers de hachés ou sabrés. Le pauvre charbonnier resta mort sur la place d'un coup de feu à la tempe ; Félix regagna la forêt ; et comme il est d'une agilité incroyable, il courait d'un endroit à l'autre ; en courant, il chargeait son fusil, tirait, donnait un coup de sifflet. Ces coups de sifflet, ces coups de fusil donnés, tirés à différents intervalles et de différents côtés, firent craindre aux cavaliers de maréchaussée qu'il n'y eût là une horde de contrebandiers et ils se retirèrent en diligence.

« Lorsque Félix les vit éloignés, il revint sur le champ de bataille ; il mit le cadavre du charbonnier sur ses épaules, et reprit le chemin de la cabane, où la charbonnière et ses enfants dormaient encore. Il s'arrête à la porte ; il étend le cadavre à ses pieds, et s'assied le dos appuyé contre un arbre, et le visage tourné vers l'entrée de la cabane. Voilà le spectacle qui attendait la charbonnière au sortir de sa baraque.

« Elle s'éveille ; elle ne trouve point son mari à côté d'elle ; elle cherche Félix des yeux ; point de Félix. Elle se lève ; elle sort ; elle voit ; elle crie ; elle tombe à la renverse. Ses enfants accourent, ils voient, ils crient ; ils se roulent sur leur père ; ils se roulent sur leur mère. La charbonnière, rappelée à elle-même par le tumulte et les cris de ses enfants, s'arrache les cheveux, se déchire les joues ; Félix immobile au pied de son arbre, les yeux fermés, la tête renversée en arrière, leur disait d'une voix éteinte : “Tuez-moi.” Il se faisait un moment de silence ; ensuite la douleur et les cris reprenaient, et Félix leur redisait : “Tuez-moi ; enfants, par pitié, tuez-moi.”

« Ils passèrent ainsi trois jours et trois nuits à se désoler ; le quatrième, Félix dit à la charbonnière : "Femme, prends ton bissac, mets-y du pain, et suis-moi." Après un long circuit à travers nos montagnes et nos forêts, ils arrivèrent à la maison d'Olivier, qui est située, comme vous savez, à l'extrémité du bourg, à l'endroit où la voie se partage en deux routes, dont l'une conduit en Franche-Comté et l'autre en Lorraine.

« C'est là que Félix va apprendre la mort d'Olivier, et se trouver entre les veuves de deux hommes massacrés à son sujet. Il entre et dit brusquement à la femme Olivier : "Où est Olivier ?" Au silence de cette femme, à son vêtement, à ses pleurs, il comprit qu'Olivier n'était plus. Il se trouva mal ; il tomba, et se fendit la tête contre la huche à pétrir le pain. Les deux veuves le relevèrent ; son sang coulait sur elles ; et tandis qu'elles s'occupaient à l'étancher avec leur tabliers, il leur disait : "Et vous êtes leurs femmes, et vous me secourez !" Puis il défaillait, puis il revenait et disait en soupirant. "Que ne me laissait-il ? Pourquoi s'en venir à Reims ? Pourquoi l'y laisser venir ?" Puis sa tête se perdait ; il entrait en fureur ; il se roulait à terre, et déchirait ses vêtements. Dans un de ces accès, il tira son sabre, et il allait s'en frapper ; mais les deux femmes se jetèrent sur lui, crièrent au secours ; les voisins accoururent. On le lia avec des cordes, et il fut saigné sept à huit fois ; sa fureur tomba avec l'épuisement de ses forces, et il resta comme mort pendant trois ou quatre jours, au bout desquels la raison lui revint. Dans le premier moment, il tourna ses yeux autour de lui, comme un homme qui sort d'un profond sommeil, et il dit : "Où suis-je ? Femmes, qui êtes-vous ?" La charbonnière lui répondit : "Je suis la charbonnière." Il reprit : "Ah ! oui, la charbonnière... Et vous ?..." La femme Olivier se tut. Alors il se mit à pleurer, il se tourna du côté de la muraille, et dit en sanglotant : "Je suis chez Olivier... ce lit est celui d'Olivier... et cette femme qui est là, c'était la sienne ! Ah !"

« Ces deux femmes en eurent tant de soin, elles lui inspirèrent tant de pitié, elles le prièrent si instamment de vivre, elles lui remontrèrent d'une manière si touchante qu'il était leur unique ressource, qu'il se laissa persuader.

« Pendant tout le temps qu'il resta dans cette maison, il ne se coucha plus. Il sortait la nuit, il errait dans les champs, il se roulait sur la terre, il appelait Olivier ; une des femmes le suivait et le ramenait au point du jour.

« Plusieurs personnes le savaient dans la maison d'Olivier ; et parmi ces personnes il y en avait de malintentionnées. Les deux veuves l'avertirent du péril qu'il courait. C'était une après-midi ; il était assis sur un banc, son sabre sur ses genoux, les coudes appuyés sur une table, et ses deux poings sur ses deux yeux. D'abord il ne répondit rien. La femme Olivier avait un garçon de dix-sept à dix-huit ans, la charbonnière une fille de quinze. Tout à coup il dit à la charbonnière : "La charbonnière ! va chercher ta fille et amène-la ici." Il avait quelques fauchées de prés, il les vendit. La charbonnière revint avec sa fille : le fils d'Olivier l'épousa. Félix leur donna l'argent de ses prés, les embrassa, leur demanda pardon en pleurant ; et ils allèrent s'établir dans la cabane où ils sont encore, et où ils servent de père et de mère aux autres enfants. Les deux veuves demeurèrent ensemble ; et les enfants d'Olivier eurent un père et deux mères [1].

« Il y a à peu près un an et demi que la charbonnière est morte ; la femme d'Olivier la pleure encore tous les jours.

« Un soir qu'elles épiaient Félix, car il y en avait une des deux qui le gardait toujours à vue, elles le virent qui fondait en larmes ; il tournait en silence ses bras vers la porte qui le séparait d'elles, et il se remettait ensuite à faire son sac. Elles ne lui dirent rien, car elles comprenaient de reste combien son départ était nécessaire. Ils soupèrent tous les trois sans parler. La nuit, il se leva ; les femmes ne dormaient point ; il s'avança vers la porte sur la pointe des pieds. Là, il s'arrêta, regarda vers le lit des deux femmes, essuya ses yeux de ses mains, et sortit. Les deux femmes se serrèrent dans les bras l'une de l'autre, et passèrent le reste de la nuit à pleurer. On ignore où il se réfugia ; mais il n'y a guère eu de semaines où il ne leur ait envoyé quelque secours.

---

1. Image touchante et à la limite du ridicule, comme souvent dans ce genre d'arithmétique familiale. On songe à la boutade du *Neveu de Rameau* à propos de jumeaux : « Chaque père aura le sien. » Mais ici nous sommes loin de ce contexte de libertinage.

« La forêt où la fille de la charbonnière vit avec le fils d'Olivier, appartient à un M. Leclerc de Rançonnières, homme fort riche et seigneur d'un autre village de ces cantons, appelé Courcelles. Un jour que M. de Rançonnières ou de Courcelles, comme il vous plaira, faisait une chasse dans sa forêt, il arriva à la cabane du fils d'Olivier ; il y entra ; il se mit à jouer avec les enfants, qui sont jolis ; il les questionna ; la figure de la femme, qui n'est pas mal, lui revint ; le ton ferme du mari, qui tient beaucoup de son père, l'intéressa ; il apprit l'aventure de leurs parents ; il promit de solliciter la grâce de Félix ; il la sollicita et l'obtint.

« Félix passa au service de M. de Rançonnières, qui lui donna une place de garde-chasse.

« Il y avait environ deux ans qu'il vivait dans le château de Rançonnières, envoyant aux veuves une bonne partie de ses gages, lorsque l'attachement à son maître et la fierté de son caractère l'impliquèrent dans une affaire qui n'était rien dans son origine, mais qui eut les suites les plus fâcheuses.

« M. de Rançonnières avait pour voisin à Courcelles un M. Fourmont, conseiller au présidial de Ch... [1]. Les deux maisons n'étaient séparées que par une borne. Cette borne gênait la porte de M. de Rançonnières, et en rendait l'entrée difficile aux voitures. M. de Rançonnières la fit reculer de quelques pieds du côté de M. Fourmont ; celui-ci renvoya la borne d'autant sur M. de Rançonnières ; et puis voilà de la haine, des insultes, un procès entre les deux voisins. Le procès de la borne en suscita deux ou trois autres plus considérables. Les choses en étaient là, lorsqu'un soir M. de Rançonnières, revenant de la chasse, accompagné de son garde Félix, fit rencontre sur le grand chemin de M. Fourmont le magistrat et de son frère le militaire. Celui-ci dit à son frère : "Mon frère, si l'on coupait le visage à ce vieux bouc-là, qu'en pensez-vous ?" Ce propos ne fut pas entendu de M. de Rançon-

---

1. Chaumont. Les présidiaux, créés par Henri II, s'insèrent dans la hiérarchie judiciaire entre les bailliages et les parlements. Cette juridiction est en décadence au xviiie siècle ; elle sera supprimée par l'Assemblée constituante.

nières ; mais il le fut malheureusement de Félix, qui
s'adressant fièrement au jeune homme, lui dit : "Mon
officier, seriez-vous assez brave pour vous mettre seulement en devoir de faire ce que vous avez dit ?" Au même
instant, il pose son fusil à terre et met la main sur la garde
de son sabre ; car il n'allait jamais sans son sabre. Le
jeune militaire tire son épée, s'avance sur Félix ; M. de
Rançonnières accourt, s'interpose, saisit son garde.
Cependant le militaire s'empare du fusil qui était à terre,
tire sur Félix, le manque ; celui-ci riposte d'un coup de
sabre, fait tomber l'épée de la main au jeune homme, et
avec l'épée la moitié du bras : et voilà un procès criminel
en sus de trois ou quatre procès civils ; Félix confiné dans
les prisons, une procédure effrayante, et à la suite de cette
procédure un magistrat dépouillé de son état et presque
déshonoré, un militaire exclu de son corps, M. de Rançonnières mort de chagrin, et Félix, dont la détention
durait toujours, exposé à tout le ressentiment des Fourmont. Sa fin eût été malheureuse, si l'amour ne l'eût
secouru. La fille du geôlier prit de la passion pour lui, et
facilita son évasion. Si cela n'est pas vrai, c'est du moins
l'opinion publique [1]. Il s'en est allé en Prusse, où il sert
aujourd'hui dans le régiment des gardes. On dit qu'il y
est aimé de ses camarades, et même connu du roi. Son
nom de guerre est *le Triste*. La veuve Olivier m'a dit qu'il
continuait à la soulager.

  « Voilà, madame, tout ce que j'ai pu recueillir de l'histoire de Félix. Je joins à mon récit une lettre de M. Papin,
notre curé : je ne sais ce qu'elle contient ; mais je crains
bien que le pauvre prêtre, qui a la tête un peu étroite et
le cœur assez mal tourné, ne vous parle d'Olivier et de
Félix d'après ses préventions. Je vous conjure, madame,
de vous en tenir aux faits sur la vérité desquels vous pouvez compter, et à la bonté de votre cœur, qui vous conseil-
lera mieux que le premier casuiste de Sorbonne, qui n'est
pas M. Papin. »

---

  1. On notera, dans ces contes, la place faite à la rumeur et de façon
plus générale à la pluralité des témoignages, sans que pour autant ils
entraînent l'adhésion du narrateur.

LETTRE

DE M. PAPIN, DOCTEUR EN THÉOLOGIE, ET CURÉ
DE SAINTE-MARIE À BOURBONNE

J'ignore, madame, ce que M. le subdélégué a pu vous conter d'Olivier et de Félix, ni quel intérêt vous pouvez prendre à deux brigands, dont tous les pas dans ce monde ont été trempés de sang. La Providence qui a châtié l'un, a laissé à l'autre quelque moment de répit, dont je crains bien qu'il ne profite pas. Mais que la volonté de Dieu soit faite ! Je sais qu'il y a des gens ici, et je ne serais point étonné que M. le subdélégué fût de ce nombre, qui parlent de ces deux hommes comme de modèles d'une amitié rare. Mais qu'est-ce aux yeux de Dieu que la plus sublime vertu dénuée des sentiments de la piété, du respect dû à l'Église et à ses ministres, et de la soumission à la loi du souverain ? Olivier est mort à la porte de sa maison, sans sacrements. Quand je fus appelé auprès de Félix, chez les deux veuves, je n'en pus jamais tirer autre chose que le nom d'Olivier ; aucun signe de religion, aucune marque de repentir. Je n'ai pas mémoire que celui-ci se soit présenté une fois au tribunal de la pénitence. La femme Olivier est une arrogante qui m'a manqué en plus d'une occasion. Sous prétexte qu'elle sait lire et écrire, elle se croit en état d'élever ses enfants ; et on ne les voit ni aux écoles de la paroisse, ni à mes instructions. Que madame juge, d'après cela, si des gens de cette espèce sont bien dignes de ses bontés ! L'Évangile ne cesse de nous recommander la commisération pour les pauvres ; mais on double le mérite de sa charité par un bon choix des misérables, et personne ne connaît mieux les vrais indigents que le pasteur commun des indigents et des riches. Si madame daignait m'honorer de sa confiance, je placerais peut-être les marques de sa bienfaisance d'une manière plus utile pour les malheureux, et plus méritoire pour elle[1].

Je suis avec respect, etc.

---

1. Admirable pastiche du style ecclésiastique. Le nom même de « Papin » ressemble à un diminutif de « Pape ».

Mme de ***[1] remercia M. le subdélégué Aubert de son attention, et envoya ses aumônes à M. Papin, avec le billet qui suit :

« Je vous suis très obligée, monsieur, de vos sages conseils. Je vous avoue que l'histoire de ces deux hommes m'avait touchée ; et vous conviendrez que l'exemple d'une amitié aussi rare était bien fait pour séduire une âme honnête et sensible. Mais vous m'avez éclairée, et j'ai conçu qu'il valait mieux porter ses secours à des vertus chrétiennes et malheureuses, qu'à des vertus naturelles et païennes. Je vous prie d'accepter la somme modique que je vous envoie, et de la distribuer d'après une charité mieux entendue que la mienne.

« J'ai l'honneur d'être, etc. »

On pense bien que la veuve Olivier et Félix n'eurent aucune part aux aumônes de Mme de ***. Félix mourut ; et la pauvre femme aurait péri de misère avec ses enfants, si elle ne s'était réfugiée dans la forêt, chez son fils aîné, où elle travaille, malgré son grand âge, et subsiste comme elle peut à côté de ses enfants et de ses petits-enfants.

Et puis il y a trois sortes de contes. — Il y en a bien davantage, me direz-vous. — À la bonne heure... Mais je distingue le conte à la manière d'Homère, de Virgile, du Tasse, et je l'appelle le conte merveilleux. La nature y est exagérée ; la vérité y est hypothétique ; et si le conteur a bien gardé le module qu'il a choisi, si tout répond à ce module et dans les actions, et dans les discours, il a obtenu le degré de perfection que le genre de son ouvrage comportait, et vous n'avez rien de plus à lui demander. En entrant dans son poème, vous mettez le pied dans une terre inconnue, où rien ne se passe comme dans celle que vous habitez, mais où tout se fait en grand comme les choses se font autour de vous en petit... Il y a le conte plaisant à la façon de La Fontaine, de Vergier, de l'Arioste, d'Hamilton, où le conteur ne se propose ni l'imitation de la nature, ni la vérité, ni l'illusion ; il s'élance dans les espaces imaginaires. Dites à celui-ci : Soyez gai, ingénieux, varié, original, même extravagant, j'y consens ; mais séduisez-moi par les détails ; que le

---

1. Toujours Mme de Maux.

charme de la forme me dérobe toujours l'invraisemblance du fond ; et si ce conteur fait ce que vous exigez ici, il a tout fait... Il y a enfin le conte historique[1], tel qu'il est écrit dans les *Nouvelles* de Scarron, de Cervantès, etc. — Au diable le conte et le conteur historiques ! c'est un menteur plat et froid. — Oui, s'il ne sait pas son métier. Celui-ci se propose de vous tromper, il est assis au coin de votre âtre ; il a pour objet la vérité rigoureuse ; il veut être cru ; il veut intéresser, toucher, entraîner, émouvoir, faire frissonner la peau et couler les larmes ; effets qu'on n'obtient point sans éloquence et sans poésie. Mais l'éloquence est une source de mensonge, et rien de plus contraire à l'illusion que la poésie ; l'une et l'autre exagèrent, surfont, amplifient, inspirent la méfiance. Comment s'y prendra donc ce conteur-ci pour vous tromper ? Le voici : il parsèmera son récit de petites circonstances si liées à la chose, de traits si simples, si naturels, et toutefois si difficiles à imaginer, que vous serez forcé de vous dire en vous-même : « Ma foi, cela est vrai ; on n'invente pas ces choses-là. » C'est ainsi qu'il sauvera l'exagération de l'éloquence et de la poésie ; que la vérité de la nature couvrira le prestige de l'art, et qu'il satisfera à deux conditions qui semblent contradictoires, d'être en même temps historien et poète, véridique et menteur.

Un exemple emprunté d'un autre art rendra peut-être plus sensible ce que je veux vous dire. Un peintre exécute sur la toile une tête ; toutes les formes en sont fortes, grandes et régulières ; c'est l'ensemble le plus parfait et le plus rare. J'éprouve, en le considérant, du respect, de l'admiration, de l'effroi ; j'en cherche le modèle dans la nature, et ne l'y trouve pas ; en comparaison tout y est faible, petit et mesquin ; c'est une tête idéale, je le sens, je me le dis... Mais que l'artiste me fasse apercevoir au front de cette tête une cicatrice légère, une verrue à l'une de ses tempes, une coupure imperceptible à la lèvre inférieure, et d'idéale qu'elle était, à l'instant la tête devient un portrait ; une

---

1. On retiendra cette définition du conte « historique » que donne Diderot et qui est la définition de son esthétique même. Diderot désigne ici les conteurs qui s'inspirent d'une histoire vraie, fût-elle, comme c'est justement le cas, contemporaine.

marque de petite vérole au coin de l'œil ou à côté du nez, et ce visage de femme n'est plus celui de Vénus ; c'est le portrait de quelqu'une de mes voisines. Je dirai donc à nos conteurs historiques : Vos figures sont belles, si vous voulez ; mais il y manque la verrue à la tempe, la coupure à la lèvre, la marque de petite vérole à côté du nez qui les rendraient vraies ; et, comme disait mon ami Caillot[1] : « Un peu de poussière sur mes souliers, et je ne sors pas de ma loge, je reviens de la campagne. »

> *Atque ita mentitur, sic veris falsa remiscet.*
> *Primo ne medium, medio ne discrepet imum*[2].
> HORAT., *Art poet.*, v. 151.

Et puis un peu de morale après un peu de poétique, cela va si bien ! Félix était un gueux qui n'avait rien ; Olivier était un autre gueux qui n'avait rien : dites-en autant du charbonnier, de la charbonnière et des autres personnages de ce conte, et concluez qu'en général il ne peut guère y avoir d'amitiés entières et solides qu'entre des hommes qui n'ont rien. Un homme alors est toute la fortune de son ami, et son ami est toute la sienne. De là la vérité de l'expérience, que le malheur resserre les liens, et la matière d'un petit paragraphe de plus pour la première édition du livre *De l'esprit*[3].

---

1. Caillot est un acteur de la Comédie italienne, ami de Diderot. Il joua dans les pièces de Sedaine, de Marmontel, et en 1770, dans *Le Déserteur* de Mercier. — **2.** Horace, *Art poétique*, à propos d'Homère : « Et il crée de si heureuses fictions, mêle si bien le faux au vrai, qu'il n'y a pas de discordance entre le début et le milieu, ni entre le milieu et la fin. » — **3.** Ouvrage d'Helvétius (1715-1771), *De l'esprit* suscita une violente polémique en 1758. Il fut condamné par le Parlement, la Sorbonne, le pape ; Helvétius dut se rétracter, mais en 1773 paraîtra, à titre posthume, *De l'homme*. Si les deux écrivains partageaient les mêmes convictions sensualistes et matérialistes, la position de Diderot est cependant plus subtile que celle d'Helvétius et il exprima ses objections dès le compte rendu qu'il fit de *De l'esprit* dans la *Correspondance littéraire* (15 août 1758). Elles seront plus développées dans sa *Réfutation (...) d'Helvétius* (*Œuvres*, Laffont, t. I, pp. 777 et *sq.*).

ENTRETIEN D'UN PÈRE AVEC SES ENFANTS

ou

DU DANGER DE SE METTRE AU-DESSUS DES LOIS

L'histoire des diverses étapes de la rédaction, que L. Versini résume parfaitement, nous éclaire sur le mode d'invention de Diderot, par ajouts successifs d'anecdotes qui lui viennent à l'esprit ou qu'il a entendues autour de lui.

1) Une première version est écrite à Bourbonne en août 1770. Diderot la donne à Grimm qui la diffuse dans la Correspondance littéraire *le 1ᵉʳ mars 1771, en la faisant précéder d'une notice sur le père de Diderot et sur ses trois enfants. Le 4 mars, Diderot lui en demande une copie, ainsi qu'une des* Deux Amis *et ajoute : « Ne brûlez pas l'original, parce qu'il me servira pour collationner, vos scribes étant sujets à passer des mots, et quelquefois des lignes » (*Correspondance, t. X, p. 238). *Mais malgré cette recommandation nous n'avons pas le manuscrit autographe de cette première mouture.*

2) À ce noyau initial, Diderot ajoute la visite du médecin, l'arrivée du prieur et l'épisode du chapelier (fonds Vandeul, B.N.).

3) Il ajoute la mort du chanoine Vigneron, le retour du prieur et la faillite du changeur (fonds Vandeul, B.N.).

4) Parution à Zurich dans Contes moraux et nouvelles idylles *de Diderot et Gessner.*

5) « De 1773 à sa mort, Diderot ajoute encore le mot de Galien, l'anecdote des médecins du pape et de Mazarin, l'assassin transporté en Chine, l'histoire du calzalaio *de Messine, et la discussion entre le père et le fils à la fin » (L. Versini, op. cit., p. 467). Pour ce dernier état, nous pos-*

sédons la copie de Leningrad, postérieure à 1785, et l'édition Naigeon, d'après une copie perdue, édition que reproduisent Vernière, Lewinter, D.P.V. L'édition Versini, tient compte de la copie de Leningrad.

**

Mon père[1], homme d'un excellent jugement, mais homme pieux, était renommé dans sa province pour sa probité rigoureuse. Il fut plus d'une fois, choisi pour arbitre entre ses concitoyens ; et des étrangers qu'il ne connaissait pas lui confièrent souvent l'exécution de leurs dernières volontés. Les pauvres pleurèrent sa perte lorsqu'il mourut. Pendant sa maladie, les grands et les petits marquèrent l'intérêt qu'ils prenaient à sa conservation. Lorsqu'on sut qu'il approchait de sa fin, toute la ville fut attristée. Son image sera toujours présente à ma mémoire ; il me semble que je le vois dans son fauteuil à bras, avec son maintien tranquille et son visage serein. Il me semble que je l'entends encore. Voici l'histoire d'une de nos soirées, et un modèle de l'emploi des autres.

C'était en hiver. Nous étions assis autour de lui, devant le feu, l'abbé, ma sœur et moi[2]. Il me disait à la suite d'une conversation sur les inconvénients de la célébrité : « Mon fils, nous avons fait tous les deux du bruit dans le

---

1. Didier Diderot (1685-1759) était maître coutelier. Il jouissait d'une grande réputation dans sa ville ; il avait épousé Angélique Vigneron (1677-1748). Ce texte est à mettre au dossier de l'idéalisation de la figure paternelle chez Diderot. Il repose cependant sur une réalité langroise très sensible. Diderot ne revint pas très souvent dans sa ville natale. En décembre 1742, pour essayer de faire accepter son mariage par son père qui le désapprouvait ; en novembre-décembre 1754 : c'est à ce moment-là que se situerait cet entretien ; en juillet-août 1759 pour régler la succession ; enfin en août-septembre 1770, pour convaincre son frère chanoine de venir bénir le mariage d'Angélique, mais surtout pour rejoindre aux eaux de Bourbonne Mme de Maux. — 2. Des sept enfants nés de ses parents, l'écrivain, qui était l'aîné, en évoque deux ici : sa sœur Denise (1715-1797), célibataire qui tint le ménage de son père, puis de son frère le chanoine. Ce chanoine (1722-1787) était l'image même du fanatisme que Diderot combattait. Une autre sœur de Diderot, religieuse, devint folle, et a probablement inspiré des épisodes de *La Religieuse*. Les autres moururent en bas âge.

monde, avec cette différence que le bruit que vous faisiez avec votre outil vous ôtait le repos, et que celui que je faisais avec le mien ôtait le repos aux autres. » Après cette plaisanterie bonne ou mauvaise du vieux forgeron, il se mit à rêver, à nous regarder avec une attention tout à fait marquée, et l'abbé lui dit : « Mon père, à quoi rêvez-vous ? — Je rêve, lui répondit-il, que la réputation d'homme de bien, la plus désirable de toutes, a ses périls, même pour celui qui la mérite. » Puis, après une courte pause, il ajouta : « J'en frémis encore, quand j'y pense... Le croiriez-vous, mes enfants ? Une fois dans ma vie, j'ai été sur le point de vous ruiner ; oui, de vous ruiner de fond en comble.

L'ABBÉ. — Et comment cela ?

MON PÈRE. — Comment ? Le voici. Avant que je commence, dit-il à sa fille, sœurette, relève mon oreiller qui est descendu trop bas » ; à moi : « et toi, ferme les pans de ma robe de chambre, car le feu me brûle les jambes... Vous avez tous connu le curé de Thivet [1] ?

MA SŒUR. — Ce bon vieux prêtre, qui, à l'âge de cent ans, faisait ses quatre lieues dans la matinée ?

L'ABBÉ. — Qui s'éteignit à cent et un ans, en apprenant la mort d'un frère qui demeurait avec lui, et qui en avait quatre-vingt-dix-neuf ?

MON PÈRE. — Lui-même.

L'ABBÉ. — Eh bien ?

MON PÈRE. — Eh bien ! ses héritiers, gens pauvres et dispersés sur les grands chemins, dans les campagnes, aux portes des églises où ils mendiaient leur vie, m'envoyèrent une procuration qui m'autorisait à me transporter sur les lieux, et à pourvoir à la sûreté des effets du défunt curé leur parent. Comment refuser à des indigents un service que j'avais rendu à plusieurs familles opulen-

---

1. Thivet est près de Chaumont. P. Vernière a retrouvé la trace du modèle de ce curé : ce serait Antoine Charles. Il faudrait alors que l'action se passe avant 1733. Donc trois couches chronologiques : à partir de 1770, la rédaction par Diderot ; en 1754 l'entretien qui relate des événements antérieurs à 1733.

tes ? J'allai à Thivet ; j'appelai la justice du lieu ; je fis apposer les scellés, et j'attendis l'arrivée des héritiers. Ils ne tardèrent pas à venir ; ils étaient au nombre de dix à douze. C'étaient des femmes sans bas, sans souliers, presque sans vêtements, qui tenaient contre leur sein des enfants entortillés de leurs mauvais tabliers ; des vieillards couverts de haillons qui s'étaient traînés jusque-là, portant sur leurs épaules, avec un bâton, une poignée de guenilles enveloppées dans une autre guenille ; le spectacle de la misère la plus hideuse [1]. Imaginez, d'après cela, la joie de ces héritiers à l'aspect d'une dizaine de mille francs qui revenait à chacun d'eux ; car, à vue de pays, la succession du curé pouvait aller à une centaine de mille francs au moins. On lève les scellés. Je procède tout le jour à l'inventaire des effets. La nuit vient. Ces malheureux se retirent ; je reste seul. J'étais pressé de les mettre en possession de leurs lots, de les congédier, et de revenir à mes affaires. Il y avait sous un bureau un vieux coffre, sans couvercle et rempli de toutes sortes de paperasses ; c'étaient de vieilles lettres, des brouillons de réponses, des quittances surannées, des reçus de rebut, des comptes de dépenses, et d'autres chiffons de cette nature ; mais, en pareil cas, on lit tout, on ne néglige rien. Je touchais à la fin de cette ennuyeuse révision, lorsqu'il me tomba sous les mains un écrit assez long ; et cet écrit, savez-vous ce que c'était ? Un testament ! un testament signé du curé ! Un testament, dont la date était si ancienne, que ceux qu'il en nommait exécuteurs n'existaient plus depuis vingt ans ! Un testament où il rejetait les pauvres qui dormaient autour de moi, et instituait légataires universels les Frémin, ces riches libraires de Paris, que tu dois connaître, toi. Je vous laisse à juger de ma surprise et de ma douleur ; car que faire de cette pièce ? La brûler ? Pourquoi non ? N'avait-elle pas tous les caractères de la réprobation ? Et l'endroit où je l'avais trouvée, et les papiers avec lesquels elle était confondue et assimilée, ne déposaient-ils pas assez fortement contre elle, sans parler de son injustice révoltante ? Voilà ce que je me

---

1. C'est un tableau à la Greuze teinté d'un peu de Le Nain que brosse ici le salonnier Diderot.

disais en moi-même : et me représentant en même temps
la désolation de ces malheureux héritiers spoliés, frustrés
de leur espérance, j'approchais tout doucement le testament du feu ; puis, d'autres idées croisaient les premières,
je ne sais quelle frayeur de me tromper dans la décision
d'un cas aussi important, la méfiance de mes lumières, la
crainte d'écouter plutôt la voix de la commisération, qui
criait au fond de mon cœur, que celle de la justice, m'ar-
rêtaient subitement ; et je passai le reste de la nuit à délibérer sur cet acte inique que je tins plusieurs fois au-
dessus de la flamme, incertain si je le brûlerais ou non.
Ce dernier parti l'emporta ; une minute plus tôt ou plus
tard, c'eût été le parti contraire. Dans ma perplexité, je
crus qu'il était sage de prendre le conseil de quelque personne éclairée. Je monte à cheval dès la pointe du jour ;
je m'achemine à toutes jambes vers la ville ; je passe
devant la porte de ma maison, sans y entrer ; je descends
au séminaire qui était alors occupé par des oratoriens,
entre lesquels il y en avait un distingué par la sûreté de
ses lumières et la sainteté de ses mœurs : c'était un père
Bouin qui a laissé dans le diocèse la réputation du plus
grand casuiste. »

Mon père en était là, lorsque le docteur Bissei entra :
c'était l'ami et le médecin de la maison. Il s'informa de
la santé de mon père, lui tâta le pouls, ajouta, retrancha à
son régime, prit une chaise, et se mit à causer avec nous.

Mon père lui demanda des nouvelles de quelques-uns
de ses malades, entre autres d'un vieux fripon d'intendant
d'un M. de La Mésangère, ancien maire de notre ville.
Cet intendant avait mis le désordre et le feu dans les
affaires de son maître, avait fait de faux emprunts sous
son nom, avait égaré des titres, s'était approprié des
fonds, avait commis une infinité de friponneries dont la
plupart étaient avérées, et il était à la veille de subir une
peine infamante, sinon capitale. Cette affaire occupait
alors toute la province. Le docteur lui dit que cet homme
était fort mal, mais qu'il ne désespérait pas de le tirer
d'affaire.

MON PÈRE. — C'est un très mauvais service à lui
rendre.

MOI. — Et une très mauvaise action à faire.

LE DOCTEUR BISSEI. — Une mauvaise action ! Et la raison, s'il vous plaît ?

MOI. — C'est qu'il y a tant de méchants dans ce monde, qu'il n'y faut pas retenir ceux à qui il prend envie d'en sortir.

LE DOCTEUR BISSEI. — Mon affaire est de le guérir, et non de le juger ; je le guérirai, parce que c'est mon métier ; ensuite le magistrat le fera pendre, parce que c'est le sien [1].

MOI. — Docteur, mais il y a une fonction commune à tout bon citoyen, à vous, à moi, c'est de travailler de toute notre force à l'avantage de la république, et il me semble que ce n'en est pas un pour elle que le salut d'un malfaiteur, dont incessamment les lois la délivreront.

LE DOCTEUR BISSEI. — Et à qui appartient-il de le déclarer malfaiteur ? Est-ce à moi ?

MOI. — Non, c'est à ses actions.

LE DOCTEUR BISSEI. — Et à qui appartient-il de connaître de ses actions ? Est-ce à moi ?

MOI. — Non ; mais permettez, docteur, que je change un peu la thèse, en supposant un malade dont les crimes soient de notoriété publique. On vous appelle ; vous accourez, vous ouvrez les rideaux, et vous reconnaissez Cartouche ou Nivet [2]. Guérirez-vous Cartouche ou Nivet ?

Le docteur Bissei, après un moment d'incertitude, répondit ferme qu'il le guérirait ; qu'il oublierait le nom du malade, pour ne s'occuper que du caractère de la mala-

---

1. On notera cette fascination de Diderot pour les médecins qui apparaissait déjà dans *Le Rêve de d'Alembert*, avec le personnage de Bordeu. Le médecin a acquis dans la société du XVIIIᵉ siècle une considération qu'il n'avait peut-être pas du temps de Molière. La réflexion sur le vivant est fondamentale dans la pensée de Diderot et peut aussi expliquer cet intérêt porté à la médecine dès les premiers travaux de librairie (Diderot travailla à un dictionnaire de médecine), et surtout dans l'*Encyclopédie*. — 2. Cartouche et Nivet sont deux bandits célèbres qui furent exécutés. Avec Mandrin, que Diderot aime aussi à évoquer, ils alimentent au XVIIIᵉ siècle cette mythologie du bandit faite de peur et de fascination.

die ; que c'était la seule chose dont il lui fût permis de connaître ; que s'il faisait un pas au-delà, bientôt il ne saurait plus où s'arrêter ; que ce serait abandonner la vie des hommes à la merci de l'ignorance, des passions, du préjugé, si l'ordonnance devait être précédée de l'examen de la vie et des mœurs du malade. « Ce que vous me dites de Nivet, un janséniste me le dira d'un moliniste, un catholique d'un protestant. Si vous m'écartez du lit de Cartouche, un fanatique m'écartera du lit d'un athée. C'est bien assez que d'avoir à doser le remède, sans avoir encore à doser la méchanceté qui permettrait ou non de l'administrer.

— Mais, docteur, lui répondis-je, si après votre belle cure, le premier essai que le scélérat fera de sa convalescence, c'est d'assassiner votre ami, que direz-vous ? Mettez la main sur la conscience ; ne vous repentirez-vous point de l'avoir guéri ? Ne vous écrierez-vous point avec amertume : Pourquoi l'ai-je secouru ! Que ne le laissai-je mourir ! N'y a-t-il pas là de quoi empoisonner le reste de votre vie ?

Le docteur Bissei. — Assurément, je serai consumé de douleur ; mais je n'aurai point de remords.

Moi. — Et quels remords pourriez-vous avoir, je ne dis point d'avoir tué, car il ne s'agit pas de cela ; mais d'avoir laissé périr un chien enragé ? Docteur, écoutez-moi. Je suis plus intrépide que vous ; je ne me laisse point brider par de vains raisonnements. Je suis médecin. Je regarde mon malade ; en le regardant, je reconnais un scélérat, et voici le discours que je lui tiens : "Malheureux, dépêche-toi de mourir ; c'est tout ce qui peut t'arriver de mieux pour les autres et pour toi. Je sais bien ce qu'il y aurait à faire pour dissiper ce point de côté qui t'oppresse, mais je n'ai garde de l'ordonner ; je ne hais pas assez mes concitoyens, pour te renvoyer de nouveau au milieu d'eux, et me préparer à moi-même une douleur éternelle par les nouveaux forfaits que tu commettrais. Je ne serai point ton complice. On punirait celui qui te recèle dans sa maison, et je croirais innocent celui qui t'aurait sauvé ! Cela ne se peut. Si j'ai un regret, c'est qu'en te livrant à la mort je t'arrache au dernier supplice. Je ne m'occuperai point de rendre à la vie celui dont il m'est enjoint par l'équité naturelle, le bien de la société, le salut de mes semblables, d'être le dénonciateur. Meurs, et qu'il ne soit pas dit que par mon art et mes soins il existe un monstre de plus."

LE DOCTEUR BISSEI. — Bonjour, papa. Ah çà, moins de café après dîner, entendez-vous ?

MON PÈRE. — Ah ! docteur, c'est une si bonne chose que le café !

LE DOCTEUR BISSEI. — Du moins, beaucoup, beaucoup de sucre.

MA SŒUR. — Mais, docteur, ce sucre nous échauffera.

LE DOCTEUR BISSEI. — Chansons ! Adieu, philosophe.

MOI. — Docteur, encore un moment. Galien, qui vivait sous Marc Aurèle, et qui, certes, n'était pas un homme ordinaire, bien qu'il crût aux songes, aux amulettes et aux maléfices, dit de ses préceptes sur les moyens de conserver les nouveau-nés : "C'est aux Grecs, aux Romains, à tous ceux qui marchent sur leurs pas dans la carrière des sciences, que je les adresse. Pour les Germains et le reste des barbares, ils n'en sont pas plus dignes que les ours, les sangliers, les lions et les autres bêtes féroces."

LE DOCTEUR BISSEI. — Je savais cela. Vous avez tort tous les deux : Galien, d'avoir proféré sa sentence absurde ; vous, d'en faire une autorité. Vous n'existeriez pas, ni vous ni votre éloge ou votre critique de Galien, si la nature n'avait pas eu d'autre secret que le sien pour conserver les enfants des Germains.

MOI. — Pendant la dernière peste de Marseille...

LE DOCTEUR BISSEI. — Dépêchez-vous, car je suis pressé.

MOI. — Il y avait des brigands qui se répandaient dans les maisons, pillant, tuant, profitant du désordre général pour s'enrichir par toutes sortes de crimes. Un de ces brigands fut attaqué de la peste, et reconnu par un des fossoyeurs que la police avait chargés d'enlever les morts. Ces gens-ci allaient, et jetaient les cadavres dans la rue. Le fossoyeur regarde le scélérat, et lui dit : "Ah ! misérable, c'est toi", et en même temps, il le saisit par les pieds, et le traîne vers la fenêtre. Le scélérat lui crie : "Je ne suis pas mort." L'autre lui répond : "Tu es assez mort", et le précipite à l'instant d'un troisième étage. Docteur, sachez que le fossoyeur qui dépêche si lestement ce méchant pestiféré, est moins coupable à mes yeux qu'un habile médecin, comme vous, qui l'aurait guéri ; et partez.

LE DOCTEUR. — Cher philosophe, j'admirerai votre esprit et votre chaleur, tant qu'il vous plaira ; mais votre morale ne sera ni la mienne ni celle de l'abbé, je gage.

L'ABBÉ. — Vous gagez à coup sûr. »

J'allais entreprendre l'abbé ; mais mon père, s'adressant à moi, en souriant, me dit : "Tu plaides contre ta propre cause.

MOI. — Comment cela ?

MON PÈRE. — Tu veux la mort de ce coquin d'intendant de M. de La Mésangère, n'est-ce pas ? Eh ! laisse donc faire le docteur. Tu dis quelque chose tout bas.

MOI. — Je dis que Bissei ne méritera jamais l'inscription que les Romains placèrent au-dessus de la porte du médecin d'Adrien VI, après sa mort : *Au libérateur de la patrie*.

MA SŒUR. — Et que, médecin du Mazarin, ce ministre décédé, il n'eût pas fait dire aux charretiers, comme Guénaut : "Camarades, laissons passer monsieur le docteur, c'est lui qui nous a fait la grâce de tuer le cardinal." »

Mon père sourit, et dit : "Où en étais-je de mon histoire ?

MA SŒUR. — Vous en étiez au père Bouin.

MON PÈRE. — Je lui expose le fait. Le père Bouin me dit : "Rien n'est plus louable, monsieur, que le sentiment de commisération dont vous êtes touché pour ces malheureux héritiers. Supprimez le testament, secourez-les, j'y consens ; mais c'est à la condition de restituer au légataire universel la somme précise dont vous l'aurez privé, ni plus, ni moins." Mais je sens du froid entre les épaules. Le docteur aura laissé la porte ouverte ; sœurette, va la fermer.

MA SŒUR. — J'y vais ; mais j'espère que vous ne
continuerez pas que je ne sois revenue.

MON PÈRE. — Cela va sans dire. »

Ma sœur, qui s'était fait attendre quelque temps, dit en
rentrant, avec un peu d'humeur : « C'est ce fou qui a
pendu deux écriteaux à sa porte, sur l'un desquels on lit :
*Maison à vendre vingt mille francs, ou à louer douze
cents francs par an, sans bail* ; et sur l'autre : *Vingt mille
francs à prêter pour un an, à six pour cent* [1].

MOI. — Un fou, ma sœur ? Et s'il n'y avait qu'un
écriteau où vous en voyez deux, et que l'écriteau du prêt
ne fût qu'une traduction de celui de la location ? Mais
laissons cela, et revenons au père Bouin.

MON PÈRE. — Le père Bouin ajouta : "Et qui est-ce
qui vous a autorisé à ôter ou à donner de la sanction aux
actes ? Qui est-ce qui vous a autorisé à interpréter les
intentions des morts ?

« — Mais, père Bouin, et le coffre ?

« — Qui est-ce qui vous a autorisé à décider si ce testament a été rebuté de réflexion, ou s'il s'est égaré par
méprise ? Ne vous est-il jamais arrivé d'en commettre
de pareilles, et de retrouver au fond d'un seau un papier
précieux que vous y aviez jeté d'inadvertance ?

« — Mais, père Bouin, et la date et l'iniquité de ce
papier ?

« — Qui est-ce qui vous a autorisé à prononcer sur la
justice ou l'injustice de cet acte, et à regarder le legs universel comme un don illicite, plutôt que comme une restitution ou telle autre œuvre légitime qu'il vous plaira
d'imaginer ?

---

1. Raisonnement économique très moderne et auquel revient le
« Plan épargne logement ». Mais un prêt à six pour cent, qui nous
semble très raisonnable, est considéré comme usuraire au XVIIIe siècle,
et ce « fou » conteste donc la légitimité de la location, ou légitime le
prêt à intérêt. Propos essentiellement ambigu. Condamné par l'Église
et par la Sorbonne, le prêt à intérêt n'en était pas moins très largement
pratiqué, de façon détournée, au XVIIIe siècle. Turgot, qui fait partie de
l'équipe des Encyclopédistes, le défend contre les interdits ecclésias-
tiques (*Mémoire sur les prêts d'argent*), comme stimulant de l'économie. La Révolution, en octobre 1789, légitimera le prêt à intérêt, ce
que fait aussi le Code civil.

« — Mais, père Bouin, et ces héritiers immédiats et pauvres, et ce collatéral éloigné et riche ?

« — Qui est-ce qui vous a autorisé à peser ce que le défunt devait à ses proches, que vous ne connaissez pas, et à son légataire, que vous ne connaissez pas davantage ?

« — Mais, père Bouin, et ce tas de lettres du légataire, que le défunt ne s'était pas seulement donné la peine d'ouvrir !" Une circonstance que j'avais oublié de vous dire, ajouta mon père, c'est que dans l'amas de paperasses, entre lesquelles je trouvai ce fatal testament, il y avait vingt, trente, je ne sais combien de lettres des Frémin, toutes cachetées. "Il n'y a, dit le père Bouin, ni coffre, ni date, ni lettres, ni père Bouin, ni si, ni mais, qui tienne ; il n'est permis à personne d'enfreindre les lois, d'entrer dans la pensée des morts, et de disposer du bien d'autrui. Si la Providence a résolu de châtier ou l'héritier ou le légataire, ou le défunt, car on ne sait lequel, par la conservation fortuite de ce testament, il faut qu'il reste."

« Après une décision aussi nette, aussi précise de l'homme le plus éclairé de notre clergé, je demeurai stupéfait et tremblant, songeant en moi-même à ce que je devenais, à ce que vous deveniez, mes enfants, s'il me fût arrivé de brûler le testament, comme j'en avais été tenté dix fois ; d'être ensuite tourmenté de scrupules, et d'aller consulter le père Bouin. J'aurais restitué ; oh ! j'aurais restitué ; rien n'est plus sûr, et vous étiez ruinés.

MA SŒUR. — Mais, mon père, il fallut, après cela, s'en revenir au presbytère, et annoncer à cette troupe d'indigents qu'il n'y avait rien là qui leur appartînt, et qu'ils pouvaient s'en retourner comme ils étaient venus. Avec l'âme compatissante que vous avez, comment en eûtes-vous le courage ?

MON PÈRE. — Ma foi, je n'en sais rien. Dans le premier moment, je pensai à me départir de ma procuration, et à me remplacer par un homme de loi ; mais un homme de loi en eût usé dans toute la rigueur, pris et chassé par les épaules ces pauvres gens dont je pouvais peut-être alléger l'infortune. Je retournai donc le même jour à Thivet. Mon absence subite, et les précautions que j'avais prises en partant, avaient inquiété ; l'air de tristesse avec lequel je reparus, inquiéta bien davantage. Cependant je me contraignis, je dissimulai de mon mieux.

Moi. — C'est-à-dire assez mal.

Mon père. — Je commençai par mettre à couvert tous les effets précieux. J'assemblai dans la maison un certain nombre d'habitants, qui me prêteraient main-forte, en cas de besoin. J'ouvris la cave et les greniers que j'abandonnai à ces malheureux, les invitant à boire, à manger, et à partager entre eux le vin, le blé et toutes les autres provisions de bouche.

L'abbé. — Mais, mon père !...

Mon père. — Je le sais, cela ne leur appartenait pas plus que le reste.

Moi. — Allons donc, l'abbé, tu nous interromps.

Mon père. — Ensuite, pâle comme la mort, tremblant sur mes jambes, ouvrant la bouche, et ne trouvant aucune parole, m'asseyant, me relevant, commençant une phrase, et ne pouvant l'achever, pleurant ; tous ces gens effrayés m'environnant, s'écriant autour de moi : "Eh bien ! mon cher monsieur, qu'est-ce qu'il y a ? — Qu'est-ce qu'il y a ? repris-je. Un testament, un testament qui vous déshérite." Ce peu de mots me coûta tant à dire, que je me sentis presque défaillir.

Ma sœur. — Je conçois cela.

Mon père. — Quelle scène, quelle scène, mes enfants, que celle qui suivit ! Je frémis de la rappeler. Il me semble que j'entends encore les cris de la douleur, de la fureur, de la rage, le hurlement des imprécations." Ici, mon père portait ses mains sur ses yeux, sur ses oreilles. "Ces femmes, disait-il, ces femmes, je les vois, les unes se roulaient à terre, s'arrachaient les cheveux, se déchiraient les joues et les mamelles ; les autres écumaient, tenaient leurs enfants par les pieds, prêtes à leur écacher la tête contre le pavé, si on les eût laissé faire ; les hommes saisissaient, renversaient, cassaient tout ce qui leur tombait sous les mains ; ils menaçaient de mettre le feu à la maison ; d'autres, en rugissant, grattaient la terre avec leurs ongles, comme s'ils y eussent cherché le cadavre du curé pour le déchirer ; et, tout au travers de ce tumulte, c'étaient les cris aigus des enfants qui partageaient, sans savoir pourquoi, le désespoir de leurs parents, qui s'attachaient à leurs vêtements, et qui en étaient inhumainement repoussés. Je ne crois pas avoir jamais autant souffert de ma vie.

« Cependant j'avais écrit au légataire de Paris, je l'instruisais de tout et je le pressais de faire diligence, le seul moyen de prévenir quelque accident qu'il ne serait pas en mon pouvoir d'empêcher.

« J'avais un peu calmé les malheureux par l'espérance dont je me flattais en effet d'obtenir du légataire une renonciation complète à ses droits, ou de l'amener à quelque traitement favorable, et je les avais dispersés dans les chaumières les plus éloignées du village.

« Le Frémin de Paris arriva ; je le regardai fixement, et je lui trouvai une physionomie dure qui ne promettait rien de bon.

Moi. — De grands sourcils noirs et touffus, des yeux couverts et petits, une large bouche, un peu de travers, un teint basané et criblé de petite vérole ?

Mon père. — C'est cela. Il n'avait pas mis plus de trente heures à faire ses soixante lieues. Je commençai par lui montrer les misérables dont j'avais à plaider la cause. Ils étaient tous debout devant lui, en silence ; les femmes pleuraient ; les hommes, appuyés sur leurs bâtons, la tête nue, avaient la main dans leurs bonnets. Le Frémin, assis, les yeux fermés, la tête penchée et le menton appuyé sur sa poitrine, ne les regardait pas. Je parlai en leur faveur de toute ma force ; je ne sais où l'on prend ce qu'on dit en pareil cas. Je lui fis toucher au doigt combien il était incertain que cette succession lui fût légitimement acquise ; je le conjurai par son opulence, par la misère qu'il avait sous les yeux ; je crois même que je me jetai à ses pieds ; je n'en pus tirer une obole. Il me répondit qu'il n'entrait point dans toutes ces considérations ; qu'il y avait un testament ; que l'histoire de ce testament lui était indifférente, et qu'il aimait mieux s'en rapporter à ma conduite qu'à mes discours. D'indignation, je lui jetai les clefs au nez ; il les ramassa, s'empara de tout, et je m'en revins si troublé, si peiné, si changé, que votre mère, qui vivait encore, crut qu'il m'était arrivé quelque grand malheur... Ah ! mes enfants ! quel homme que ce Frémin ! »

Après ce récit, nous tombâmes dans le silence, chacun rêvant à sa manière sur cette singulière aventure. Il vint quelques visites ; un ecclésiastique, dont je ne me rappelle pas le nom : c'était un gros prieur, qui se connaissait mieux en bon vin qu'en morale, et qui avait plus feuilleté le *Moyen de parvenir* que les *Conférences de Grenoble* ; un homme de justice, notaire et lieutenant de police, appelé Dubois ; et, peu de temps après, un ouvrier qui demandait à parler à mon père. On le fit entrer, et avec lui un ancien ingénieur de la province, qui vivait retiré et qui cultivait les mathématiques, qu'il avait autrefois professées ; c'était un des voisins de l'ouvrier ; l'ouvrier était chapelier.

Le premier mot du chapelier fut de faire entendre à mon père que l'auditoire était un peu nombreux pour ce qu'il avait à lui dire. Tout le monde se leva, et il ne resta que le prieur, l'homme de loi, le géomètre et moi, que le chapelier retint.

« Monsieur Diderot, dit-il à mon père, après avoir regardé autour de l'appartement s'il ne pouvait être entendu, c'est votre probité et vos lumières qui m'amènent chez vous, et je ne suis pas fâché d'y rencontrer ces autres messieurs dont je ne suis peut-être pas connu, mais que je connais tous. Un prêtre, un homme de loi, un savant, un philosophe et un homme de bien ! Ce serait grand hasard, si je ne trouvais pas dans des personnes d'état si différent, et toutes également justes et éclairées, le conseil dont j'ai besoin. » Le chapelier ajouta ensuite : « Promettez-moi d'abord de garder le secret sur mon affaire, quel que soit le parti que je juge à propos de suivre. » On le lui promit, et il continua. « Je n'ai point d'enfants ; je n'en ai point eu de ma dernière femme, que j'ai perdue il y a environ quinze jours. Depuis ce temps, je ne vis pas ; je ne saurais ni boire, ni manger, ni travailler, ni dormir. Je me lève, je m'habille, je sors et je rôde par la ville dévoré d'un souci profond. J'ai gardé ma femme malade pendant dix-huit ans ; tous les services qui ont dépendu de moi et que sa triste situation exigeait, je les lui ai rendus. Les dépenses que j'ai faites pour elle ont consommé le produit de notre petit revenu et de mon travail, m'ont laissé chargé de dettes, et je me trouverais, à sa mort, épuisé de fatigues, le temps de mes jeunes années perdu, je ne serais, en un mot, pas plus avancé que le premier jour de mon établissement, si j'observais les lois et si je laissais aller à des collatéraux éloignés la portion qui leur revient de ce qu'elle m'avait apporté en dot : c'était un trousseau bien conditionné ; car son père et sa mère, qui aimaient beaucoup leur fille, firent pour elle tout ce qu'ils purent, plus qu'ils ne purent ; de belles et bonnes nippes en quantité, qui sont restées toutes neuves ; car la pauvre femme n'a pas eu le temps de s'en servir ; et vingt mille francs en argent, provenus du remboursement d'un contrat constitué sur M. Michelin, lieutenant du procureur général. À peine la défunte a-t-elle eu les yeux fermés, que j'ai soustrait et les nippes et l'argent. Messieurs, vous savez actuellement mon affaire. Ai-je bien fait ? Ai-je mal fait ? Ma conscience n'est pas en repos. Il me semble que j'entends là quelque chose qui me dit : Tu as volé, tu as volé ; rends. Qu'en pensez-vous ? Songez, messieurs, que ma femme m'a emporté, en s'en allant, tout ce que j'ai gagné pendant vingt ans ; que je ne suis presque plus en état de travailler ; que je suis endetté, et que si je restitue, il ne me reste que l'hôpital : si ce n'est aujourd'hui, ce sera demain. Parlez, messieurs, j'attends votre décision. Faut-il restituer et s'en aller à l'hôpital ?

— À tout seigneur, tout honneur, dit mon père, en s'inclinant vers l'ecclésiastique ; à vous, monsieur le prieur.

— Mon enfant, dit le prieur au chapelier, je n'aime pas les scrupules, cela brouille la tête et ne sert à rien ; peut-être ne fallait-il pas prendre cet argent ; mais, puisque tu l'as pris, mon avis est que tu le gardes.

Mon père. — Mais, monsieur le prieur, ce n'est pas là votre dernier mot ?

Le prieur. — Ma foi si ; je n'en sais pas plus long.

Mon père. — Vous n'avez pas été loin. À vous, monsieur le magistrat.

LE MAGISTRAT. — Mon ami, ta position est fâcheuse ; un autre te conseillerait peut-être d'assurer le fonds aux collatéraux de ta femme, afin qu'en cas de mort ce fonds ne passât pas aux tiens, et de jouir, ta vie durant, de l'usufruit. Mais il y a des lois, et ces lois ne t'accordent ni l'usufruit, ni la propriété du capital. Crois-moi, satisfais aux lois et sois honnête homme ; à l'hôpital, s'il le faut.

MOI. — Il y a des lois ! Quelles lois !

MON PÈRE. — Et vous, monsieur le mathématicien, comment résolvez-vous ce problème ?

LE GÉOMÈTRE. — Mon ami, ne m'as-tu pas dit que tu avais pris environ vingt mille francs ?

LE CHAPELIER. — Oui, monsieur.

LE GÉOMÈTRE. — Et combien à peu près t'a coûté la maladie de ta femme ?

LE CHAPELIER. — À peu près la même somme.

LE GÉOMÈTRE. — Eh bien ! qui de vingt mille francs paye vingt mille francs, reste zéro.

MON PÈRE, *à moi.* — Et qu'en dit la philosophie ?

MOI. — La philosophie se tait où la loi n'a pas le sens commun. »

Mon père sentit qu'il ne fallait pas me presser, et portant tout de suite la parole au chapelier : « Maître un tel, lui dit-il, vous nous avez confessé que depuis que vous aviez spolié la succession de votre femme, vous aviez perdu le repos. Et à quoi vous sert donc cet argent qui vous a ôté le plus grand des biens ? Défaites-vous-en vite, et buvez, mangez, dormez, travaillez, soyez heureux chez vous, si vous y pouvez tenir, ou ailleurs, si vous ne pouvez pas tenir chez vous. »

Le chapelier répliqua brusquement : « Non, monsieur, je m'en irai à Genève.

— Et tu crois que tu laisseras le remords ici ?

— Je ne sais, mais j'irai à Genève.

— Va où tu voudras, tu y trouveras ta conscience. »

Le chapelier partit ; sa réponse bizarre devint le sujet de l'entretien. On convint que peut-être la distance des lieux et du temps affaiblissait plus ou moins tous les sentiments, toutes les sortes de consciences, même celle du crime. L'assassin transporté sur le rivage de la Chine, est trop loin pour apercevoir le cadavre qu'il a laissé sanglant sur les bords de la Seine. Le remords naît peut-être moins de l'horreur de soi que de la crainte des autres ; moins de la honte de l'action que du blâme et du châtiment qui la suivraient s'il arrivait qu'on la découvrît. Et quel est le criminel clandestin assez tranquille dans l'obscurité pour ne pas redouter la trahison d'une circonstance imprévue ou l'indiscrétion d'un mot peu réfléchi ? Quelle certitude a-t-il qu'il ne se décèlera point dans le délire de la fièvre ou du rêve ? On l'entendra sur le lieu de la scène, et il est perdu. Ceux qui l'environneront à la Chine ne le comprendront pas. « Mes enfants, les jours du méchant sont remplis d'alarmes. Le repos n'est fait que pour l'homme de bien. C'est lui seul qui vit et meurt tranquille. »

Ce texte épuisé, les visites s'en allèrent ; mon frère et ma sœur rentrèrent ; la conversation interrompue fut reprise, et mon père dit : « Dieu soit loué ! nous voilà ensemble. Je me trouve bien avec les autres, mais mieux avec vous. » Puis s'adressant à moi : « Pourquoi, me demanda-t-il, n'as-tu pas dit ton avis au chapelier ?

— C'est que vous m'en avez empêché.

— Ai-je mal fait ?

— Non, parce qu'il n'y a point de bon conseil pour un sot. Quoi donc, est-ce que cet homme n'est pas le plus proche parent de sa femme ? Est-ce que le bien qu'il a retenu ne lui a pas été donné en dot ? Est-ce qu'il ne lui appartient pas au titre le plus légitime ? Quel est le droit de ces collatéraux ?

MON PÈRE. — Tu ne vois que la loi, mais tu n'en vois pas l'esprit.

MOI. — Je vois comme vous, mon père, le peu de sûreté des femmes, méprisées, haïes à tort à travers de leurs maris, si la mort saisissait ceux-ci de leurs biens. Mais qu'est-ce que cela me fait à moi, honnête homme, qui ai bien rempli mes devoirs avec la mienne ? Ne suis-je pas assez malheureux de l'avoir perdue ? Faut-il qu'on vienne encore m'enlever sa dépouille ?

Mon père. — Mais si tu reconnais la sagesse de la loi, il faut t'y conformer, ce me semble.

Ma sœur. — Sans la loi il n'y a plus de vol.

Moi. — Vous vous trompez, ma sœur.

Mon frère. — Sans la loi tout est à tous, et il n'y a plus de propriété.

Moi. — Vous vous trompez, mon frère.

Mon frère. — Et qu'est-ce qui fonde donc la propriété ?

Moi. — Primitivement, c'est la prise de possession par le travail. La nature a fait les bonnes lois de toute éternité ; c'est une force légitime qui en assure l'exécution ; et cette force, qui peut tout contre le méchant, ne peut rien contre l'homme de bien. Je suis cet homme de bien ; et dans ces circonstances et beaucoup d'autres que je vous détaillerais, je la cite au tribunal de mon cœur, de ma raison, de ma conscience, au tribunal de l'équité naturelle ; je l'interroge, je m'y soumets ou je l'annule.

Mon père. — Prêche ces principes-là sur les toits, je te promets qu'ils feront fortune, et tu verras les belles choses qui en résulteront.

— Je ne les prêcherai pas ; il y a des vérités qui ne sont pas faites pour les fous ; mais je les garderai pour moi.

— Pour toi qui es un sage ?

— Assurément.

— D'après cela, je pense bien que tu n'approuveras pas autrement la conduite que j'ai tenue dans l'affaire du curé de Thivet. Mais toi, l'abbé, qu'en penses-tu ?

L'abbé. — Je pense, mon père, que vous avez agi prudemment de consulter, et d'en croire le père Bouin, et que si vous eussiez suivi votre premier mouvement, nous étions en effet ruinés.

Mon père. — Et toi, grand philosophe, tu n'es pas de cet avis ?

— Non.

— Cela est bien court. Va ton chemin.

— Vous me l'ordonnez ?

— Sans doute.

— Sans ménagement ?

— Sans doute.

Moi. — Non, certes, lui répondis-je avec chaleur, je ne suis pas de cet avis. Je pense, moi, que, si vous avez jamais fait une mauvaise action dans votre vie, c'est celle-là ; et que si vous vous fussiez cru obligé à restitution envers le légataire après avoir déchiré le testament, vous l'êtes bien davantage envers les héritiers pour y avoir manqué.

Mon père. — Il faut que je l'avoue, cette action m'est toujours restée sur le cœur ; mais le père Bouin !

Moi. — Votre père Bouin, avec toute sa réputation de science et de sainteté, n'était qu'un mauvais raisonneur, un bigot à tête rétrécie.

Ma sœur, *à voix basse.* — Est-ce que ton projet est de nous ruiner ?

Mon père. — Paix ! paix ! laisse là le père Bouin, et dis-nous tes raisons, sans injurier personne.

Moi. — Mes raisons ? Elles sont simples, et les voici. Ou le testateur a voulu supprimer l'acte qu'il avait fait dans la dureté de son cœur, comme tout concourait à le démontrer, et vous avez annulé sa résipiscence ; ou il a voulu que cet acte atroce eût son effet, et vous vous êtes associé à son injustice.

Mon père. — À son injustice ? C'est bientôt dit.

Moi. — Oui, oui, à son injustice ; car tout ce que le père Bouin vous a débité ne sont que de vaines subtilités, de pauvres conjectures, des peut-être sans aucune valeur, sans aucun poids, auprès des circonstances qui ôtaient tout caractère de validité à l'acte injuste que vous avez tiré de la poussière, produit et réhabilité. Un coffre à paperasses, parmi ces paperasses une vieille paperasse proscrite, par sa date, par son injustice, par son mélange avec d'autres paperasses, par la mort des exécuteurs, par le mépris des lettres du légataire, par la richesse de ce légataire, et par la pauvreté des véritables héritiers ! Qu'oppose-t-on à cela ? Une restitution présumée ! Vous verrez que ce pauvre diable de prêtre qui n'avait pas un sou lorsqu'il arriva dans sa cure, et qui avait passé quatre-vingts ans de sa vie à amasser environ cent mille francs en entassant sou sur sou, avait fait autrefois aux Frémin, chez qui il n'avait point demeuré, et qu'il n'avait peut-être jamais connus que de nom, un vol de cent mille francs. Et quand ce prétendu vol eût été réel, le grand malheur que... J'aurais brûlé cet acte d'iniquité. Il fallait le brûler, vous dis-je ; il fallait écouter votre cœur qui n'a cessé de réclamer depuis, et qui en savait plus que votre imbécile Bouin, dont la décision ne prouve que l'autorité redoutable des opinions religieuses sur les têtes les mieux organisées, et l'influence pernicieuse des lois injustes, des faux principes sur le bon sens et l'équité naturelle. Si vous eussiez été à côté du curé, lorsqu'il écrivit cet inique testament, ne l'eussiez-vous pas mis en pièces ? Le sort le jette entre vos mains, et vous le conservez.

Mon père. — Et si le curé t'avait institué son légataire universel ?

Moi. — L'acte odieux n'en aurait été que plus promptement cassé.

Mon père. — Je n'en doute nullement ; mais n'y a-t-il aucune différence entre le donataire d'un autre, et le tien ?

Moi. — Aucune. Ils sont tous les deux justes ou injustes, honnêtes ou malhonnêtes.

Mon père. — Lorsque la loi ordonne, après le décès, l'inventaire et la lecture de tous les papiers, sans exception, elle a son motif, sans doute ; et ce motif quel est-il ?

Moi. — Si j'étais caustique, je vous répondrais : de dévorer les héritiers en multipliant ce qu'on appelle des vacations ; mais songez que vous n'étiez point l'homme de la loi, et qu'affranchi de toute forme juridique, vous n'aviez de fonctions à remplir que celles de la bienfaisance et de l'équité naturelle. »

Ma sœur se taisait ; mais elle me serrait la main en signe d'approbation. L'abbé secouait les oreilles, et mon père disait : « Et puis encore une petite injure au père Bouin. Tu crois du moins que ma religion m'absout ?

Moi. — Je le crois ; mais tant pis pour elle.

Mon père. — Cet acte que tu brûles de ton autorité privée, tu crois qu'il aurait été déclaré valide au tribunal de la loi ?

Moi. — Cela se peut ; mais tant pis pour la loi.

Mon père. — Tu crois qu'elle aurait négligé toutes ces circonstances, que tu fais valoir avec tant de force ?

Moi. — Je n'en sais rien ; mais j'en aurais voulu avoir le cœur net. J'y aurais sacrifié une cinquantaine de louis : ç'aurait été une charité bien faite ; et j'aurais attaqué le testament au nom de ces pauvres héritiers.

Mon père. — Oh ! pour cela, si tu avais été avec moi, et que tu m'en eusses donné le conseil, quoique, dans les commencements d'un établissement, cinquante louis ce soit une somme, il y a tout à parier que je l'aurais suivi.

L'abbé. — Pour moi, j'aurais autant aimé donner cet argent aux pauvres héritiers qu'aux gens de justice.

Moi. — Et vous croyez, mon frère, qu'on aurait perdu ce procès ?

Mon frère. — Je n'en doute pas. Les juges s'en tiennent strictement à la loi, comme mon père et le père Bouin, et font bien. Les juges ferment, en pareils cas, les yeux sur les circonstances, comme mon père et le père Bouin, par l'effroi des inconvénients qui s'ensuivraient, et font bien. Ils sacrifient quelquefois contre le témoignage même de leur conscience, comme mon père et le père Bouin, l'intérêt du malheureux et de l'innocent qu'ils ne pourraient sauver sans lâcher la bride à une infinité de fripons, et font bien. Ils redoutent, comme mon père et le père Bouin, de prononcer un arrêt équitable dans un cas déterminé, mais funeste dans mille autres par la multitude de désordres auxquels il ouvrirait la porte, et font bien. Et dans le cas du testament dont il s'agit...

Mon père. — Tes raisons, comme particulières, étaient peut-être bonnes, mais comme publiques, elles seraient mauvaises. Il y a tel avocat peu scrupuleux qui m'aurait dit tête à tête : « Brûlez ce testament », ce qu'il n'aurait osé écrire dans sa consultation.

Moi. — J'entends ; c'était une affaire à n'être pas portée devant les juges. Aussi, parbleu ! n'y aurait-elle pas été portée, si j'avais été à votre place.

Mon père. — Tu aurais préféré ta raison à la raison publique ; la décision de l'homme à celle de l'homme de loi.

Moi. — Assurément. Est-ce que l'homme n'est pas antérieur à l'homme de loi ? Est-ce que la raison de l'espèce humaine n'est pas tout autrement sacrée que la raison d'un législateur ? Nous nous appelons civilisés, et nous sommes pires que des sauvages. Il semble qu'il nous faille encore tournoyer pendant des siècles, d'extravagances en extravagances et d'erreurs en erreurs, pour arriver où la première étincelle de jugement, l'instinct seul, nous eût menés tout droit. Aussi nous nous sommes si bien fourvoyés...

Mon père. — Mon fils, mon fils, c'est un bon oreiller que celui de la raison ; mais je trouve que ma tête repose plus doucement encore sur celui de la religion et des lois ; et point de réplique là-dessus, car je n'ai pas besoin d'insomnie. Mais il me semble que tu prends de l'humeur. Dis-moi donc, si j'avais brûlé le testament, est-ce que tu m'aurais empêché de restituer ?

Moi. — Non, mon père, votre repos m'est un peu plus cher que tous les biens du monde.

Mon père. — Ta réponse me plaît, et pour cause.

Moi. — Et cette cause, vous allez nous la dire ?

Mon père. — Volontiers. Le chanoine Vigneron, ton oncle, était un homme dur, mal avec ses confrères dont il faisait la satire continuelle par sa conduite et par ses discours. Tu étais destiné à lui succéder ; mais au moment de sa mort, on pensa dans la famille qu'il valait mieux envoyer en cour de Rome que de faire, entre les mains du chapitre, une résignation qui ne serait peut-être point agréée. Le courrier part. Ton oncle meurt une heure ou deux avant l'arrivée présumée du courrier, et voilà le canonicat et dix-huit cents francs perdus. Ta mère, tes tantes, nos parents, nos amis étaient tous d'avis de celer la mort du chanoine. Je rejetai ce conseil, et je fis sonner les cloches sur-le-champ.

Moi. — Et vous fîtes bien.

Mon père. — Si j'avais écouté les bonnes femmes et que j'en eusse eu du remords, je vois que tu n'aurais pas balancé à me sacrifier ton aumusse [1].

Moi. — Sans cela. J'aurais mieux aimé être un bon philosophe, ou rien, que d'être un mauvais chanoine. »

Le gros prieur rentra, et dit sur mes derniers mots qu'il avait entendus : « Un mauvais chanoine ! Je voudrais bien savoir comment on est un bon ou un mauvais prieur, un bon ou un mauvais chanoine ; ce sont des états si indifférents. » Mon père haussa les épaules, et se retira pour quelques devoirs pieux qui lui restaient à remplir. Le prieur dit : « J'ai un peu scandalisé le papa.

Mon frère. — Cela se pourrait. » Puis, tirant un livre de sa poche : « Il faut, ajouta-t-il, que je vous lise quelques pages d'une description de la Sicile par le père Labat [2].

Moi. — Je les connais. C'est l'histoire du *calzolaio* [3] de Messine.

Mon frère. — Précisément.

Le prieur. — Et ce *calzolaio*, que faisait-il ?

Mon frère. — L'historien raconte que né vertueux, ami de l'ordre et de la justice, il avait beaucoup à souffrir dans un pays où les lois n'étaient pas seulement sans vigueur, mais sans exercice. Chaque jour était marqué par quelque crime. Des assassins connus marchaient tête levée, et bravaient l'indignation publique. Des parents se désolaient sur leurs filles séduites et jetées du déshonneur dans la misère, par la cruauté des ravisseurs. Le monopole

---

1. Cape réservée aux chanoines. — 2. J.B. Labat, dominicain (1663-1738), dont on connaît surtout les missions à la Martinique et à la Guadeloupe (*Nouveau Voyage aux îles d'Amérique*, 1722), est aussi l'auteur de *Voyages en Espagne et en Italie* (1730). — 3. « *Calzolaio* » signifie cordonnier. La Sicile a une terrible réputation dans la littérature, ce que l'on voit aussi chez les voyageurs et chez Sade : les justiciers privés passent pour y pallier l'absence d'un ordre public.

enlevait à l'homme laborieux sa subsistance et celle de ses enfants ; des concussions de toute espèce arrachaient des larmes amères aux citoyens opprimés. Les coupables échappaient au châtiment, ou par leur crédit, ou par leur argent, ou par le subterfuge des formes. Le *calzolaio* voyait tout cela ; il en avait le cœur percé ; et il rêvait sans cesse sur sa selle aux moyens d'arrêter ces désordres.

LE PRIEUR. — Que pouvait un pauvre diable comme lui ?

MON FRÈRE. — Vous allez le savoir. Un jour il établit une cour de justice dans sa boutique.

LE PRIEUR. — Comment cela ?

MOI. — Le prieur voudrait qu'on lui expédiât un récit, comme il expédie ses matines.

LE PRIEUR. — Pourquoi non ? L'art oratoire veut que le récit soit bref, et l'Évangile que la prière soit courte.

MON FRÈRE. — Au bruit de quelque délit atroce, il en informait, il en poursuivait chez lui une instruction rigoureuse et secrète. Sa double fonction de rapporteur et de juge remplie, le procès criminel parachevé, et la sentence prononcée, il sortait avec une arquebuse sous son manteau ; et le jour, s'il rencontrait les malfaiteurs dans quelques lieux écartés, ou la nuit, dans leurs tournées, il vous leur déchargeait équitablement cinq ou six balles à travers le corps.

LE PRIEUR. — Je crains bien que ce brave homme-là n'ait été rompu vif. J'en suis fâché.

MON FRÈRE. — Après l'exécution, il laissait le cadavre sur la place sans en approcher, et regagnait sa demeure, content comme quelqu'un qui aurait tué un chien enragé.

LE PRIEUR. — Et tua-t-il beaucoup de ces chiens-là ?

MON FRÈRE. — On en comptait plus de cinquante, et tous de haute condition, lorsque le vice-roi proposa deux mille écus de récompense au délateur, et jura, en face des autels, de pardonner au coupable s'il se déférait lui-même.

LE PRIEUR. — Quelque sot !

MON FRÈRE. — Dans la crainte que le soupçon et le châtiment ne tombassent sur un innocent...

LE PRIEUR. — Il se présenta au vice-roi !

MON FRÈRE. — Il lui tint ce discours : "J'ai fait votre devoir. C'est moi qui ai condamné et mis à mort les scélérats que vous deviez punir. Voilà les procès-verbaux qui constatent leurs forfaits. Vous y verrez la marche de la procédure judiciaire que j'ai suivie. J'ai été tenté de commencer par vous ; mais j'ai respecté dans votre personne le maître auguste que vous représentez. Ma vie est entre vos mains, et vous en pouvez disposer."

LE PRIEUR. — Ce qui fut fait.

MON FRÈRE. — Je l'ignore ; mais je sais qu'avec tout ce beau zèle pour la justice, cet homme n'était qu'un meurtrier.

LE PRIEUR. — Un meurtrier ! le mot est dur : quel autre nom pourrait-on lui donner, s'il avait assassiné des gens de bien ?

MOI. — Le beau délire !

MA SŒUR. — Il serait à souhaiter...

MON FRÈRE, *à moi.* — Vous êtes le souverain : cette affaire est soumise à votre décision ; quelle sera-t-elle ?

MOI. — L'abbé, vous me tendez un piège, et je veux bien y donner. Je condamnerai le vice-roi à prendre la place du savetier, et le savetier à prendre la place du vice-roi.

MA SŒUR. — Fort bien, mon frère. »

Mon père reparut avec ce visage serein qu'il avait toujours après la prière. On lui raconta le fait, et il confirma la sentence de l'abbé. Ma sœur ajouta : « Et voilà Messine privée, sinon du seul homme juste, du moins du seul brave citoyen qu'il y eût. Cela m'afflige. »

On servit ; on disputa encore un peu contre moi ; on plaisanta beaucoup le prieur sur sa décision du chapelier, et le peu de cas qu'il faisait des prieurs et des chanoines. On lui proposa le cas du testament ; au lieu de le résoudre, il nous raconta un fait qui lui était personnel.

LE PRIEUR. — Vous vous rappelez l'énorme faillite du changeur Bourmont.

MON PÈRE. — Si je me rappelle ! j'y étais pour quelque chose.

LE PRIEUR. — Tant mieux.

MON PÈRE. — Pourquoi tant mieux ?

LE PRIEUR. — C'est que, si j'ai mal fait, ma conscience en sera soulagée d'autant. Je fus nommé syndic des créanciers. Il y avait parmi les effets actifs de Bourmont un billet de cent écus sur un pauvre marchand grainetier son voisin. Ce billet, partagé au prorata de la multitude des créanciers, n'allait pas à douze sous pour chacun d'eux ; et exigé du grainetier, c'était sa ruine. Je supposai...

MON PÈRE. — Que chaque créancier n'aurait pas refusé douze sous à ce malheureux ; vous déchirâtes le billet, et vous fîtes l'aumône de ma bourse.

LE PRIEUR. — Il est vrai ; en êtes-vous fâché ?

MON PÈRE. — Non.

LE PRIEUR. — Ayez la bonté de croire que les autres n'en seraient pas plus fâchés que vous, et tout sera dit.

MON PÈRE. — Mais, monsieur le prieur, si vous lacérez de votre autorité privée un billet, pourquoi n'en lacérerez-vous pas deux, trois, quatre ; tout autant qu'il se trouvera d'indigents à secourir aux dépens d'autrui ? Ce principe de commisération peut nous mener loin, monsieur le prieur : la justice, la justice...

LE PRIEUR. — On l'a dit, est souvent une grande injustice. »

Une jeune femme, qui occupait le premier, descendit ; c'était la gaieté et la folie en personne. Mon père lui demanda des nouvelles de son mari : ce mari était un libertin qui avait donné à sa femme l'exemple des mauvaises mœurs, qu'elle avait, je crois, un peu suivi, et qui, pour échapper à la poursuite de ses créanciers, s'en était allé à la Martinique. Mme d'Isigny, c'était le nom de notre locataire, répondit à mon père : « M. d'Isigny ? Dieu merci ! je n'en ai plus entendu parler ; il est peut-être noyé.

LE PRIEUR. — Noyé ! je vous en félicite.

MADAME D'ISIGNY. — Qu'est-ce que cela vous fait, monsieur l'abbé ?

LE PRIEUR. — Rien, mais à vous ?

MADAME D'ISIGNY. — Et qu'est-ce que cela me fait à moi ?

LE PRIEUR. — Mais on dit...

MADAME D'ISIGNY. — Et qu'est-ce qu'on dit ?

LE PRIEUR. — Puisque vous le voulez savoir, on dit qu'il avait surpris quelques-unes de vos lettres.

MADAME D'ISIGNY. — Et n'avais-je pas un beau recueil des siennes ? »

Et puis voilà une querelle tout à fait comique entre le prieur et Mme d'Isigny sur les privilèges des deux sexes. Mme d'Isigny m'appela à son secours, et j'allais prouver au prieur que le premier des deux époux qui manquait au pacte rendait à l'autre sa liberté ; mais mon père demanda son bonnet de nuit, rompit la conversation, et nous envoya coucher. Lorsque ce fut à mon tour de lui souhaiter la bonne nuit, en l'embrassant, je lui dis à l'oreille : « Mon père, c'est qu'à la rigueur il n'y a point de lois pour le sage.

— Parlez plus bas.

— Toutes étant sujettes à des exceptions, c'est à lui qu'il appartient de juger des cas où il faut s'y soumettre ou s'en affranchir.

— Je ne serais pas trop fâché, me répondit-il, qu'il y eût dans la ville un ou deux citoyens comme toi, mais je n'y habiterais pas, s'ils pensaient tous de même. »

ENTRETIEN D'UN PHILOSOPHE
AVEC LA MARÉCHALE DE***

La conversation de Diderot avec la maréchale de Bro-
glie née Crozat remonte à 1771 : il s'agit d'acheter pour
Catherine II la collection Crozat de Thiers dont elle vient
d'hériter. Mais c'est seulement à La Haye, au printemps
1774, que Diderot termine la rédaction de ce texte. De
La Haye, le 13 septembre 1774, il écrit à la tsarine : « Et
puis, pour rentrer bien vite dans mon école, j'ai ébauché
*un petit dialogue entre la maréchale de *** et moi : ce*
sont quelques pages, moitié sérieuses et moitié gaies »
(Correspondance, *t. XIV, p. 85). Il aurait offert alors cet*
Entretien *à un libraire hollandais. Un rapport aux auto-*
rités françaises, le 26 août, note : « L'ouvrage qu'on pré-
tend que le sieur Diderot a offert à un libraire hollandais,
et que celui-ci a refusé, est un Dialogue entre ce philo-
sophe et une maréchale en attendant l'honneur de dîner
avec le maréchal. "Vous ne croyez donc point en Dieu ?"
dit la maréchale. C'est le début du dialogue. On ajoute
que le sieur Diderot, frappé de l'éloignement du libraire
pour ce genre de métaphysique, a dit en serrant son
manuscrit, qu'il ne lui laisserait point voir le jour. » Évidemment, *il ne tint pas parole.*

*L'*Entretien *est diffusé dans la* Correspondance *litté-*
raire, *avril et mai 1775 ; il est imprimé en 1777 dans les*
Pensées philosophiques *en français et en italien, attribué*
à Thomas Crudeli, mort en 1745. Nouvelle publication en
1787 par Mettra dans sa Correspondance secrète, *puis*
par l'abbé de Vauxcelles, en 1796, dans les Opuscules
philosophiques et littéraires *où se trouve aussi le* Supplément au Voyage de Bougainville. *L. Versini, en faisant*

valoir que la copie de Saint-Pétersbourg a été faite après la mort de Diderot d'après la copie Vandeul, suit la copie du fonds Vandeul.

**

J'avais je ne sais quelle affaire à traiter avec le maréchal de*** ; j'allai à son hôtel, un matin ; il était absent : je me fis annoncer à madame la maréchale. C'est une femme charmante ; elle est belle et dévote comme un ange[1] ; elle a la douceur peinte sur son visage ; et puis, un son de voix et une naïveté de discours tout à fait avenants à sa physionomie. Elle était à sa toilette. On m'approche un fauteuil ; je m'assieds, et nous causons. Sur quelques propos de ma part, qui l'édifièrent et qui la surprirent (car elle était dans l'opinion que celui qui nie la très sainte Trinité est un homme de sac et de corde, qui finira par être pendu), elle me dit :

« N'êtes-vous pas monsieur Diderot[2] ?

DIDEROT. — Oui, madame.

LA MARÉCHALE. — C'est donc vous qui ne croyez rien ?

DIDEROT. — Moi-même.

---

1. La maréchale de Broglie était née Crozat de Thiers. Elle était en effet belle et dévote, mère de six enfants et en attendait alors un septième. Cependant, au souvenir de cette rencontre bien réelle avec la maréchale, s'ajoute le souvenir, très proche au moment de la rédaction, de dialogues avec Catherine II où le problème de la nécessité de la religion fut souvent évoqué. — **2.** De même que Diderot a conservé le caractère et la situation de son interlocutrice, sans lui faire subir de transposition, le voilà qui se présente d'emblée. Ce dialogue va reprendre un certain nombre d'idées qui lui sont chères et qu'il a déjà développées à maintes reprises, en particulier dans l'*Addition aux Pensées philosophiques* (publiée en 1770). R. Lewinter voit ici également une reprise d'arguments évoqués dans l'*Histoire de Mme de Montbrillant*, de Mme d'Épinay, à laquelle Diderot a collaboré. Il faudrait alors sentir dans ce texte des pointes ironiques contre Rousseau ; la fable du Mexicain viendrait de Mme d'Épinay. On peut faire valoir aussi la ressemblance de l'argumentation de Diderot avec celle qu'il poursuit dans sa correspondance avec son frère le chanoine, moins charmant et moins compréhensif que la belle maréchale.

LA MARÉCHALE. — Cependant votre morale est d'un croyant.

DIDEROT. — Pourquoi non, quand il est honnête homme ?

LA MARÉCHALE. — Et cette morale-là, vous la pratiquez ?

DIDEROT. — De mon mieux.

LA MARÉCHALE. — Quoi ! vous ne volez point, vous ne tuez point, vous ne pillez point ?

DIDEROT. — Très rarement.

LA MARÉCHALE. — Que gagnez-vous donc à ne pas croire ?

DIDEROT. — Rien du tout, madame la maréchale. Est-ce qu'on croit, parce qu'il y a quelque chose à gagner ?

LA MARÉCHALE. — Je ne sais ; mais la raison d'intérêt ne gâte rien aux affaires de ce monde ni de l'autre.

DIDEROT. — J'en suis un peu fâché pour notre pauvre espèce humaine. Nous ne valons pas mieux.

LA MARÉCHALE. — Mais quoi ! vous ne volez point ?

DIDEROT. — Non, d'honneur.

LA MARÉCHALE. — Si vous n'êtes ni voleur ni assassin, convenez du moins que vous n'êtes pas conséquent.

DIDEROT. — Pourquoi donc ?

LA MARÉCHALE. — C'est qu'il me semble que si je n'avais rien à espérer ni à craindre, quand je n'y serai plus, il y a bien de petites douceurs dont je ne me priverais pas, à présent que j'y suis. J'avoue que je prête à Dieu à la petite semaine.

DIDEROT. — Vous l'imaginez.

LA MARÉCHALE. — Ce n'est point une imagination, c'est un fait.

DIDEROT. — Et pourrait-on vous demander quelles sont ces choses que vous vous permettriez, si vous étiez incrédule ?

LA MARÉCHALE. — Non pas, s'il vous plaît ; c'est un article de ma confession.

DIDEROT. — Pour moi, je mets à fonds perdu.

LA MARÉCHALE. — C'est la ressource des gueux.

DIDEROT. — M'aimeriez-vous mieux usurier ?

LA MARÉCHALE. — Mais oui ; on peut faire l'usure avec Dieu tant qu'on veut : on ne le ruine pas. Je sais bien que cela n'est pas délicat, mais qu'importe ? Comme le point est d'attraper le ciel, d'adresse ou de force, il faut tout porter en ligne de compte, ne négliger aucun profit. Hélas ! nous aurons beau faire, notre mise sera toujours bien mesquine en comparaison de la rentrée que nous attendons. Et vous n'attendez rien, vous ?

DIDEROT. — Rien[1].

LA MARÉCHALE. — Cela est triste. Convenez donc que vous êtes bien méchant ou bien fou !

DIDEROT. — En vérité, je ne saurais, madame la maréchale.

LA MARÉCHALE. — Quel motif peut avoir un incrédule d'être bon, s'il n'est pas fou ? Je voudrais bien le savoir.

DIDEROT. — Et je vais vous le dire.

LA MARÉCHALE. — Vous m'obligerez.

DIDEROT. — Ne pensez-vous pas qu'on peut être si

---

1. Dans les lettres de Diderot à son frère chanoine on retrouve en abondance ces métaphores pécuniaires qui devaient être fréquentes dans les conversations de ces bourgeois de Langres, et que la littérature chrétienne ne craint pas. Presque textuellement, dans une lettre du 13 novembre 1772 : « Je n'ai pas prêté à usure, et (...) je n'ai pas dit à Dieu : Donne-moi ton paradis pour un milliard. » (*Corr.*, t. XII, p. 172) À vrai dire ce type d'argumentation est un peu un lieu commun du langage des athées au XVIIIe siècle qui donnent ainsi une caricature du pari de Pascal. La querelle entre les deux frères remonte loin, et on peut lire déjà, dans une lettre de 1745, un des arguments que remploie le dialogue : « Rappelez-vous l'Histoire de nos troubles civils, et vous verrez la moitié de la Nation se baigner, par piété, dans le sang de l'autre moitié, et violer, pour soutenir la cause de Dieu, les premiers sentiments de l'humanité ; comme s'il fallait cesser d'être homme pour se montrer *religieux* ! » (*Corr.*, t. I, pp. 51-52.)

heureusement né, qu'on trouve un grand plaisir à faire le bien ?

LA MARÉCHALE. — Je le pense.

DIDEROT. — Qu'on peut avoir reçu une excellente éducation, qui fortifie le penchant naturel à la bienfaisance ?

LA MARÉCHALE. — Assurément.

DIDEROT. — Et que, dans un âge plus avancé, l'expérience nous ait convaincus, qu'à tout prendre, il vaut mieux, pour son bonheur dans ce monde, être un honnête homme qu'un coquin ?

LA MARÉCHALE. — Oui-da ; mais comment est-on honnête homme, lorsque de mauvais principes se joignent aux passions pour entraîner au mal ?

DIDEROT. — On est inconséquent : et y a-t-il rien de plus commun que d'être inconséquent !

LA MARÉCHALE. — Hélas ! malheureusement, non : on croit, et tous les jours on se conduit comme si l'on ne croyait pas.

DIDEROT. — Et sans croire, l'on se conduit à peu près comme si l'on croyait.

LA MARÉCHALE. — À la bonne heure ; mais quel inconvénient y aurait-il à avoir une raison de plus ; la religion, pour faire le bien, et une raison de moins, l'incrédulité, pour mal faire ?

DIDEROT. — Aucun, si la religion était un motif de faire le bien, et l'incrédulité un motif de faire le mal.

LA MARÉCHALE. — Est-ce qu'il y a quelque doute là-dessus ? Est-ce que l'esprit de religion n'est pas de contrarier sans cesse cette vilaine nature corrompue ; et celui de l'incrédulité, de l'abandonner à sa malice, en l'affranchissant de la crainte ?

DIDEROT. — Ceci, madame la maréchale, va nous jeter dans une longue discussion.

LA MARÉCHALE. — Qu'est-ce que cela fait ? Le maréchal ne rentrera pas sitôt ; et il vaut mieux que nous parlions raison, que de médire de notre prochain.

DIDEROT. — Il faudra que je reprenne les choses d'un peu haut.

LA MARÉCHALE. — De si haut que vous voudrez, pourvu que je vous entende.

DIDEROT. — Si vous ne m'entendiez pas, ce serait bien ma faute.

LA MARÉCHALE. — Cela est poli ; mais il faut que vous sachiez que je n'ai jamais lu que mes heures, et que je ne me suis guère occupée qu'à pratiquer l'Évangile et à faire des enfants.

DIDEROT. — Ce sont deux devoirs dont vous vous êtes bien acquittée.

LA MARÉCHALE. — Oui, pour les enfants : vous en avez trouvé six autour de moi, et dans quelques jours vous en pourriez voir un de plus sur mes genoux ; mais commencez.

DIDEROT. — Madame la maréchale, y a-t-il quelque bien, dans ce monde-ci, qui soit sans inconvénient ?

LA MARÉCHALE. — Aucun.

DIDEROT. — Et quelque mal qui soit sans avantage ?

LA MARÉCHALE. — Aucun.

DIDEROT. — Qu'appelez-vous donc mal ou bien ?

LA MARÉCHALE. — Le mal, ce sera ce qui a plus d'inconvénients que d'avantages ; et le bien, au contraire, ce qui a plus d'avantages que d'inconvénients.

DIDEROT. — Madame la maréchale aura-t-elle la bonté de se souvenir de sa définition du bien et du mal ?

LA MARÉCHALE. — Je m'en souviendrai. Vous appelez cela une définition ?

DIDEROT. — Oui.

LA MARÉCHALE. — C'est donc de la philosophie ?

DIDEROT. — Excellente.

LA MARÉCHALE. — Et j'ai fait de la philosophie !

DIDEROT. — Ainsi, vous êtes persuadée que la religion

a plus d'avantages que d'inconvénients ; et c'est pour cela que vous l'appelez un bien ?

LA MARÉCHALE. — Oui.

DIDEROT. — Pour moi, je ne doute point que votre intendant ne vous vole un peu moins la veille de Pâques que le lendemain des fêtes ; et que de temps en temps la religion n'empêche nombre de petits maux et ne produise nombre de petits biens.

LA MARÉCHALE. — Petit à petit, cela fait somme.

DIDEROT. — Mais croyez-vous que les terribles ravages qu'elle a causés dans les temps passés, et qu'elle causera dans les temps à venir, soient suffisamment compensés par ces guenilleux avantages-là ? Songez qu'elle a créé et qu'elle perpétue la plus violente antipathie entre les nations. Il n'y a pas un musulman qui n'imaginât faire une action agréable à Dieu et à son Prophète, en exterminant tous les chrétiens, qui, de leur côté, ne sont guère plus tolérants. Songez qu'elle a créé et qu'elle perpétue dans une même contrée, des divisions qui se sont rarement éteintes sans effusion de sang. Notre histoire ne nous en offre que de trop récents et trop funestes exemples. Songez qu'elle a créé et qu'elle perpétue dans la société entre les citoyens, et dans les familles entre les proches, les haines les plus fortes et les plus constantes. Le Christ a dit qu'il était venu pour séparer l'époux de la femme, la mère de ses enfants, le frère de sa sœur, l'ami de l'ami ; et sa prédiction ne s'est que trop fidèlement accomplie [1].

LA MARÉCHALE. — Voilà bien les abus ; mais ce n'est pas la chose.

DIDEROT. — C'est la chose, si les abus en sont inséparables.

LA MARÉCHALE. — Et comment me montrerez-vous

---

1. Passage bien connu de l'*Évangile* : « Pensez-vous que je sois apparu pour établir la paix sur la terre ? Non, je vous le dis, mais la division. Désormais en effet dans une maison de cinq personnes on sera divisé, père contre fils et fils contre père, mère contre fille et fille contre mère, belle-mère contre bru et bru contre belle-mère » (Luc, IX, 51-53). L'évangile de Matthieu se fait écho des mêmes propos.

que les abus de la religion sont inséparables de la religion ?

DIDEROT. — Très aisément : dites-moi, si un misanthrope s'était proposé de faire le malheur du genre humain, qu'aurait-il pu inventer de mieux que la croyance en un être incompréhensible, sur lequel les hommes n'auraient jamais pu s'entendre, et auquel ils auraient attaché plus d'importance qu'à leur vie ? Or est-il possible de séparer de la notion d'une divinité l'incompréhensibilité la plus profonde et l'importance la plus grande ?

LA MARÉCHALE. — Non.

DIDEROT. — Concluez donc.

LA MARÉCHALE. — Je conclus que c'est une idée qui n'est pas sans conséquence dans la tête des fous.

DIDEROT. — Et ajoutez que les fous ont toujours été et seront toujours le plus grand nombre ; et que les plus dangereux ce sont ceux que la religion fait, et dont les perturbateurs de la société savent tirer bon parti dans l'occasion.

LA MARÉCHALE. — Mais il faut quelque chose qui effraye les hommes sur les mauvaises actions qui échappent à la sévérité des lois ; et si vous détruisez la religion, que lui substituerez-vous ?

DIDEROT. — Quand je n'aurais rien à mettre à la place, ce serait toujours un terrible préjugé de moins ; sans compter que, dans aucun siècle et chez aucune nation, les opinions religieuses n'ont servi de base aux mœurs nationales. Les dieux qu'adoraient ces vieux Grecs et ces vieux Romains, les plus honnêtes gens de la terre, étaient la canaille la plus dissolue : un Jupiter, à brûler tout vif ; une Vénus, à enfermer à l'Hôpital ; un Mercure, à mettre à Bicêtre.

LA MARÉCHALE. — Et vous pensez qu'il est tout à fait indifférent que nous soyons chrétiens ou païens ; que païens, nous n'en vaudrions pas moins ; et que chrétiens, nous n'en valons pas mieux ?

DIDEROT. — Ma foi, j'en suis convaincu, à cela près que nous serions un peu plus gais.

LA MARÉCHALE. — Cela ne se peut.

DIDEROT. — Mais, madame la maréchale, est-ce qu'il y a des chrétiens ? Je n'en ai jamais vu.

LA MARÉCHALE. — Et c'est à moi que vous dites cela, à moi ?

DIDEROT. — Non, madame, ce n'est pas à vous ; c'est à une de mes voisines qui est honnête et pieuse comme vous l'êtes, et qui se croyait chrétienne de la meilleure foi du monde, comme vous vous le croyez.

LA MARÉCHALE. — Et vous lui fîtes voir qu'elle avait tort ?

DIDEROT. — En un instant.

LA MARÉCHALE. — Comment vous y prîtes-vous ?

DIDEROT. — J'ouvris un Nouveau Testament, dont elle s'était beaucoup servie, car il était fort usé. Je lui lus le Sermon sur la montagne, et à chaque article je lui demandai : "Faites-vous cela ? et cela donc ? et cela encore ?" J'allai plus loin. Elle est belle, et quoiqu'elle soit très dévote, elle ne l'ignore pas ; elle a la peau très blanche, et quoiqu'elle n'attache pas un grand prix à ce frêle avantage, elle n'est pas fâchée qu'on en fasse l'éloge ; elle a la gorge aussi bien qu'il soit possible de l'avoir, et, quoiqu'elle soit très modeste, elle trouve bon qu'on s'en aperçoive.

LA MARÉCHALE. — Pourvu qu'il n'y ait qu'elle et son mari qui le sachent.

DIDEROT. — Je crois que son mari le sait mieux qu'un autre ; mais pour une femme qui se pique de grand christianisme, cela ne suffit pas. Je lui dis : "N'est-il pas écrit dans l'Évangile que celui qui a convoité la femme de son prochain, a commis l'adultère dans son cœur ?"

LA MARÉCHALE. — Elle vous répondit que oui ?

DIDEROT. — Je lui dis : "Et l'adultère commis dans le cœur ne damne-t-il pas aussi sûrement qu'un adultère mieux conditionné ?"

LA MARÉCHALE. — Elle vous répondit encore que oui ?

DIDEROT. — Je lui dis : "Et si l'homme est damné

pour l'adultère qu'il a commis dans le cœur, quel sera le sort de la femme qui invite tous ceux qui l'approchent à commettre ce crime ?" Cette dernière question l'embarrassa.

LA MARÉCHALE. — Je comprends ; c'est qu'elle ne voilait pas fort exactement cette gorge, qu'elle avait aussi bien qu'il est possible de l'avoir.

DIDEROT. — Il est vrai. Elle me répondit que c'était une chose d'usage ; comme si rien n'était plus d'usage que de s'appeler chrétien, et de ne l'être pas ; qu'il ne fallait pas se vêtir ridiculement, comme s'il y avait quelque comparaison à faire entre un misérable petit ridicule, sa damnation éternelle et celle de son prochain ; qu'elle se laissait habiller par sa couturière, comme s'il ne valait pas mieux changer de couturière que renoncer à sa religion ; que c'était la fantaisie de son mari, comme si un époux était assez insensé d'exiger de sa femme l'oubli de la décence et de ses devoirs, et qu'une véritable chrétienne dût pousser l'obéissance pour un époux extravagant jusqu'au sacrifice de la volonté de son Dieu et au mépris des menaces de son rédempteur !

LA MARÉCHALE. — Je savais d'avance toutes ces puérilités-là ; je vous les aurais peut-être dites comme votre voisine : mais elle et moi nous aurions été toutes deux de mauvaise foi. Mais quel parti prit-elle d'après votre remontrance ?

DIDEROT. — Le lendemain de cette conversation (c'était un jour de fête), je remontais chez moi, et ma dévote et belle voisine descendait de chez elle pour aller à la messe.

LA MARÉCHALE. — Vêtue comme de coutume ?

DIDEROT. — Vêtue comme de coutume. Je souris, elle sourit ; et nous passâmes l'un à côté de l'autre sans nous parler. Madame la maréchale, une honnête femme ! une chrétienne ! une dévote ! Après cet exemple, et cent mille autres de la même espèce, quelle influence réelle puis-je accorder à la religion sur les mœurs ? Presque aucune, et tant mieux.

LA MARÉCHALE. — Comment, tant mieux ?

DIDEROT. — Oui, madame : s'il prenait en fantaisie à vingt mille habitants de Paris de conformer strictement leur conduite au Sermon sur la montagne...

LA MARÉCHALE. — Eh bien ! il y aurait quelques belles gorges plus couvertes.

DIDEROT. — Et tant de fous que le lieutenant de police ne saurait qu'en faire ; car nos Petites-Maisons n'y suffiraient pas. Il y a dans les livres inspirés deux morales : l'une générale et commune à toutes les nations, à tous les cultes, et qu'on suit à peu près ; une autre, propre à chaque nation et à chaque culte, à laquelle on croit, qu'on prêche dans les temples, qu'on préconise dans les maisons, et qu'on ne suit point du tout.

LA MARÉCHALE. — Et d'où vient cette bizarrerie ?

DIDEROT. — De ce qu'il est impossible d'assujettir un peuple à une règle qui ne convient qu'à quelques hommes mélancoliques, qui l'ont calquée sur leur caractère. Il en est des religions comme des institutions monastiques, qui toutes se relâchent avec le temps. Ce sont des folies qui ne peuvent tenir contre l'impulsion constante de la nature, qui nous ramène sous sa loi. Et faites que le bien des particuliers soit si étroitement lié avec le bien général, qu'un citoyen ne puisse presque pas nuire à la société sans se nuire à lui-même ; assurez à la vertu sa récompense, comme vous avez assuré à la méchanceté son châtiment ; que sans aucune distinction de culte, dans quelque condition que le mérite se trouve, il conduise aux grandes places de l'État ; et ne comptez plus sur d'autres méchants que sur un petit nombre d'hommes, qu'une nature perverse que rien ne peut corriger entraîne au vice. Madame la maréchale, la tentation est trop proche, et l'enfer est trop loin : n'attendez rien qui vaille la peine qu'un sage législateur s'en occupe, d'un système d'opinions bizarres qui n'en impose qu'aux enfants ; qui encourage au crime par la commodité des expiations ; qui envoie le coupable demander pardon à Dieu de l'injure faite à l'homme, et qui avilit l'ordre des devoirs naturels et moraux, en le subordonnant à un ordre de devoirs chimériques.

LA MARÉCHALE. — Je ne vous comprends pas.

DIDEROT. — Je m'explique ; mais il me semble que voilà le carrosse de M. le maréchal, qui rentre fort à propos pour m'empêcher de dire une sottise.

LA MARÉCHALE. — Dites, dites votre sottise, je ne l'entendrai pas ; je me suis accoutumée à n'entendre que ce qu'il me plaît.

DIDEROT. — Je m'approchai de son oreille, et je lui dis tout bas : Madame la maréchale, demandez au vicaire de votre paroisse, de ces deux crimes, pisser dans un vase sacré, ou noircir la réputation d'une femme honnête, quel est le plus atroce ? Il frémira d'horreur au premier, criera au sacrilège ; et la loi civile, qui prend à peine connaissance de la calomnie, tandis qu'elle punit le sacrilège par le feu, achèvera de brouiller les idées et de corrompre les esprits.

LA MARÉCHALE. — Je connais plus d'une femme qui se ferait un scrupule de manger gras un vendredi, et qui... j'allais dire aussi ma sottise. Continuez.

DIDEROT. — Mais, madame, il faut absolument que je parle à M. le maréchal.

LA MARÉCHALE. — Encore un moment, et puis nous l'irons voir ensemble. Je ne sais trop que vous répondre, et cependant vous ne me persuadez pas.

DIDEROT. — Je ne me suis pas proposé de vous persuader. Il en est de la religion comme du mariage. Le mariage, qui fait le malheur de tant d'autres, a fait votre bonheur et celui de M. le maréchal ; vous avez très bien fait de vous marier tous deux. La religion, qui a fait, qui fait et qui fera tant de méchants, vous a rendue meilleure encore ; vous faites bien de la garder. Il vous est doux d'imaginer à côté de vous, au-dessus de votre tête, un être grand et puissant, qui vous voit marcher sur la terre, et cette idée affermit vos pas. Continuez, madame, à jouir de ce garant auguste de vos pensées, de ce spectateur, de ce modèle sublime de vos actions [1].

---

1. On peut lire dans la lettre à Catherine II du 13 septembre 1774, qui annonce l'*Entretien*, une phrase très proche de celle-ci : « Votre Majesté veut un grand spectateur qui s'incline vers la terre et qui la regarde marcher. Elle ambitionne au haut de l'atmosphère un approbateur digne d'elle. Pour moi, chétive créature, je m'esquive et je vais comme si personne ne me regardait » (*Correspondance*, t. XIV, p. 83).

LA MARÉCHALE. — Vous n'avez pas, à ce que je vois, la manie du prosélytisme.

DIDEROT. — Aucunement.

LA MARÉCHALE. — Je vous en estime davantage.

DIDEROT. — Je permets à chacun de penser à sa manière, pourvu qu'on me laisse penser à la mienne ; et puis, ceux qui sont faits pour se délivrer de ces préjugés n'ont guère besoin qu'on les catéchise.

LA MARÉCHALE. — Croyez-vous que l'homme puisse se passer de la superstition ?

DIDEROT. — Non, tant qu'il restera ignorant et peureux.

LA MARÉCHALE. — Eh bien ! superstition pour superstition, autant la nôtre qu'une autre.

DIDEROT. — Je ne le pense pas.

LA MARÉCHALE. — Parlez-moi vrai, ne vous répugne-t-il point à n'être plus rien après votre mort ?

DIDEROT. — J'aimerais mieux exister, bien que je ne sache pas pourquoi un être, qui a pu me rendre malheureux sans raison, ne s'en amuserait pas deux fois.

LA MARÉCHALE. — Si, malgré cet inconvénient, l'espoir d'une vie à venir vous paraît consolant et doux, pourquoi nous l'arracher ?

DIDEROT. — Je n'ai pas cet espoir, parce que le désir ne m'en a point dérobé la vanité ; mais je ne l'ôte à personne. Si l'on peut croire qu'on verra, quand on n'aura plus d'yeux ; qu'on entendra, quand on n'aura plus d'oreilles ; qu'on pensera, quand on n'aura plus de tête ; qu'on aimera, quand on n'aura plus de cœur ; qu'on sentira, quand on n'aura plus de sens ; qu'on existera, quand on ne sera nulle part ; qu'on sera quelque chose, sans étendue et sans lieu, j'y consens.

LA MARÉCHALE. — Mais ce monde-ci, qui est-ce qui l'a fait ?

DIDEROT. — Je vous le demande.

LA MARÉCHALE. — C'est Dieu.

DIDEROT. — Et qu'est-ce que Dieu ?

LA MARÉCHALE. — Un esprit.

DIDEROT. — Si un esprit fait de la matière, pourquoi de la matière ne ferait-elle pas un esprit ?

LA MARÉCHALE. — Et pourquoi le ferait-elle ?

DIDEROT. — C'est que je lui en vois faire tous les jours. Croyez-vous que les bêtes aient des âmes ?

LA MARÉCHALE. — Certainement, je le crois.

DIDEROT. — Et pourriez-vous me dire ce que devient, par exemple, l'âme du serpent du Pérou, pendant qu'il se dessèche, suspendu dans une cheminée, et exposé à la fumée un ou deux ans de suite ?

LA MARÉCHALE. — Qu'elle devienne ce qu'elle voudra, qu'est-ce que cela me fait ?

DIDEROT. — C'est que madame la maréchale ne sait pas que ce serpent enfumé, desséché, ressuscite et renaît.

LA MARÉCHALE. — Je n'en crois rien.

DIDEROT. — C'est pourtant un habile homme, c'est Bouguer qui l'assure [1].

LA MARÉCHALE. — Votre habile homme a menti.

DIDEROT. — S'il avait dit vrai ?

LA MARÉCHALE. — J'en serais quitte pour croire que les animaux sont des machines [2].

DIDEROT. — Et l'homme qui n'est qu'un animal un peu plus parfait qu'un autre... Mais M. le maréchal...

LA MARÉCHALE. — Encore une question, et c'est la dernière. Êtes-vous bien tranquille dans votre incrédulité ?

DIDEROT. — On ne saurait davantage.

LA MARÉCHALE. — Pourtant, si vous vous trompiez ?

---

1. Pierre Bouguer était un mathématicien qui avait accompagné Condamine dans son expédition au Pérou en 1711. Il est l'auteur de *Figure de la Terre* (1749) d'où est tirée cette anecdote du serpent. (*Cf.* L. Versini, n. 1 p. 938, Diderot, *Œuvres*, t. I.) — **2.** Évidente allusion aux animaux-machines de Descartes que l'athéisme du XVIIIe siècle, outrepassant la pensée de Descartes, prolonge par le thème de l'Homme-machine cher à La Mettrie.

DIDEROT. — Quand je me tromperais ?

LA MARÉCHALE. — Tout ce que vous croyez faux serait vrai, et vous seriez damné. Monsieur Diderot, c'est une terrible chose que d'être damné ; brûler toute une éternité, c'est bien long.

DIDEROT. — La Fontaine croyait que nous nous y ferions comme le poisson dans l'eau.

LA MARÉCHALE. — Oui, oui ; mais votre La Fontaine devint bien sérieux au dernier moment ; et c'est où je vous attends[1].

DIDEROT. — Je ne réponds de rien, quand ma tête n'y sera plus ; mais si je finis par une de ces maladies qui laissent à l'homme agonisant toute sa raison, je ne serai pas plus troublé au moment où vous m'attendez qu'au moment où vous me voyez.

LA MARÉCHALE. — Cette intrépidité me confond.

DIDEROT. — J'en trouve bien davantage au moribond qui croit en un juge sévère qui pèse jusqu'à nos plus secrètes pensées, et dans la balance duquel l'homme le plus juste se perdrait par sa vanité, s'il ne tremblait de se trouver trop léger : si ce moribond avait alors à son choix, ou d'être anéanti, ou de se présenter à ce tribunal, son intrépidité me confondrait bien autrement s'il balançait à prendre le premier parti, à moins qu'il ne fût plus insensé que le compagnon de saint Bruno, ou plus ivre de son mérite que Bobola[2].

LA MARÉCHALE. — J'ai lu l'histoire de l'associé de saint Bruno ; mais je n'ai jamais entendu parler de votre Bobola.

---

1. La femme de Diderot et sa fille firent venir à plusieurs reprises, en 1783 et au printemps 1784, le curé de la paroisse ; mais sans obtenir aucune rétractation de la part du philosophe qui mourut le 31 juillet 1784, à la fin d'un repas fort gai, à en croire le récit de Meister dans la *Correspondance littéraire*. — 2. Selon L. Versini, il s'agit de Raymond Diocrès ; un miracle lors de son enterrement aurait décidé de la conversion de saint Bruno. Selon la légende, la tête de Diocrès se serait levée et il aurait crié : « Dieu m'a accusé... Dieu m'a jugé... Dieu m'a condamné. » Ce qui laisserait penser que la justice divine est plus rapide que la justice humaine. André Bobola (1591-1657) fut supérieur des jésuites de Pinsk en Lituanie ; il fut massacré par les Cosaques.

DIDEROT. — C'était un jésuite de Pinsk, en Lituanie, qui laissa en mourant une cassette pleine d'argent, avec un billet écrit et signé de sa main.

LA MARÉCHALE. — Et ce billet ?

DIDEROT. — Était conçu en ces termes : "Je prie mon cher confrère, dépositaire de cette cassette, de l'ouvrir lorsque j'aurai fait des miracles. L'argent qu'elle contient servira aux frais du procès de ma béatification. J'y ai ajouté quelques mémoires authentiques pour la confirmation de mes vertus, et qui pourront servir utilement à ceux qui entreprendront d'écrire ma vie."

LA MARÉCHALE. — Cela est à mourir de rire.

DIDEROT. — Pour moi, madame la maréchale ; mais pour vous, votre Dieu n'entend pas raillerie.

LA MARÉCHALE. — Vous avez raison.

DIDEROT. — Madame la maréchale, il est bien facile de pécher grièvement contre votre loi.

LA MARÉCHALE. — J'en conviens.

DIDEROT. — La justice qui décidera de votre sort est bien rigoureuse.

LA MARÉCHALE. — Il est vrai.

DIDEROT. — Et si vous en croyez les oracles de votre religion sur le nombre des élus, il est bien petit.

LA MARÉCHALE. — Oh ! c'est que je ne suis pas jansé- niste ; je ne vois la médaille que par son revers consolant : le sang de Jésus-Christ couvre un grand espace à mes yeux ; et il me semblerait très singulier que le diable, qui n'a pas livré son fils à la mort, eût pourtant la meilleure part.

DIDEROT. — Damnez-vous Socrate, Phocion, Aristide, Caton, Trajan, Marc Aurèle ?

LA MARÉCHALE. — Fi donc ! il n'y a que des bêtes féroces qui puissent le penser. Saint Paul dit que chacun sera jugé par la loi qu'il a connue ; et saint Paul a raison[1].

---

1. Saint Paul, *Épître aux Romains* : « Quand les païens privés de la loi accomplissent naturellement les prescriptions de la loi, ces hommes,

DIDEROT. — Et par quelle loi l'incrédule sera-t-il jugé ?

LA MARÉCHALE. — Votre cas est un peu différent. Vous êtes un peu de ces habitants maudits de Corozaïn et de Betzaïda, qui fermèrent leurs yeux à la lumière qui les éclairait, et qui étoupèrent leurs oreilles pour ne pas entendre la voix de la vérité qui leur parlait [1].

DIDEROT. — Madame la maréchale, ces Corozaïnois et ces Betzaïdains furent des hommes comme il n'y en eut jamais que là, s'ils furent maîtres de croire ou de ne pas croire.

LA MARÉCHALE. — Ils virent des prodiges qui auraient mis l'enchère aux sacs et à la cendre, s'ils avaient été faits à Tyr et à Sidon.

DIDEROT. — C'est que les habitants de Tyr et de Sidon étaient des gens d'esprit, et que ceux de Corozaïn et de Betzaïda n'étaient que des sots. Mais est-ce que celui qui fit les sots les punira pour avoir été sots ? Je vous ai fait tout à l'heure une histoire, et il me prend envie de vous faire un conte. Un jeune Mexicain... Mais M. le maréchal ?

LA MARÉCHALE. — Je vais envoyer savoir s'il est visible. Eh bien ! votre Mexicain ?

DIDEROT. — Las de son travail, se promenait un jour au bord de la mer. Il voit une planche qui trempait d'un bout dans les eaux, et qui de l'autre posait sur le rivage. Il s'assied sur cette planche, et là, prolongeant ses regards sur la vaste étendue qui se déployait devant lui, il se disait : "Rien n'est plus vrai que ma grand-mère radote avec son histoire de je ne sais quels habitants qui, dans je ne sais quel temps, abordèrent ici de je ne sais où,

---

sans posséder de loi, se tiennent à eux-mêmes lieu de loi ; ils montrent la réalité de cette loi inscrite en leur cœur » (II, 14-15).

1. « Malheur à toi, Chorazein ! Malheur à toi, Bethsaïde ! Car si les miracles accomplis chez vous l'avaient été à Tyr et à Sidon, il y a longtemps qu'elles auraient fait pénitence sous le sac et sous la cendre » (Évangile de Matthieu, XI, 21). Encore une occasion de noter à quel point nos Philosophes sont pétris de culture chrétienne et connaissent bien les Écritures. On fait la même constatation en lisant Voltaire.

d'une contrée au-delà de nos mers. Il n'y a pas le sens commun : ne vois-je pas la mer confiner avec le ciel ? Et puis-je croire, contre le témoignage de mes sens, une vieille fable dont on ignore la date, que chacun arrange à sa manière, et qui n'est qu'un tissu de circonstances absurdes, sur lesquelles ils se mangent le cœur et s'arrachent le blanc des yeux ?" Tandis qu'il raisonnait ainsi, les eaux agitées le berçaient sur sa planche, et il s'endormit. Pendant qu'il dort, le vent s'accroît, le flot soulève la planche sur laquelle il est étendu, et voilà notre jeune raisonneur embarqué.

LA MARÉCHALE. — Hélas ! c'est bien là notre image : nous sommes chacun sur notre planche ; le vent souffle, et le flot nous emporte.

DIDEROT. — Il était déjà loin du continent lorsqu'il s'éveilla. Qui fut bien surpris de se trouver en pleine mer ? ce fut notre Mexicain. Qui le fut bien davantage ? ce fut encore lui, lorsque ayant perdu de vue le rivage sur lequel il se promenait il n'y a qu'un instant, la mer lui parut confiner avec le ciel de tous côtés. Alors il soupçonna qu'il pourrait bien s'être trompé ; et que, si le vent restait au même point, peut-être serait-il porté sur la rive, et parmi ces habitants dont sa grand-mère l'avait si souvent entretenu.

LA MARÉCHALE. — Et de son souci, vous n'en dites mot.

DIDEROT. — Il n'en eut point. Il se dit : Qu'est-ce que cela me fait, pourvu que j'aborde ? J'ai raisonné comme un étourdi, soit ; mais j'ai été sincère avec moi-même ; et c'est tout ce qu'on peut exiger de moi. Si ce n'est pas une vertu que d'avoir de l'esprit, ce n'est pas un crime d'en manquer. Cependant le vent continuait, l'homme et la planche voguaient, et la rive inconnue commençait à paraître : il y touche, et l'y voilà.

LA MARÉCHALE. — Nous nous y reverrons un jour, monsieur Diderot.

DIDEROT. — Je le souhaite, madame la maréchale ; en quelque endroit que ce soit, je serai toujours très flatté de vous faire ma cour. À peine eut-il quitté sa planche, et mis le pied sur le sable, qu'il aperçut un vieillard vénérable, debout à ses côtés. Il lui demanda où il était, et à qui il avait l'honneur de parler : "Je suis le souverain de la contrée", lui répondit le vieillard. À l'instant le jeune homme se prosterne. "Relevez-vous, lui dit le vieillard. Vous aviez nié mon existence ? — Il est vrai. — Et celle de mon empire ? — Il est vrai. — Je vous le pardonne, parce que je suis celui qui voit le fond des cœurs, et que j'ai lu au fond du vôtre que vous étiez de bonne foi ; mais le reste de vos pensées et de vos actions n'est pas également innocent." Alors le vieillard, qui le tenait par l'oreille, lui rappelait toutes les erreurs de sa vie ; et, à chaque article, le jeune Mexicain s'inclinait, se frappait la poitrine, et demandait pardon... Là, madame la maréchale, mettez-vous pour un moment à la place du vieillard, et dites-moi ce que vous auriez fait. Auriez-vous pris ce jeune insensé par les cheveux, et vous seriez-vous complu à le traîner à toute éternité sur le rivage ?

LA MARÉCHALE. — En vérité, non.

DIDEROT. — Si un de ces six jolis enfants que vous avez, après s'être échappé de la maison paternelle[1] et avoir fait force sottises, y revenait bien repentant ?

LA MARÉCHALE. — Moi, je courrais à sa rencontre ; je le serrerais entre mes bras, et je l'arroserais de mes larmes ; mais M. le maréchal son père ne prendrait pas la chose si doucement.

DIDEROT. — M. le maréchal n'est pas un tigre.

LA MARÉCHALE. — Il s'en faut bien.

DIDEROT. — Il se ferait peut-être un peu tirailler ; mais il pardonnerait.

LA MARÉCHALE. — Certainement.

DIDEROT. — Surtout s'il venait à considérer qu'avant de donner la naissance à cet enfant, il en savait toute la vie, et que le châtiment de ses fautes serait sans aucune utilité ni pour lui-même, ni pour le coupable, ni pour ses frères.

LA MARÉCHALE. — Le vieillard et M. le maréchal sont deux.

---

1. Allusion non moins évidente à la parabole de l'enfant prodigue.

DIDEROT. — Vous voulez dire que M. le maréchal est meilleur que le vieillard ?

LA MARÉCHALE. — Dieu m'en garde ! Je veux dire que, si ma justice n'est pas celle de M. le maréchal, la justice de M. le maréchal pourrait bien n'être pas celle du vieillard.

DIDEROT. — Ah ! madame ! vous ne sentez pas les suites de cette réponse. Ou la définition générale de la justice convient également à vous, à M. le maréchal, à moi, au jeune Mexicain et au vieillard ; ou je ne sais plus ce que c'est, et j'ignore comment on plaît ou l'on déplaît à ce dernier. »

Nous en étions là lorsqu'on nous avertit que M. le maréchal nous attendait. Je donnai la main à Mme la maréchale, qui me disait : « C'est à faire tourner la tête, n'est-ce pas ?

DIDEROT. — Pourquoi donc, quand on l'a bonne ?

LA MARÉCHALE. — Après tout, le plus court est de se conduire comme si le vieillard existait.

DIDEROT. — Même quand on n'y croit pas.

LA MARÉCHALE. — Et quand on y croit, de ne pas trop compter sur sa bonté.

DIDEROT. — Si ce n'est pas le plus poli, c'est du moins le plus sûr.

LA MARÉCHALE. — À propos, si vous aviez à rendre compte de vos principes à nos magistrats, les avoueriez-vous ?

DIDEROT. — Je ferais de mon mieux pour leur épargner une action atroce.

LA MARÉCHALE. — Ah ! le lâche ! Et si vous étiez sur le point de mourir, vous soumettriez-vous aux cérémonies de l'Église ?

DIDEROT. — Je n'y manquerais pas.

LA MARÉCHALE. — Fi ! le vilain hypocrite [1]. »

---

1. Diderot a l'art de ces renversements dans le dialogue qui semble donner raison à l'adversaire ; mais le « Diderot » de cet *Entretien* n'est pas absolument le « vrai » (*cf. supra* n. 1 p. 116).

CECI N'EST PAS UN CONTE

La composition de ce conte date de l'été 1772 (cf. la lettre du 7 octobre 1772). Il a été diffusé dans la Correspondance littéraire *(avril 1773), et édité dans les* Œuvres de Diderot, *par Naigeon.*

Il existe divers manuscrits : copie Vandeul (B.N.) ; copies de la Correspondance littéraire, *de Gotha (incomplète), de Stockholm (suivie par J. Proust) ; la copie de Leningrad a été suivie par L. Versini. L'édition Naigeon suit un autre manuscrit, perdu par la suite.*

**

Lorsqu'on fait un conte, c'est à quelqu'un qui l'écoute ; et pour peu que le conte dure, il est rare que le conteur ne soit pas interrompu quelquefois par son auditeur. Voilà pourquoi j'ai introduit dans le récit qu'on va lire, et qui n'est pas un conte ou qui est un mauvais conte, si vous vous en doutez, un personnage qui fasse à peu près le rôle du lecteur ; et je commence[1].

« Et vous concluez de là ?

— Qu'un sujet aussi intéressant devait mettre toutes les têtes en l'air, défrayer pendant un mois tous les cercles de la ville ; y être tourné et retourné jusqu'à l'insipidité ; fournir à mille disputes, à vingt brochures au moins, et à

---

1. On notera chez Diderot cette importance du destinataire et cette façon d'en faire un personnage, tendance que l'on retrouve bien entendu dans d'autres textes, mais qui est ici formulée avec une particulière netteté.

quelques centaines de pièces de vers pour et contre ; et qu'en dépit de toute la finesse, de toutes les connaissances, de tout l'esprit de l'auteur, puisque son ouvrage n'a excité aucune fermentation violente, il est médiocre, et très médiocre.

— Mais il me semble que nous lui devons pourtant une soirée assez agréable, et que cette lecture a amené...

— Quoi ? une litanie d'historiettes usées qu'on se décochait de part et d'autre, et qui ne disaient qu'une chose connue de toute éternité, c'est que l'homme et la femme sont deux bêtes très malfaisantes.

— Cependant l'épidémie vous a gagné, et vous avez payé votre écot tout comme un autre.

— C'est que bon gré, mal gré qu'on en ait, on se prête au ton donné ; qu'en entrant dans une société, on arrange à la porte d'un appartement jusqu'à sa physionomie sur celles qu'on voit ; qu'on contrefait le plaisant quand on est triste ; le triste quand on serait tenté d'être plaisant ; qu'on ne veut être étranger à quoi que ce soit ; que le littérateur politique ; que le politique métaphysique ; que le métaphysicien moralise ; que le moraliste parle finance ; le financier, belles-lettres ou géométrie ; que, plutôt que d'écouter ou se taire, chacun bavarde de ce qu'il ignore, et que tous s'ennuient par sotte vanité ou par politesse [1].

— Vous avez de l'humeur.

— À mon ordinaire.

— Et je crois qu'il est à propos que je réserve mon historiette pour un moment plus favorable.

— C'est-à-dire que vous attendrez que je n'y sois pas.

— Ce n'est pas cela.

— Ou que vous craignez que je n'aie moins d'indulgence pour vous, tête à tête, que je n'en aurais pour un indifférent en société.

— Ce n'est pas cela.

— Ayez donc pour agréable de me dire ce que c'est.

---

1. Sur cette extrême importance de la sociabilité sous l'Ancien Régime et sur son rôle dans la création littéraire et artistique, on se reportera à l'ouvrage fondamental de Marc Fumaroli, *Trois Institutions littéraires*, Gallimard, 1986 ; rééd. Folio Histoire, 1994.

— C'est que mon historiette ne prouve pas plus que celles qui vous ont excédé.

— Eh ! dites toujours.

— Non, non, vous en avez assez.

— Savez-vous que de toutes les manières qu'ils ont de me faire enrager, la vôtre m'est la plus antipathique ?

— Et quelle est la mienne ?

— Celle d'être prié de la chose que vous mourez de faire. Eh bien ! mon ami, je vous prie, je vous supplie de vouloir bien vous satisfaire.

— Me satisfaire !

— Commencez, pour Dieu, commencez.

— Je tâcherai d'être court.

— Cela n'en sera pas plus mal. »

Ici, un peu par malice, je toussai, je crachai, je développai lentement mon mouchoir, je me mouchai, j'ouvris ma tabatière, je pris une prise de tabac, et j'entendais mon homme qui disait entre ses dents : « Si l'histoire est courte, les préliminaires sont longs. » Il me prit envie d'appeler un domestique sous prétexte de quelque commission ; mais je n'en fis rien, et je dis :

CECI N'EST PAS UN CONTE

« Il faut avouer qu'il y a des hommes bien bons et des femmes bien méchantes.

— C'est ce qu'on voit tous les jours et quelquefois sans sortir de chez soi. Après ?

— Après ? J'ai connu une Alsacienne belle, mais belle à faire accourir les vieillards et à arrêter tout court les jeunes gens.

— Et moi aussi, je l'ai connue, elle s'appelait Mme Reymer.

— Il est vrai. Un nouveau débarqué de Nancy, appelé Tanié, en devint éperdument amoureux. Il était pauvre. C'était un de ces enfants perdus, que la dureté des parents qui ont une famille nombreuse chasse de la maison et qui se jettent dans le monde sans savoir ce qu'ils deviendront, par un instinct qui leur dit qu'ils n'y auront pas un sort pire que celui qu'ils fuient. Tanié, amoureux de Mme Reymer, exalté par une passion qui soutenait son

courage et ennoblissait à ses yeux toutes ses actions, se
soumettait sans répugnance aux plus pénibles et aux plus
viles, pour soulager la misère de son amie. Le jour, il
allait travailler sur les ports ; à la chute du jour, il men-
diait dans les rues.

— Cela était fort beau, mais cela ne pouvait durer.

— Aussi Tanié, las ou de lutter contre le besoin, ou
plutôt de retenir dans l'indigence une femme charmante
obsédée d'hommes opulents qui la pressaient de chasser
ce gueux de Tanié...

— Ce qu'elle aurait fait quinze jours, un mois plus
tard.

— Et d'accepter leurs richesses, résolut de la quitter
et d'aller tenter la fortune au loin. Il sollicite, il obtient
son passage sur un vaisseau de roi. Le moment de son
départ est venu. Il va prendre congé de Mme Reymer.
"Mon amie, lui dit-il, je ne saurais abuser plus longtemps
de votre tendresse. J'ai pris mon parti, je m'en vais.
— Vous vous en allez ! — Oui. — Et où allez-vous ?
— Aux îles. Vous êtes digne d'un autre sort, et je ne
saurais l'éloigner plus longtemps."

— Le bon Tanié !

— "Et que voulez-vous que je devienne ?"

— La traîtresse !

— "Vous êtes environnée de gens qui cherchent à vous
plaire. Je vous rends vos promesses. Je vous rends vos
serments. Voyez celui d'entre ces prétendants qui vous
est le plus agréable. Acceptez-le, c'est moi qui vous en
conjure. — Ah ! Tanié, c'est vous qui me proposez..."

— Je vous dispense de la pantomime de Mme Reymer.
Je la vois, je la sais.

— "En m'éloignant, la seule grâce que j'exige de
vous, c'est de ne former aucun engagement qui nous
sépare à jamais. Jurez-le-moi, ma belle amie. Quelle que
soit la contrée de la terre que j'habiterai, il faudra que j'y
sois bien malheureux s'il se passe une année sans vous
donner des preuves certaines de mon tendre attachement.
Ne pleurez pas."

— Elles pleurent toutes quand elles veulent.

— "Et ne combattez pas un projet que les reproches

de mon cœur m'ont enfin inspiré, et auquel ils ne tarderaient pas à me ramener."

— Et voilà Tanié parti pour Saint-Domingue, et parti tout à temps pour Mme Reymer et pour lui.

— Qu'en savez-vous ?

— Je sais, tout aussi bien qu'on peut le savoir, que quand Tanié lui conseilla de faire un choix, il était fait.

— Bon !

— Continuez votre récit.

— Tanié avait de l'esprit et une grande aptitude aux affaires. Il ne tarda pas d'être connu. Il entra au conseil souverain du Cap. Il s'y distingua par ses lumières et par son équité. Il n'ambitionnait pas une grande fortune, il ne la désirait qu'honnête et rapide. Chaque année il en envoyait une portion à Mme Reymer. Il revint au bout...

— De neuf à dix ans. Non, je ne crois pas que son absence ait été plus longue.

— Présenter à son amie un petit portefeuille qui renfermait le produit de ses vertus et de ses travaux.

— Et heureusement pour Tanié, ce fut un moment où elle venait de se séparer du dernier des successeurs de Tanié.

— Du dernier ?

— Oui.

— Elle en avait donc eu plusieurs ?

— Assurément. Allez, allez.

— Mais je n'ai peut-être rien à vous dire que vous ne sachiez mieux que moi.

— Qu'importe, allez toujours.

— Mme Reymer et Tanié occupaient un assez beau logement rue Sainte-Marguerite, à ma porte. Je faisais grand cas de Tanié, et je fréquentais sa maison qui était, sinon opulente, du moins fort aisée.

— Je puis vous assurer, moi, sans avoir compté avec la Reymer, qu'elle avait mieux de quinze mille livres de rente avant le retour de Tanié.

— À qui elle dissimulait sa fortune ?

— Oui.

— Et pourquoi ?

— Parce qu'elle était avare et rapace.

— Passe pour rapace, mais avare ! une courtisane avare ! Il y avait cinq à six ans que ces deux amants vivaient dans la meilleure intelligence.

— Grâce à l'extrême finesse de l'un et à la confiance sans bornes de l'autre.

— Oh ! il est vrai qu'il était impossible à l'ombre d'un soupçon d'entrer dans une âme aussi pure que celle de Tanié. La seule chose dont je me sois quelquefois aperçu, c'est que Mme Reymer avait bientôt oublié sa première indigence ; qu'elle était tourmentée de l'amour du faste et de la richesse ; qu'elle était humiliée qu'une aussi belle femme allât à pied.

— Que n'allait-elle en carrosse ?

— Et que l'éclat du vice lui en dérobait la bassesse. Vous riez ? Ce fut alors que M. de Maurepas forma le projet d'établir au Nord une maison de commerce. Le succès de cette entreprise demandait un homme actif et intelligent. Il jeta les yeux sur Tanié à qui il avait confié la conduite de plusieurs affaires importantes pendant son séjour au Cap, et qui s'en était toujours acquitté à la satisfaction du ministre. Tanié fut désolé de cette marque de distinction ; il était si content, si heureux à côté de sa belle amie ! Il aimait, il était ou il se croyait aimé.

— C'est bien dit.

— Qu'est-ce que l'or pouvait ajouter à son bonheur ? Rien. Cependant le ministre insistait ; il fallait se détermi-ner, il fallait s'ouvrir à Mme Reymer. J'arrivai chez lui précisément sur la fin de cette scène fâcheuse. Le pauvre Tanié fondait en larmes. "Qu'avez-vous donc, lui dis-je, mon ami ?" Il me dit en sanglotant : "C'est cette fem-me !" Mme Reymer travaillait tranquillement à un métier de tapisserie. Tanié se leva brusquement et sortit. Je restai seul avec son amie qui ne me laissa pas ignorer ce qu'elle qualifiait de la déraison de Tanié. Elle m'exagéra la modi-cité de son état ; elle mit à son plaidoyer tout l'art dont un esprit délié sait pallier les sophismes de l'ambition. "De quoi s'agit-il ? D'une absence de deux ou trois ans au plus. — C'est bien du temps pour un homme que vous aimez et qui vous aime autant que lui. — Lui, il m'aime ? S'il m'aimait, balancerait-il à me satisfaire ? — Mais, madame, que ne le suivez-vous ? — Moi ! je ne vais point là, et tout extravagant qu'il est, il ne s'est point avisé de

me le proposer. Doute-t-il de moi ? — Je n'en crois rien.
— Après l'avoir attendu pendant douze ans, il peut bien
s'en reposer deux ou trois sur ma bonne foi. Monsieur,
c'est que c'est une de ces occasions singulières qui ne se
présentent qu'une fois dans la vie, et je ne veux pas qu'il
ait un jour à se repentir et à me reprocher peut-être de
l'avoir manquée. — Tanié ne regrettera rien, tant qu'il
aura le bonheur de vous plaire. — Cela est fort honnête,
mais soyez sûr qu'il sera très content d'être riche, quand
je serai vieille. Le travers des femmes est de ne jamais
penser à l'avenir ; ce n'est pas le mien." Le ministre était
à Paris ; de la rue Sainte-Marguerite à son hôtel, il n'y
avait qu'un pas. Tanié y était allé, et s'était engagé. Il
rentra l'œil sec, mais l'âme serrée. "Madame, lui dit-il,
j'ai vu M. de Maurepas ; il a ma parole, je m'en irai, je
m'en irai et vous serez satisfaite. — Ah ! mon ami !..."
Mme Reymer écarte son métier, s'élance vers Tanié, jette
ses bras autour de son cou, l'accable de caresses et de
propos doux. "Ah ! c'est pour cette fois que je vois que
je vous suis chère !" Tanié lui répondit froidement :
"Vous voulez être riche."

— Elle l'était, la coquine, dix fois plus qu'elle ne
méritait.

— "Et vous le serez. Puisque c'est l'or que vous
aimez, il faut aller vous chercher de l'or." C'était le
mardi, et le ministre avait fixé son départ au vendredi
sans délai. J'allai lui faire mes adieux au moment où il
luttait avec lui-même, où il tâchait de s'arracher des bras
de la belle, indigne et cruelle Reymer. C'était un désordre
d'idées, un désespoir, une agonie, dont je n'ai jamais vu
un second exemple. Ce n'était pas de la plainte, c'était
un long cri. Mme Reymer était encore au lit ; il tenait une
de ses mains. Il ne cessait de dire et de répéter : "Cruelle
femme ! femme cruelle ! que te faut-il de plus que l'aisance dont tu jouis, et un ami, un amant tel que moi ? J'ai
été lui chercher la fortune dans les contrées brûlantes de
l'Amérique, elle veut que j'aille la lui chercher encore au
milieu des glaces du Nord. Mon ami, je sens que cette
femme est folle, je sens que je suis un insensé ; mais il
m'est moins affreux de mourir que de la contrister. Tu
veux que je te quitte, je vais te quitter." Il était à genoux

au bord de son lit, la bouche collée sur sa main et le visage caché dans les couvertures qui, en étouffant son murmure, ne le rendaient que plus triste et plus effrayant. La porte de la chambre s'ouvrit, il releva brusquement la tête ; il vit le postillon qui venait lui annoncer que les chevaux étaient à la chaise. Il fit un cri et recacha son visage sous les couvertures. Après un moment de silence, il se leva ; il dit à son amie : "Embrassez-moi, madame ; embrasse-moi encore une fois, car tu ne me verras plus." Son pressentiment n'était que trop vrai. Il partit ; il arriva à Pétersbourg, et trois jours après, il fut attaqué d'une fièvre dont il mourut le quatrième.

— Je savais tout cela.

— Vous avez peut-être été un des successeurs de Tanié ?

— Vous l'avez dit, et c'est avec cette belle abominable que j'ai dérangé mes affaires.

— Ce pauvre Tanié !

— Il y a des gens dans le monde qui vous diraient que c'est un sot.

— Je ne le défendrai pas, mais je souhaiterais au fond de mon cœur que leur mauvais destin les adresse à une femme aussi belle et aussi artificieuse que Mme Reymer.

— Vous êtes cruel dans vos vengeances.

— Et puis s'il y a des femmes très méchantes et des hommes très bons, il y a aussi des femmes très bonnes et des hommes très méchants ; et ce que je vais ajouter n'est pas plus un conte que ce qui précède.

— J'en suis convaincu.

— M. d'Hérouville [1]...

— Celui qui vit encore ? le lieutenant général des armées du roi ? celui qui épousa cette charmante créature appelée Lolotte ?

— Lui-même.

— C'est un galant homme, ami des sciences.

---

1. Antoine de Ricouart, comte d'Hérouville (1713-1782), commandant de la province de Guyenne, ami de Diderot ; il écrivit pour l'*Encyclopédie* un certain nombre d'articles (« Colza », « Garance », « Minéralogie »). Il épousa « Mlle Lolotte », c'est-à-dire Louise Gaucher, actrice de l'Opéra-Comique.

— Et des savants. Il s'est longtemps occupé d'une histoire générale de la guerre dans tous les siècles et chez toutes les nations.

— Le projet est vaste.

— Pour le remplir, il avait appelé autour de lui quelques jeunes gens d'un mérite distingué, tels que M. de Montucla, l'auteur de l'*Histoire des mathématiques* [1].

— Diable ! En avait-il beaucoup de cette force-là ?

— Mais celui qui se nommait Gardeil [2], le héros de l'aventure que je vais vous raconter, ne lui cédait guère dans sa partie. Une fureur commune pour l'étude de la langue grecque commença entre Gardeil et moi une liaison que le temps, la réciprocité des conseils, le goût de la retraite, et surtout la facilité de se voir, conduisirent à une assez grande intimité.

— Vous demeuriez alors à l'Estrapade.

— Lui, rue Saint-Hyacinthe, et son amie, Mlle de La Chaux [3], place Saint-Michel. Je la nomme de son propre nom, parce que la pauvre malheureuse n'est plus, parce que sa vie ne peut que l'honorer dans tous les esprits bien faits, et lui mériter l'admiration, les regrets et les larmes de ceux que la nature aura favorisés ou punis d'une petite portion de la sensibilité de son âme.

— Mais votre voix s'entrecoupe, et je crois que vous pleurez.

---

1. Jean-Étienne Montucla (1725-1799), avocat et mathématicien, auteur d'une *Histoire des mathématiques* (1758). Ce « conte » apporte aussi un témoignage sur la production littéraire au XVIIIᵉ siècle, sur l'utilisation par les grands seigneurs d'équipes de chercheurs qu'ils exploitent, et sur la situation de l'édition (*cf. infra*, à propos de la Hollande). — **2.** Jean-Baptiste Gardeil (1726-1808), mathématicien et helléniste, traduisit les *Œuvres médicales* d'Hippocrate. Diderot n'hésite pas ici à utiliser des personnages « réels », même lorsqu'ils n'ont pas le beau rôle. Peut-être est-ce d'ailleurs le signe que, malgré l'indignation du narrateur, et conformément à la philosophie exprimée *in fine*, l'infidélité en amour n'est pas assimilée à un acte criminel. — **3.** Mlle de La Chaux, traductrice de Xénophon et de Hume. Elle aurait présenté de fines objections à la *Lettre sur les sourds et muets* (*cf. infra*, n. 1 p. 140). Il est possible aussi qu'elle figure sous le nom de Polychresta dans *L'Oiseau blanc, conte bleu* (hypothèse de J.L. Leutrat, D.P.V.). Le *Supplément au Voyage de Bougainville* rappellera sa triste aventure avec Gardeil, *cf. infra*.

— Il me semble encore que je vois ses grands yeux noirs, brillants et doux, et que le son de sa voix touchante retentisse dans mon oreille et trouble mon cœur. Créature charmante ! Créature unique ! Tu n'es plus ! Il y a près de vingt ans que tu n'es plus, et mon cœur se serre encore à ton souvenir.

— Vous l'avez aimée ?

— Non. Ô La Chaux ! Ô Gardeil ! Vous fûtes l'un et l'autre deux prodiges, vous de la tendresse de la femme, vous de l'ingratitude de l'homme. Mlle de La Chaux était d'une famille honnête ; elle quitta ses parents pour se jeter entre les bras de Gardeil. Gardeil n'avait rien ; Mlle de La Chaux jouissait de quelque bien, et ce bien fut entièrement sacrifié aux besoins et aux fantaisies de Gardeil. Elle ne regretta ni sa fortune dissipée, ni son honneur flétri ; son amant lui tenait lieu de tout.

— Ce Gardeil était donc bien séduisant, bien aimable ?

— Point du tout. Un petit homme bourru, taciturne et caustique, le visage sec, le teint basané, en tout, une figure mince et chétive ; laid, si un homme peut l'être avec la physionomie de l'esprit.

— Et voilà ce qui avait renversé la tête à une fille charmante ?

— Et cela vous surprend ?

— Toujours.

— Vous ?

— Moi.

— Mais, vous ne vous rappelez donc plus votre aventure avec la Deschamps [1] et le profond désespoir où vous tombâtes lorsque cette créature vous ferma sa porte ?

— Laissons cela ; continuez.

— Je vous disais : "Elle est donc bien belle ?" Et vous me répondiez tristement : "Non. — Elle a donc bien de l'esprit ? — C'est une sotte. — Ce sont donc ses talents qui vous entraînent ? — Elle n'en a qu'un. — Et ce rare, ce sublime, ce merveilleux talent ? — C'est de me rendre

---

1. Anne-Marie Pagès, dite la Deschamps, figurante dans les ballets de l'Opéra. Diderot dut entendre parler de ses exploits par Sophie Volland dont le beau-frère avait été ruiné à cause de la Deschamps.

plus heureux entre ses bras que je ne le fus jamais entre les bras d'aucune autre femme."

— Mais Mlle de La Chaux ?

— L'honnête, la sensible Mlle de La Chaux se promettait secrètement, d'instinct, à son insu, le bonheur que vous connaissiez et qui vous faisait dire de la Deschamps : "Si cette malheureuse, si cette infâme s'obstine à me chasser de chez elle, je prends un pistolet et je me brise la cervelle dans son antichambre." L'avez-vous dit ou non ?

— Je l'ai dit, et même à présent, je ne sais pourquoi je ne l'ai pas fait.

— Convenez donc.

— Je conviens de tout ce qu'il vous plaira.

— Mon ami, le plus sage d'entre nous est bien heureux de n'avoir pas rencontré la femme belle ou laide, spirituelle ou sotte, qui l'aurait rendu fou à enfermer aux Petites-Maisons. Plaignons beaucoup les hommes, blâmons-les sobrement, regardons nos années passées comme autant de moments dérobés à la méchanceté qui nous suit ; et ne pensons jamais qu'en tremblant à la violence de certains attraits de nature, surtout pour les âmes chaudes et les imaginations ardentes. L'étincelle qui tombe fortuitement sur un baril de poudre ne produit pas un effet plus terrible. Le doigt prêt à secouer sur vous ou sur moi cette fatale étincelle est peut-être levé.

« M. d'Hérouville, jaloux d'accélérer son ouvrage, excédait de fatigue ses coopérateurs. La santé de Gardeil en fut altérée. Pour alléger sa tâche, Mlle de La Chaux apprit l'hébreu, et tandis que son ami reposait, elle passait une partie de la nuit à interpréter et transcrire des lambeaux d'auteurs hébreux. Le temps de dépouiller les auteurs grecs arriva ; Mlle de La Chaux se hâta de se perfectionner dans cette langue dont elle avait déjà quelque teinture, et tandis que Gardeil dormait, elle était occupée à traduire et à copier des passages de Xénophon et de Thucydide. À la connaissance du grec et de l'hébreu elle joignit celle de l'italien et de l'anglais. Elle posséda l'anglais au point de rendre en français les premiers essais de métaphysique de M. Hume, ouvrage où la difficulté de la matière ajoutait infiniment à celle de l'idiome. Lorsque l'étude avait épuisé ses forces, elle s'amusait à graver de la musique. Lorsqu'elle craignait que l'ennui ne s'emparât de son amant, elle chantait. Je n'exagère rien, j'en atteste M. Le Camus[1], docteur en médecine, qui l'a consolée dans ses peines et secourue dans son indigence ; qui lui a rendu les services les plus continus ; qui l'a suivie dans le grenier où sa pauvreté l'avait reléguée, et qui lui a fermé les yeux quand elle est morte. Mais j'oublie un de ses premiers malheurs ; c'est la persécution qu'elle eut à souffrir d'une famille indignée d'un attachement public et scandaleux. On employa et la vérité et le mensonge pour disposer de sa liberté d'une manière infamante. Ses parents et les prêtres la poursuivirent de quartier en quartier, de maison en maison, et la réduisirent plusieurs années à vivre seule et cachée. Elle passait les journées à travailler pour Gardeil ; nous lui apparaissions la nuit, et à la présence de son amant, tout son chagrin, toute son inquiétude étaient évanouis.

— Quoi ! jeune, pusillanime, sensible au milieu de tant de traverses !

— Elle était heureuse.

— Heureuse !

— Oui, elle ne cessa de l'être que quand Gardeil fut ingrat.

— Mais il est impossible que l'ingratitude ait été la récompense de tant de qualités rares, tant de marques de tendresse, tant de sacrifices de toute espèce.

— Vous vous trompez, Gardeil fut ingrat. Un jour, Mlle de La Chaux se trouva seule dans ce monde, sans honneur, sans fortune, sans appui. Je vous en impose, je lui restai pendant quelque temps : le docteur Le Camus lui resta toujours.

— Ô les hommes, les hommes !

— De qui parlez-vous ?

— De Gardeil.

— Vous regardez le méchant et vous ne voyez pas tout à côté l'homme de bien. Ce jour de douleur et de désespoir, elle accourut chez moi. C'était le matin. Elle était

---

1. Antoine Le Camus, médecin, auteur de la *Médecine de l'esprit* (1753).

pâle comme la mort. Elle ne savait son sort que de la veille, et elle offrait l'image des longues douleurs. Elle ne pleurait pas, mais on voyait qu'elle avait beaucoup pleuré. Elle se jeta dans un fauteuil. Elle ne parlait pas, elle ne pouvait parler. Elle me tendait les bras, et en même temps elle poussait des cris. "Qu'est-ce qu'il y a, lui dis-je ? Est-ce qu'il est mort ? — C'est pis : il ne m'aime plus ; il m'abandonne."

— Allez donc.

— Je ne saurais. Je la vois, je l'entends, et mes yeux se remplissent de pleurs. "Il ne vous aime plus ? — Non. — Il vous abandonne ! — Eh ! oui. Après tout ce que j'ai fait ! Monsieur, ma tête s'embarrasse. Ayez pitié de moi. Ne me quittez pas ; surtout ne me quittez pas." En prononçant ces mots, elle m'avait saisi le bras qu'elle serrait fortement, comme s'il y avait eu quelqu'un près d'elle qui la menaçât de l'arracher et de l'entraîner. "Ne craignez rien, mademoiselle. — Je ne crains que moi. — Que faut-il faire pour vous ? — D'abord me sauver de moi-même. Il ne m'aime plus, je le fatigue, je l'excède, je l'ennuie, il me hait, il m'abandonne, il me laisse, il me laisse !" À ce mot répété succéda un silence profond, et à ce silence des éclats d'un rire convulsif plus effrayants mille fois que les accents du désespoir ou le râle de l'agonie. Ce furent ensuite des pleurs, des cris, des mots inarticulés, des regards tournés vers le ciel, des lèvres tremblantes, un torrent de douleurs qu'il fallait abandonner à son cours ; ce que je fis ; et je ne commençai à m'adresser à sa raison que quand je vis son âme brisée et stupide. Alors je repris : "Il vous hait, il vous laisse ! et qui est-ce qui vous l'a dit ? — Lui. — Allons, mademoiselle, un peu d'espérance et de courage ; ce n'est pas un monstre. — Vous ne le connaissez pas, vous le connaîtrez. C'est un monstre comme il n'y en a point, comme il n'y en eut jamais. — Je ne saurais le croire. — Vous le verrez. — Est-ce qu'il aime ailleurs ? — Non. — Ne lui avez-vous donné aucun soupçon, aucun mécontentement ? — Aucun, aucun. — Qu'est-ce donc ? — Mon inutilité. Je n'ai plus rien, je ne lui suis plus bonne à rien ; son ambition, il a toujours été ambitieux ; la perte de ma santé, celle de mes charmes, j'ai tant souffert et tant fatigué ; l'ennui, le dégoût. — On cesse d'être amants, mais on reste amis. — Je suis devenue un objet insupportable ; ma présence lui pèse, ma vue l'afflige et le blesse. Si vous saviez ce qu'il m'a dit ! Oui, monsieur, il m'a dit que s'il était condamné à passer vingt-quatre heures avec moi, il se jetterait par les fenêtres. — Mais cette aversion n'a pas été l'ouvrage d'un moment. — Que sais-je ? Il est naturellement si dédaigneux, si indifférent, si froid ! Il est si difficile de lire au fond de ces âmes, et l'on a tant de répugnance à lire son arrêt de mort ! Il me l'a prononcé, et avec quelle dureté ! — Je n'y conçois rien. — J'ai une grâce à vous demander, et c'est pour cela que je suis venue. Me l'accorderez-vous ? — Quelle qu'elle soit. — Écoutez ; il vous respecte. Vous savez tout ce qu'il me doit. Peut-être rougira-t-il de se montrer à vous tel qu'il est. Non, je ne crois pas qu'il en ait ni le front ni la force. Je ne suis qu'une femme et vous êtes un homme. Un homme tendre, honnête et juste en impose. Vous lui en imposerez. Donnez-moi le bras, et ne refusez pas de m'accompagner chez lui. Je veux lui parler devant vous. Qui sait ce que ma douleur et votre présence pourront faire sur lui ? Vous m'accompagnerez ? — Très volontiers. — Allons."

— Je crains bien que sa douleur et votre présence n'y fassent que de l'eau claire. Le dégoût ! c'est une terrible chose que le dégoût en amour, et d'une femme.

— J'envoyai chercher une chaise à porteurs, car elle n'était guère en état de marcher. Nous arrivons chez Gardeil, à cette grande maison neuve, la seule qu'il y ait à droite dans la rue Saint-Hyacinthe ; en entrant par la place Saint-Michel. Là, les porteurs arrêtent ; ils ouvrent. J'attends, elle ne sort point. Je m'approche et je vois une femme saisie d'un tremblement universel, ses dents se frappaient comme dans le frisson de la fièvre, ses genoux se battaient l'un contre l'autre. "Un moment, monsieur, me dit-elle. Je vous demande pardon ; je vous demande pardon, je ne saurais. Que vais-je faire là ? Je vous aurai dérangé de vos affaires inutilement. J'en suis fâchée. Je vous demande pardon." Cependant je lui tendais le bras ; elle le prit, elle essaya de se lever ; elle ne le put. "Encore un moment, monsieur, me dit-elle. Je vous fais peine, vous pâtissez de mon état." Enfin elle se rassura un peu, et en sortant de la chaise elle ajouta tout bas : "Il faut entrer, il faut le voir. Que sait-on ? j'y mourrai peut-être." Voilà la cour traversée, nous voilà à la porte de l'appartement ; nous voilà dans le cabinet de Gardeil. Il était à son bureau en robe de chambre et en bonnet de nuit. Il me fit un salut de la main et continua le travail qu'il avait commencé. Ensuite il vint à moi, et me dit : "Convenez, monsieur, que les femmes sont bien incommodes ; je vous fais mille excuses des extravagances de mademoiselle." Puis s'adressant à la pauvre créature qui était plus morte que vive : "Mademoiselle, lui dit-il, que prétendez-vous encore de moi ? Il me semble qu'après la manière nette et précise dont je me suis expliqué, tout doit être fini entre nous. Je vous ai dit que je ne vous aimais plus ; je vous l'ai dit seul à seul ; votre dessein est apparemment que je vous le répète devant monsieur. Eh bien ! mademoiselle, je ne vous aime plus ; l'amour est un sentiment éteint dans mon cœur pour vous, et j'ajouterai, si cela peut vous consoler, pour toute autre femme. — Mais apprenez-moi pourquoi vous ne m'aimez plus. — Je l'ignore. Tout ce que je sais, c'est que j'ai commencé sans savoir pourquoi, que j'ai cessé sans savoir pourquoi, et que je sens qu'il est impossible que cette passion revienne. C'est une gourme que j'ai jetée et dont je me crois et me félicite d'être parfaitement guéri. — Quels sont mes torts ? — Vous n'en avez aucun. — Auriez-vous quelque objection secrète à faire à ma conduite ? — Pas la moindre ; vous avez été la femme la plus constante, la plus honnête, la plus tendre qu'un homme pût désirer. — Ai-je omis quelque chose qu'il fût en mon pouvoir de faire ? — Rien. — Ne vous ai-je pas sacrifié mes parents ? — Il est vrai. — Ma fortune ? — J'en suis au désespoir. — Ma santé ? — Cela se peut. — Mon honneur, ma réputation, mon repos ? — Tout ce qu'il vous plaira. — Et je te suis odieuse ? — Cela est dur à dire, dur à entendre, mais puisque cela est, il faut en convenir. — Je lui suis odieuse !... — Je le sens, et ne m'en estime pas davantage. — Odieuse ! ah ! dieux !" À ces mots une pâleur mortelle se répandit sur son visage ; ses lèvres se décolorèrent ; les gouttes d'une sueur froide qui se formaient sur

ses joues, se mêlaient aux larmes qui descendaient de ses
yeux ; ils étaient fermés ; sa tête se renversa sur le dos de
son fauteuil ; ses dents se serrèrent ; tous ses membres
tressaillaient ; à ce tressaillement succéda une défaillance
qui me parut l'accomplissement de l'espérance qu'elle
avait conçue à la porte de cette maison. La durée de cet
état acheva de m'effrayer. Je lui ôtai son mantelet, je des-
serrai les cordons de sa robe, je relâchai ceux de ses
jupons, et je lui jetai quelques gouttes d'eau fraîche sur
le visage. Ses yeux se rouvrirent à demi, il se fit entendre
un murmure sourd dans sa gorge ; elle voulait prononcer :
Je lui suis odieuse, et elle n'articulait que les dernières
syllabes du mot. Puis elle poussait un cri aigu, ses paupières s'abaissaient, et l'évanouissement reprenait. Gardeil, froidement assis dans son fauteuil, son coude appuyé
sur sa table et sa tête appuyée sur sa main, la regardait
sans émotion et me laissait le soin de la secourir. Je lui
dis à plusieurs reprises : "Mais, monsieur, elle se meurt,
il faudrait appeler." Il me répondit en souriant et haussant
les épaules : "Les femmes ont la vie dure, elles ne meu-
rent pas pour si peu ; ce n'est rien, cela se passera. Vous
ne les connaissez pas, elles font de leur corps tout ce
qu'elles veulent. — Elle se meurt, vous dis-je." En effet
son corps était comme sans force et sans vie, il s'échappait de dessus son fauteuil, et elle serait tombée à terre
de droite ou de gauche, si je ne l'avais retenue. Cependant
Gardeil s'était levé brusquement ; et en se promenant
dans son appartement, il disait d'un ton d'impatience et
d'humeur : "Je me serais bien passé de cette maussade
scène, mais j'espère que ce sera la dernière. À qui diable
en veut cette créature ? Je l'ai aimée, je me battrais la tête
contre le mur qu'il n'en serait ni plus ni moins. Je ne
l'aime plus ; elle le sait à présent ou elle ne le saura
jamais. Tout est dit. — Non, monsieur, tout n'est pas
dit. Quoi ! vous croyez qu'un homme de bien n'a qu'à
dépouiller une femme de tout ce qu'elle a, et la laisser ?
— Que voulez-vous que je fasse ? je suis aussi gueux
qu'elle. — Ce que je veux que vous fassiez ? que vous
associiez votre misère à celle où vous l'avez réduite. —
Cela vous plaît à dire. Elle n'en serait pas mieux et j'en
serais beaucoup plus mal. — En useriez-vous ainsi avec

un ami qui vous aurait tout sacrifié ? — Un ami ! je n'ai pas grande foi aux amis, et cette expérience m'a appris à n'en avoir aucune aux passions. Je suis fâché de ne l'avoir pas su plus tôt. — Et il est juste que cette malheureuse femme soit la victime de l'erreur de votre cœur ? — Et qui vous a dit qu'un mois, un jour plus tard, je ne l'aurais pas été, moi, tout aussi cruellement de l'erreur du sien ? — Qui me l'a dit ? Tout ce qu'elle a fait pour vous, et l'état où vous la voyez. — Ce qu'elle a fait pour moi ! Oh ! pardieu, il est acquitté de reste par la perte de mon temps. — Ah ! monsieur Gardeil, quelle comparaison de votre temps et de toutes les choses sans prix que vous lui avez enlevées ! — Je n'ai rien fait, je ne suis rien, j'ai trente ans, il est temps ou jamais de penser à soi et d'apprécier toutes ces fadaises-là ce qu'elles valent." Cependant la pauvre demoiselle était un peu revenue à elle-même. À ces derniers mots elle reprit avec assez de vivacité : "Qu'a-t-il dit de la perte de son temps ? J'ai appris quatre langues, pour le soulager dans ses travaux ; j'ai lu mille volumes ; j'ai écrit, traduit, copié les jours et les nuits ; j'ai épuisé mes forces, usé mes yeux, brûlé mon sang ; j'ai contracté une maladie fâcheuse dont je ne guérirai peut-être jamais. La cause de son dégoût, il n'ose l'avouer, mais vous allez la connaître." À l'instant elle arrache son fichu ; elle sort un de ses bras de sa robe, elle met son épaule à nu, et, me montrant une tache érysipélateuse : "La raison de son changement, la voilà, me dit-elle, la voilà. Voilà l'effet des nuits que j'ai veillées. Il arrivait le matin avec ses rouleaux de parchemin. M. d'Hérouville, me disait-il, est très pressé de savoir ce qu'il y a là-dedans, il faudrait que cette besogne fût faite demain, et elle l'était." Dans ce moment nous entendîmes le pas de quelqu'un qui s'avançait vers la porte. C'était un domestique qui annonçait l'arrivée de M. d'Hérouville. Gardeil en pâlit. J'invitai Mlle de La Chaux à se rajuster et à se retirer. "Non, dit-elle, non, je reste. Je veux démasquer l'indigne. J'attendrai M. d'Hérouville, je lui parlerai. — Et à quoi cela servira-t-il ? — À rien, me répondit-elle ; vous avez raison. — Demain vous en seriez désolée. Laissez-lui tous ses torts, c'est une vengeance digne de vous. — Mais est-elle digne de lui ? Est-ce que vous ne voyez pas que cet homme-là n'est... Partons, monsieur, partons vite ; car je ne puis répondre ni de ce que je ferais, ni de ce que je dirais.'' Mlle de La Chaux répara en un clin d'œil le désordre que cette scène avait mis dans ses vêtements, s'élança comme un trait hors du cabinet de Gardeil ; je la suivis, et j'entendis la porte qui se fermait sur nous avec violence. Depuis, j'ai appris qu'on avait donné son signalement au portier.

« Je la conduisis chez elle où je trouvai le docteur Le Camus qui nous attendait. La passion qu'il avait prise pour cette jeune fille différait peu de celle qu'elle ressentait pour Gardeil. Je lui fis le récit de notre visite, et tout à travers les signes de sa colère, de sa douleur, de son indignation...

— Il n'était pas trop difficile de démêler sur son visage que votre peu de succès ne lui déplaisait pas trop ?

— Il est vrai.

— Voilà l'homme ; il n'est pas meilleur que cela.

— Cette rupture fut suivie d'une maladie violente, pendant laquelle le bon, l'honnête, le tendre et délicat docteur lui rendit des soins qu'il n'aurait pas eus pour la plus grande dame de France. Il venait trois, quatre fois par jour. Tant qu'il y eut du péril, il coucha dans sa chambre sur un lit de sangle. C'est un bonheur qu'une maladie dans les grands chagrins.

— En nous rapprochant de nous, elle écarte le souvenir des autres, et puis c'est un prétexte pour s'affliger sans indiscrétion et sans contrainte.

— Cette réflexion, juste d'ailleurs, n'était pas applicable à Mlle de La Chaux.

« Pendant sa convalescence, nous arrangeâmes l'emploi de son temps. Elle avait de l'esprit, de l'imagination, du goût, des connaissances plus qu'il n'en fallait pour être admise à l'Académie des inscriptions. Elle nous avait tant et tant entendus métaphysiquer, que les matières les plus abstraites lui étaient devenues familières, et sa première tentative littéraire fut la traduction des premiers ouvrages de Hume. Je la revis, et en vérité elle m'avait laissé bien peu de chose à rectifier. Cette traduction fut imprimée en Hollande et bien accueillie du public.

« Ma *Lettre sur les sourds et muets* parut presque en

même temps ; quelques objections très fines qu'elle me proposa donnèrent lieu à une addition qui lui fut dédiée [1]. Cette addition n'est pas ce que j'ai fait de plus mal.

« La gaieté de Mlle de La Chaux était un peu revenue. Le docteur nous donnait quelquefois à manger, et ces dîners n'étaient pas trop tristes. Depuis l'éloignement de Gardeil, la passion de Le Camus avait fait de merveilleux progrès. Un jour, à table, au dessert, qu'il s'en expliquait avec toute l'honnêteté, toute la sensibilité, toute la naïveté d'un enfant, toute la finesse d'un homme d'esprit, elle lui dit avec une franchise qui me plut infiniment, mais qui déplaira peut-être à d'autres : "Docteur, il est impossible que l'estime que j'ai pour vous s'accroisse jamais. Je suis comblée de vos services, et je serais aussi noire que le monstre de la rue Saint-Hyacinthe, si je n'étais pénétrée de la plus vive reconnaissance. Votre tour d'esprit me plaît on ne saurait davantage ; vous me parlez de votre passion avec tant de délicatesse et de grâce, que je serais, je crois, fâchée que vous ne m'en parlassiez plus. La seule idée de perdre votre société ou d'être privée de votre amitié suffirait pour me rendre malheureuse. Vous êtes un homme de bien s'il en fut jamais. Vous êtes d'une bonté et d'une douceur de caractère incomparables. Je ne crois pas qu'un cœur puisse tomber en de meilleures mains. Je prêche le mien du matin au soir en votre faveur ; mais a beau prêcher qui n'a envie de bien faire. Je n'en avance pas davantage. Cependant vous souffrez, et j'en ressens une peine cruelle. Je ne connais personne qui soit plus digne que vous du bonheur que vous sollicitez, et je ne sais ce que je n'oserais pas pour vous rendre heureux. Tout le possible sans exception. Tenez, docteur, j'irais... oui, j'irais jusqu'à coucher : jusque-là inclusivement. Voulez-vous coucher avec moi ? vous n'avez qu'à dire. Voilà tout ce que je puis faire pour votre service ; mais vous voulez être aimé, et c'est ce que je ne saurais." Le docteur l'écoutait, lui prenait la main, la baisait, la mouillait de ses larmes, et moi, je ne savais si je devais rire ou

---

1. La *Lettre sur les sourds et muets* parut en février 1751. L'addition est présentée comme une « Lettre à Mademoiselle... » où figurent les réponses que fait Diderot aux objections de Mlle de La Chaux.

pleurer. Mlle de La Chaux connaissait bien le docteur, et le lendemain que je lui disais : "Mais, mademoiselle, si le docteur vous eût prise au mot ?" elle me répondit : "J'aurais tenu parole ; mais cela ne pouvait arriver : mes offres n'étaient pas de nature à pouvoir être acceptées par un homme tel que lui. — Pourquoi non ? Il me semble qu'à la place du docteur, j'aurais espéré que le reste viendrait après. — Oui ; mais à la place du docteur, Mlle de La Chaux ne vous aurait pas fait la même proposition."

« La traduction de Hume ne lui avait pas rendu grand argent. Les Hollandais impriment tant qu'on veut pourvu qu'ils ne payent rien.

— Heureusement pour nous ; car avec les entraves qu'on donne à l'esprit, s'ils s'avisent une fois de payer les auteurs, ils attireront chez eux tout le commerce de la librairie[1].

— Nous lui conseillâmes de faire un ouvrage d'agrément auquel il y aurait plus d'honneur et plus de profit. Elle s'en occupa pendant quatre à cinq mois, au bout desquels elle m'apporta un petit roman historique intitulé *Les Trois Favorites*. Il y avait de la légèreté de style, de la finesse et de l'intérêt ; mais sans qu'elle s'en fût doutée, car elle était incapable d'aucune malice, il était parsemé d'une multitude de traits applicables à la maîtresse du souverain, la marquise de Pompadour ; et je ne lui dissimulai pas que, quelque sacrifice qu'elle fît, soit en adoucissant, soit en supprimant ces endroits, il était presque impossible que son ouvrage parût sans la compromettre, et que le chagrin de gâter ce qui était bien ne la garantirait pas d'un autre.

---

1. Les droits d'auteur proportionnels n'existent pas au XVIIIe siècle ; c'est à son extrême fin que, grâce à la polémique de Beaumarchais, une législation va être amorcée. La « copie » est payée forfaitairement par l'éditeur à l'auteur. La Hollande était un lieu idéal pour la publication d'ouvrages interdits en France et qui, ensuite, passaient facilement la frontière. Beaucoup des grands textes philosophiques y furent imprimés. Les éditeurs hollandais pratiquent aussi les contrefaçons. Diderot a écrit une *Lettre sur le Commerce de la librairie* où il dénonce cette concurrence. « Déjà la Suisse, Avignon et les Pays-Bas, qui n'ont point de copie à payer et qui fabriquent à moins de frais que vous, se sont approprié des ouvrages qui n'auraient dû être et qui n'avaient jamais été imprimés qu'ici. »

« Elle sentit toute la justesse de mon observation, et n'en fut que plus affligée. Le bon docteur prévenait tous ses besoins, mais elle usait de sa bienfaisance avec d'autant plus de réserve qu'elle se sentait moins disposée à la sorte de reconnaissance qu'il en pouvait espérer. D'ailleurs, le docteur n'était pas riche alors, et il n'était pas trop fait pour le devenir. De temps en temps elle tirait son manuscrit de son portefeuille, et elle me disait tristement : "Eh bien ! il n'y a donc pas moyen d'en rien faire, et il faut qu'il reste là ?" Je lui donnai un conseil singulier : ce fut d'envoyer l'ouvrage tel qu'il était, sans adoucir, sans changer, à Mme de Pompadour même, avec un bout de lettre qui la mît au fait de cet envoi. Cette idée lui plut. Elle écrivit une lettre charmante de tous points, mais surtout par un ton de vérité auquel il était impossible de se refuser. Deux ou trois mois s'écoulèrent sans qu'elle entendît parler de rien, et elle tenait la tentative pour infructueuse, lorsqu'une croix de Saint-Louis se présenta chez elle avec une réponse de la marquise. L'ouvrage y était loué comme il le méritait ; on remerciait du sacrifice ; on convenait des applications ; on n'en était point offensée, et l'on invitait l'auteur à venir à Versailles où l'on trouverait une femme reconnaissante et disposée à rendre les services qui dépendraient d'elle. L'envoyé, en sortant de chez Mlle de La Chaux, laissa adroitement sur sa cheminée un rouleau de cinquante louis.

« Nous la pressâmes, le docteur et moi, de profiter de la bienveillance de Mme de Pompadour ; mais nous avions affaire à une fille dont la modestie et la timidité égalaient le mérite. Comment se présenter là avec ses haillons ? Le docteur leva tout de suite cette difficulté. Après les habits ce furent d'autres prétextes, et puis d'autres prétextes encore. Le voyage de Versailles fut différé de jour en jour, jusqu'à ce qu'il ne convenait presque plus de le faire. Il y avait déjà longtemps que nous ne lui en parlions pas, lorsque le même émissaire revint avec une seconde lettre remplie des reproches les plus obligeants et une autre gratification équivalente à la première et offerte avec le même ménagement. Cette action généreuse de Mme de Pompadour n'a point été connue. J'en ai parlé à M. Collin, son homme de confiance et le distributeur de

ses grâces secrètes. Il l'ignorait, et j'aime à me persuader
que ce n'est pas la seule que sa tombe recèle [1].

« Ce fut ainsi que Mlle de La Chaux manqua deux fois
l'occasion de se tirer de la détresse.

« Depuis elle transporta sa demeure sur les extrémités
de la ville, et je la perdis tout à fait de vue. Ce que j'ai
su du reste de sa vie, c'est qu'il n'a été qu'un tissu de
chagrins, d'infirmités et de misère. Les portes de sa
famille lui furent opiniâtrement fermées. Elle sollicita
inutilement l'intercession de ces saints personnages qui
l'avaient persécutée avec tant de zèle.

— Cela est dans la règle.

— Le docteur ne l'abandonna point. Elle mourut sur
la paille dans un grenier, tandis que le petit tigre de la rue
Saint-Hyacinthe, le seul amant qu'elle ait eu, exerçait la
médecine à Montpellier ou à Toulouse, et jouissait dans
la plus grande aisance de la réputation méritée d'habile
homme, et de la réputation usurpée d'honnête homme.

— Mais cela est encore à peu près dans la règle. S'il
y a un bon et honnête Tanié, c'est à une Reymer que la
Providence l'envoie. S'il y a une bonne et honnête de La
Chaux, elle deviendra le partage d'un Gardeil, afin que
tout soit fait pour le mieux. »

Mais on me dira peut-être que c'est aller bien vite que
de prononcer définitivement sur le caractère d'un homme
d'après une seule action ; qu'une règle aussi sévère rédui-
rait le nombre des gens de bien au point d'en laisser
moins sur la terre que l'Évangile du chrétien n'admet
d'élus dans le ciel ; qu'on peut être inconstant en amour,
se piquer même de peu de religion avec les femmes, sans
être dépourvu d'honneur et de probité ; qu'on n'est le
maître ni d'arrêter une passion qui s'allume, ni d'en prolonger une qui s'éteint ; qu'il y a déjà assez d'hommes
dans les maisons et les rues qui méritent à juste titre le
nom de coquins, sans inventer des crimes imaginaires qui

---

1. Diderot saisit cette occasion pour faire l'éloge de la marquise de
Pompadour. Protectrice de Voltaire, de Montesquieu, des Encyclopédistes, elle permit à l'entreprise de Diderot de se poursuivre et d'aboutir
malgré les attaques très violentes dont l'*Encyclopédie* avait été l'objet
et l'interdiction qui avait frappé les deux premiers volumes en 1752.

les multiplieraient à l'infini. On me demandera si je n'ai jamais ni trahi, ni trompé, ni délaissé aucune femme sans sujet. Si je voulais répondre à ces questions, ma réponse ne demeurerait pas sans réplique, et ce serait une dispute à ne finir qu'au jugement dernier. Mais mettez la main sur la conscience et dites-moi, vous, monsieur l'apologiste des trompeurs et des infidèles, si vous prendriez le docteur de Toulouse pour votre ami. Vous hésitez ? Tout est dit ; et sur ce, je prie Dieu de tenir en sa sainte garde toute femme à qui il vous prendra fantaisie d'adresser votre hommage.

MADAME DE LA CARLIÈRE

Ce conte a été composé durant l'été 1772. Diderot écrit à Grimm le 23 septembre 1772 : « Je vous porterai les deux contes. » Il s'agit très probablement de Ceci n'est pas un conte *et de* Mme de La Carlière *(voir lettre du 7 octobre 1772 [?]). Diffusé comme « Second Conte » dans la* Correspondance littéraire *en avril 1773 ; publié dans l'édition Naigeon.*

Il existe plusieurs sources manuscrites de ce conte : citons une copie Vandeul ; les copies de la Correspondance littéraire *(Gotha ; B.H.V.P., avec le titre « Second Conte ») ; une copie de Coppet, fautive ; une copie de Leningrad, que suit Laurent Versini. L'édition Naigeon semble reproduire encore une autre copie perdue.*

**

« Rentrons-nous ?

— C'est de bonne heure.

— Voyez-vous ces nuées ?

— Ne craignez rien ; elles disparaîtront d'elles-mêmes, et sans le secours de la moindre haleine de vent [1].

— Vous croyez ?

— J'en ai souvent fait l'observation en été dans les temps chauds. La partie basse de l'atmosphère que la

---

1. On notera ici, comme dans le début du *Neveu de Rameau*, l'importance des notations atmosphériques ; elles permettent de situer le lieu du conte ; mais surtout s'établit une correspondance entre l'inconstance du climat et le caractère changeant des hommes et de leurs opinions.

pluie a dégagée de son humidité, va reprendre une portion de la vapeur épaisse qui forme le voile obscur qui vous dérobe le ciel. La masse de cette vapeur se distribuera à peu près également dans toute la masse de l'air, et par cette exacte distribution ou combinaison, comme il vous plaira de dire, l'atmosphère deviendra transparente et lucide. C'est une opération de nos laboratoires qui s'exécute en grand au-dessus de nos têtes. Dans quelques heures, des points azurés commenceront à percer à travers les nuages raréfiés ; les nuages se raréfieront de plus en plus ; les points azurés se multiplieront et s'étendront ; bientôt vous ne saurez ce que sera devenu le crêpe noir qui vous effrayait, et vous serez surpris et récréé de la limpidité de l'air, de la pureté du ciel et de la beauté du jour.

— Mais cela est vrai, car tandis que vous parliez, je regardais, et le phénomène semblait s'exécuter à vos ordres.

— Ce phénomène n'est qu'une espèce de dissolution de l'eau par l'air.

— Comme la vapeur qui ternit la surface extérieure d'un verre que l'on remplit d'eau glacée, n'est qu'une espèce de précipitation.

— Et ces énormes ballons qui nagent ou restent suspendus dans l'atmosphère ne sont qu'une surabondance d'eau que l'air saturé ne peut dissoudre.

— Ils demeurent là comme des morceaux de sucre au fond d'une tasse de café qui n'en saurait plus prendre.

— Fort bien.

— Et vous me promettez donc à notre retour...

— Une voûte aussi étoilée que vous l'ayez jamais vue.

— Puisque nous continuons notre promenade, pourriez-vous me dire, vous qui connaissez tous ceux qui fréquentent ici, quel est ce personnage sec, long et mélancolique qui s'est assis, qui n'a pas dit un mot, et qu'on a laissé seul dans le salon lorsque le reste de la compagnie s'est dispersé ?

— C'est un homme dont je respecte vraiment la douleur.

— Et vous le nommez ?

— Le chevalier Desroches [1].

— Ce Desroches qui, devenu possesseur d'une fortune immense à la mort d'un père avare, s'est fait un nom par sa dissipation, ses galanteries et la diversité de ses états ?

— Lui-même.

— Ce fou qui a subi toutes sortes de métamorphoses, et qu'on a vu successivement en petit collet, en robe de palais et en uniforme ?

— Oui, ce fou.

— Qu'il est changé !

— Sa vie est un tissu d'événements singuliers. C'est une des plus malheureuses victimes des caprices du sort et des jugements inconsidérés des hommes. Lorsqu'il quitta l'Église pour la magistrature, sa famille jeta les hauts cris ; et tout le sot public, qui ne manque jamais de prendre le parti des pères contre les enfants, se mit à clabauder à l'unisson.

— Ce fut bien un autre vacarme lorsqu'il se retira du tribunal pour entrer au service.

— Cependant que fit-il ? un trait de vigueur dont nous nous glorifierions l'un et l'autre, et qui le qualifia la plus mauvaise tête qu'il y eût ; et puis vous êtes étonné que l'effréné bavardage de ces gens-là m'importune, m'impatiente, me blesse !

— Ma foi, je vous avoue que j'ai jugé Desroches comme tout le monde.

— Et c'est ainsi que de bouche en bouche, échos ridicules les unes des autres, un galant homme est traduit pour un plat homme, un homme d'esprit pour un sot, un homme honnête pour un coquin, un homme de courage pour un insensé, et réciproquement. Non, ces impertinents jaseurs ne valent pas la peine que l'on compte leur approbation, leur improbation pour quelque chose dans la conduite de sa vie. Écoutez, morbleu ! et mourez de honte. Desroches entre conseiller au parlement très jeune ; des circonstances favorables le conduisent rapidement à la grand-chambre ; il est de Tournelle à son tour, et l'un des rapporteurs dans une affaire criminelle.

---

1. On a cherché, sans un véritable succès, quel pouvait être le modèle de Desroches.

D'après ses conclusions, le malfaiteur est condamné au dernier supplice [1]. Le jour de l'exécution, il est d'usage que ceux qui ont décidé la sentence du tribunal se rendent à l'Hôtel de ville afin d'y recevoir les dernières dispositions du malheureux, s'il en a quelques-unes à faire, comme il arriva cette fois-là. C'était en hiver. Desroches et son collègue étaient assis devant le feu lorsqu'on leur annonça l'arrivée du patient. Cet homme que la torture avait disloqué, était étendu et porté sur un matelas. En entrant il se relève, il tourne ses regards vers le ciel, il s'écrie : "Grand Dieu ! tes jugements sont justes." Le voilà sur son matelas aux pieds de Desroches. "Est-ce vous, monsieur, qui m'avez condamné ? lui dit-il en l'apostrophant d'une voix forte. Je suis coupable du crime dont on m'accuse, oui, je le suis, je le confesse ; mais vous n'en savez rien." Puis, reprenant toute la procédure, il démontra clair comme le jour qu'il n'y avait ni solidité dans les preuves, ni justice dans la sentence. Desroches, saisi d'un tremblement universel, se lève, déchire sur lui sa robe magistrale et renonce pour jamais à la périlleuse fonction de prononcer sur la vie des hommes. Et voilà ce qu'ils appellent un fou ! Un homme qui se connaît et qui craint d'avilir l'habit ecclésiastique par de mauvaises mœurs, ou de se trouver un jour souillé du sang de l'innocent.

— C'est qu'on ignore ces choses-là.

— C'est qu'il faut se taire quand on ignore.

— Mais pour se taire, il faut se méfier.

— Et quel inconvénient à se méfier ?

— De refuser de la croyance à vingt personnes qu'on estime, en faveur d'un homme qu'on ne connaît pas.

— Eh ! monsieur, je ne vous demande pas tant de garants, quand il s'agira d'assurer le bien ; mais le mal !... Laissons cela, vous m'écartez de mon récit et me donnez de l'humeur. Cependant il fallait être quelque chose. Il acheta une compagnie.

— C'est-à-dire qu'il laissa le métier de condamner ses

---

1. La torture judiciaire était de règle sous l'Ancien Régime. Elle ne fut abolie que sous Louis XVI. Cet épisode peut avoir été inspiré à Diderot par l'affaire Montbailli (1771).

semblables pour celui de les tuer sans aucune forme de procès.

— Je n'entends pas comment on plaisante en pareil cas.

— Que voulez-vous ? vous êtes triste et je suis gai.

— C'est la suite de son histoire qu'il faut savoir pour apprécier la valeur du caquet public.

— Je la saurais, si vous vouliez.

— Cela sera long.

— Tant mieux.

— Desroches fit la campagne de 1745[1] et se montre bien. Échappé aux dangers de la guerre, à deux cent mille coups de fusil, il vient se faire casser la jambe par un cheval ombrageux, à douze ou quinze lieues d'une maison de campagne où il s'était proposé de passer son quartier d'hiver ; et Dieu sait comment cet accident fut arrangé par nos agréables.

— C'est qu'il y a certains personnages dont on s'est fait une habitude de rire, et qu'on ne plaint de rien.

— Un homme qui a la jambe fracassée, cela est en effet très plaisant ! Eh bien ! messieurs les rieurs impertinents, riez bien, mais sachez qu'il eût peut-être mieux valu pour Desroches d'avoir été emporté d'un boulet de canon ou d'être resté sur le champ de bataille, le ventre crevé d'un coup de baïonnette. Cet accident lui arriva dans un méchant petit village où il n'y avait d'asile supportable que le presbytère ou le château. On le transporta au château qui appartenait à une jeune veuve appelée Mme de La Carlière, la dame du lieu.

— Qui n'a pas entendu parler de Mme de La Carlière ? Qui n'a pas entendu parler de ses complaisances sans bornes pour un vieux mari jaloux, à qui la cupidité de ses parents l'avait sacrifiée à l'âge de quatorze ans ?

— À cet âge où l'on prend le plus sérieux des engagements, parce qu'on mettra du rouge et qu'on aura de belles boucles. Mme de La Carlière fut avec son premier mari de la conduite la plus réservée et la plus honnête.

---

1. Il s'agit de la guerre de Succession d'Autriche. Louis XV conquiert les Pays-Bas au lendemain de la victoire de Maurice de Saxe à Fontenoy (11 mai 1745). On sait que Jacques le fataliste a souffert d'une blessure au genou survenue à la bataille de Fontenoy.

— Je le crois, puisque vous me le dites.

— Elle reçut et traita le chevalier Desroches avec toutes les attentions imaginables. Ses affaires la rappelaient à la ville ; malgré ses affaires et les pluies continuelles d'un vilain automne, qui, en gonflant les eaux de la Marne qui coule dans son voisinage, l'exposait à ne sortir de chez elle qu'en bateau, elle prolongea son séjour à sa terre jusqu'à l'entière guérison de Desroches. Le voilà guéri. Le voilà à côté de Mme de La Carlière dans une même voiture qui les ramène à Paris, et le chevalier lié de reconnaissance et attaché d'un sentiment plus doux à sa jeune, riche et belle hospitalière.

— Il est vrai que c'était une créature céleste ; elle ne parut jamais au spectacle sans faire sensation.

— Et c'est là que vous l'avez vue ?

— Il est vrai.

— Pendant la durée d'une intimité de plusieurs années, l'amoureux chevalier, qui n'était pas indifférent à Mme de La Carlière, lui avait proposé plusieurs fois de l'épouser, mais la mémoire récente des peines qu'elle avait endurées sous la tyrannie d'un premier époux, et plus encore cette réputation de légèreté que le chevalier s'était faite par une multitude d'aventures galantes, effrayaient Mme de La Carlière qui ne croyait pas à la conversion des hommes de ce caractère. Elle était alors en procès avec les héritiers de son mari.

— N'y eut-il pas encore des propos à l'occasion de ce procès-là ?

— Beaucoup et de toutes les couleurs. Je vous laisse à penser si Desroches, qui avait conservé nombre d'amis dans la magistrature, s'endormit sur les intérêts de Mme de La Carlière.

— Et si nous l'en supposions reconnaissante ?

— Il était sans cesse à la porte des juges.

— Le plaisant, c'est que, parfaitement guéri de sa fracture, il ne les visitait jamais sans un brodequin[1] à la

---

1. Botte qui maintient le pied ; un peu l'équivalent de nos « plâtres » modernes. Il y a peut-être aussi un effet d'écho entre cet épisode et le précédent, car le mot brodequin désigne aussi un instrument de torture dont l'usage ne fut tout à fait aboli qu'en 1789.

jambe : il prétendait que ses sollicitations, appuyées de son brodequin, en devenaient plus touchantes ; il est vrai qu'il le plaçait tantôt d'un côté, tantôt d'un autre, et qu'on en faisait quelquefois la remarque.

— Et que pour le distinguer d'un parent de même nom, on l'appela Desroches-le-Brodequin. Cependant à l'aide du bon droit et du brodequin pathétique du chevalier, Mme de La Carlière gagna son procès.

— Et devint Mme Desroches en titre.

— Comme vous y allez ! Vous n'aimez pas les détails communs, et je vous en fais grâce. Ils étaient d'accord, ils touchaient au moment de leur union, lorsque Mme de La Carlière, après un repas d'apparat, au milieu d'un cercle nombreux, composé des deux familles et d'un certain nombre d'amis, prenant un maintien auguste et un ton solennel, s'adressa au chevalier et lui dit : "Monsieur Desroches, écoutez-moi. Aujourd'hui nous sommes libres l'un et l'autre, demain nous ne le serons plus, et je vais devenir maîtresse de votre bonheur ou de votre malheur ; vous, du mien. J'y ai bien réfléchi ; daignez y penser aussi sérieusement. Si vous vous sentez ce même penchant à l'inconstance qui vous a dominé jusqu'à présent, si je ne suffisais pas à toute l'étendue de vos désirs, ne vous engagez pas, je vous en conjure par vous-même et par moi. Songez que moins je me crois faite pour être négligée, plus je ressentirais vivement une injure. J'ai de la vanité et beaucoup. Je ne sais pas haïr, mais personne ne sait mieux mépriser, et je ne reviens point du mépris. Demain, au pied des autels, vous jurerez de m'appartenir et de n'appartenir qu'à moi. Sondez-vous, interrogez votre cœur tandis qu'il en est encore temps ; songez qu'il y va de ma vie. Monsieur, on me blesse aisément, et la blessure de mon âme ne cicatrise point, elle saigne toujours. Je ne me plaindrai point, parce que la plainte, importune d'abord, finit par aigrir le mal, et parce que la pitié est un sentiment qui dégrade celui qui l'inspire. Je renfermerai ma douleur et j'en périrai. Chevalier, je vais vous abandonner ma personne et mon bien, vous résigner mes volontés et mes fantaisies, vous serez tout au monde pour moi, mais il faut que je sois tout au monde pour vous, je ne puis être satisfaite à moins. Je suis, je crois, l'unique pour vous dans ce moment, et vous l'êtes certainement pour moi ; mais il est très possible que nous rencontrions, vous, une femme qui soit plus aimable, moi, quelqu'un qui me le paraisse. Si la supériorité de mérite, réelle ou présumée, justifiait l'inconstance, il n'y aurait plus de mœurs. J'ai des mœurs, je veux en avoir, je veux que vous en ayez. C'est par tous les sacrifices imaginables que je prétends vous acquérir et vous acquérir sans réserve. Voilà mes droits, voilà mes titres et je n'en rabattrai jamais rien. Je ferai tout pour que vous ne soyez pas seulement un inconstant, mais pour qu'au jugement des hommes sensés, au jugement de votre propre conscience, vous soyez le dernier des ingrats. J'accepte le même reproche si je ne réponds pas à vos soins, à vos égards, à votre tendresse, au-delà de vos espérances. J'ai appris ce dont j'étais capable à côté d'un époux qui ne rendait les devoirs d'une femme ni faciles ni agréables. Voyez ce que vous avez à craindre de vous. Parlez-moi, chevalier, parlez-moi nettement ; ou je deviendrai votre épouse, ou je resterai votre amie ; l'alternative n'est pas cruelle. Mon ami, mon tendre ami, je vous en conjure, ne m'exposez pas à détester, à fuir le père de mes enfants, et peut-être, dans un excès de désespoir, à repousser leurs innocentes caresses : que je puisse, toute ma vie, avec un nouveau transport, vous retrouver en eux et me réjouir d'avoir été leur mère. Donnez-moi la plus grande marque de confiance qu'une femme honnête ait sollicitée d'un galant homme ; refusez-moi, refusez-moi, si vous croyez que je me mette à un trop haut prix. Loin d'en être offensée, je jetterai mes bras autour de votre cou, et l'amour de celles que vous avez captivées, et les fadeurs que vous leur avez débitées, ne vous auront jamais valu un baiser aussi sincère, aussi doux que celui que vous aurez obtenu de votre franchise et de ma reconnaissance."

— Je crois avoir entendu dans le temps une parodie bien comique de ce discours[1].

---

1. Contrepoint comique qui permet à Diderot de garder du recul par rapport au pathos de la scène que l'on va lire, ce qui n'implique pas pour autant qu'il soit insensible au cas de cette femme belle et passionnée. M. Lewinter commente ainsi ce texte : « L'anecdote oppose l'être naturel, sage, le "bon" Desroches, à l'être artificiel, aliéné de Mme de La Carlière, être "méchant", qui se détruit soi-même, sujet et objet du malheur » (*O.C.*, t. X, p. 143). C'est peut-être simplifier un peu la

— Et par quelque bonne amie de Mme de La Carlière ?

— Ma foi, je me la rappelle, vous avez deviné.

— Et cela ne suffirait pas à rencogner un homme au fond d'une forêt, loin de toute cette décente canaille pour laquelle il n'y a rien de sacré ? J'irai, cela finira par là, rien n'est plus sûr, j'irai. L'assemblée qui avait commencé par sourire, finit par verser des larmes. Desroches se précipita aux genoux de Mme de La Carlière, se répandit en protestations honnêtes et tendres, n'omit rien de ce qui pouvait aggraver ou excuser sa conduite passée, compara Mme de La Carlière aux femmes qu'il avait connues et délaissées, tira de ce parallèle juste et flatteur des motifs de la rassurer, de se rassurer lui-même contre un penchant à la mode, une effervescence de jeunesse, le vice des mœurs générales plutôt que le sien ; ne dit rien qu'il ne pensât et qu'il ne se promît de faire. Mme de La Carlière le regardait, l'écoutait, cherchait à le pénétrer dans ses discours, dans ses mouvements, et interprétait tout à son avantage.

— Pourquoi non, s'il était vrai ?

— Elle lui avait abandonné une de ses mains qu'il baisait, qu'il pressait contre son cœur, qu'il baisait encore et qu'il mouillait de larmes. Tout le monde partageait leur tendresse ; toutes les femmes sentaient comme Mme de La Carlière, tous les hommes comme le chevalier.

— C'est l'effet de ce qui est honnête, de ne laisser à une grande assemblée qu'une pensée et qu'une âme. Comme on s'estime, comme on s'aime dans ces moments ! Par exemple, que l'humanité est belle au spectacle ! Pourquoi faut-il qu'on se sépare si vite ! Les hommes sont si bons et si heureux lorsque l'honnête réunit leurs suffrages, les confond, les rend uns !

---

position de Diderot. Si, intellectuellement, son adhésion va vers Desroches, être raisonnable qui, après avoir refusé les codes civil et religieux, suit les lois du code de la nature, Mme de La Carlière n'est cependant pas un être purement négatif. Son action n'est pas dictée par la seule obéissance à un code religieux, antinaturel, mais aussi par la passion amoureuse qui fait bien aussi partie de la « Nature ».

— Nous jouissions de ce bonheur qui nous assimilait[1], lorsque Mme de La Carlière, transportée d'un mouvement d'âme exaltée, se leva et dit à Desroches : "Chevalier, je ne vous crois pas encore, mais tout à l'heure je vous croirai."

— La petite comtesse jouait sublimement cet enthousiasme de sa belle cousine.

— Elle est bien plus faite pour le jouer que pour le sentir. "Les serments prononcés au pied des autels..." Vous riez ?

— Ma foi, je vous en demande pardon, mais je vois encore la petite comtesse hissée sur la pointe de ses pieds ; et j'entends son ton emphatique.

— Allez, vous êtes un scélérat, un corrompu comme tous ces gens-là, et je me tais.

— Je vous promets de ne plus rire.

— Prenez-y garde.

— Eh bien, les serments prononcés au pied des autels...

— "Ont été suivis de tant de parjures, que je ne fais aucun compte de la promesse solennelle de demain. La présence de Dieu est moins redoutable pour nous que le jugement de nos semblables. Monsieur Desroches, approchez, voilà ma main ; donnez-moi la vôtre, et jurez-moi une fidélité, une tendresse éternelles. Attestez-en les hommes qui nous entourent : permettez que, s'il arrive que vous me donniez quelques sujets légitimes de me plaindre, je vous dénonce à ce tribunal et vous livre à son indignation ; consentez qu'ils se rassemblent à ma voix et qu'ils vous appellent traître, ingrat, perfide, homme faux, homme méchant. Ce sont mes amis et les vôtres : consentez qu'au moment où je vous perdrais, il ne vous en reste aucun. Vous, mes amis, jurez-moi de le laisser seul." À l'instant le salon retentit de cris mêlés : "Je promets", "je permets", "je consens", "nous le jurons". Et au milieu de ce tumulte délicieux, le chevalier, qui avait jeté ses bras autour de Mme de La Carlière, la baisait sur le front, sur les yeux, sur les joues. "Mais, chevalier !"

---

1. Ce bonheur qui nous rapprochait ; l'émotion commune crée une communauté des spectateurs.

— "Mais, madame, la cérémonie est faite, je suis votre époux, vous êtes ma femme."

— "Au fond des bois, assurément ; ici il manque une petite formalité d'usage. En attendant mieux, tenez, voilà mon portrait, faites-en ce qu'il vous plaira. N'avez-vous pas ordonné le vôtre ? Si vous l'avez, donnez-le-moi."

« Desroches présenta son portrait à Mme de La Carlière, qui le mit à son bras, et qui se fit appeler le reste de la journée Mme Desroches.

— Je suis bien pressé de savoir ce que cela deviendra.

— Un moment de patience ; je vous ai promis d'être long, et il faut que je vous tienne parole. Mais... il est vrai : c'était dans le temps de votre grande tournée, et vous étiez alors absent du royaume.

« Deux ans, deux ans entiers, Desroches et sa femme furent les époux les plus unis, les plus heureux. On crut Desroches vraiment corrigé, et il l'était en effet. Ses amis de libertinage, qui avaient entendu parler de la scène précédente et qui en avaient plaisanté, disaient que c'était réellement le prêtre qui portait malheur, et que Mme de La Carlière avait découvert, au bout de deux mille ans, le secret d'esquiver la malédiction du sacrement. Desroches eut un enfant de Mme de La Carlière que j'appellerai Mme Desroches jusqu'à ce qu'il me convienne d'en user autrement. Elle voulut absolument le nourrir [1]. Ce fut un long et périlleux intervalle pour un jeune homme d'un tempérament ardent et peu fait à cette espèce de régime. Tandis que Mme Desroches était à ses fonctions...

— Son mari se répandait dans la société, et il eut le malheur de rencontrer un jour sur son chemin une de ces

---

1. Le nourrissage maternel a été mis à la mode par Rousseau et par l'*Émile* (1762). Cependant la pratique est encore loin d'en être généralisée ; selon les chiffres du lieutenant de police Lenoir, à Paris, en 1780, sur 21000 naissances, il n'y a guère que 1000 enfants qui soient nourris par leur mère. La décision de Mme de La Carlière constitue donc une singularité, quoique la mode se soit plus répandue dans les classes privilégiées que dans les couches bourgeoises de la population. Ici encore un signe de la complexité de ce texte : en nourrissant son enfant, Mme de La Carlière ne se conforme-t-elle pas au code de la nature ? Mais en s'écartant d'elle alors, Desroches obéit précisément au même code.

femmes séduisantes, artificieuses, secrètement irritées de voir ailleurs une concorde qu'elles ont exclue de chez elles, et dont il semble que l'étude et la consolation soient de plonger les autres dans la misère qu'elles éprouvent.

— C'est votre histoire, mais ce n'est pas la sienne. Desroches, qui se connaissait, qui connaissait sa femme, qui la respectait, qui la redoutait...

— C'est presque la même chose.

— Passait ses journées à côté d'elle ; son enfant, dont il était fou, était presque aussi souvent entre ses bras qu'entre ceux de la mère dont il s'occupait avec quelques amis communs, à soulager la tâche honnête, mais pénible, par la variété des amusements domestiques.

— Cela est fort beau.

— Certainement. Un de ces amis s'était engagé dans les opérations du gouvernement. Le ministère lui redevait une somme considérable qui faisait presque toute sa fortune et dont il sollicitait inutilement la rentrée. Il s'en ouvrit à Desroches. Celui-ci se rappela qu'il avait été autrefois fort bien avec une femme assez puissante par ses liaisons pour finir cette affaire. Il se tut, mais dès le lendemain il vit cette femme et lui parla. On fut enchantée de retrouver et de servir un galant homme qu'on avait tendrement aimé et sacrifié à des vues ambitieuses. Cette première entrevue fut suivie de plusieurs autres. Cette femme était charmante ; elle avait des torts, et la manière dont elle s'en expliquait n'était point équivoque. Desroches fut quelque temps incertain de ce qu'il ferait.

— Ma foi, je ne sais pas pourquoi.

— Mais, moitié goût, désœuvrement ou faiblesse, moitié crainte qu'un misérable scrupule...

— Sur un amusement assez indifférent à sa femme...

— Ne ralentît la vivacité de la protectrice de son ami, et n'arrêtât le succès de sa négociation, il oublia un moment Mme Desroches et s'engagea dans une intrigue que sa complice avait le plus grand intérêt de tenir secrète, et dans une correspondance nécessaire et suivie. On se voyait peu, mais on s'écrivait souvent. J'ai dit cent fois aux amants : "N'écrivez point, les lettres vous perdront : tôt ou tard le hasard en détournera une de son adresse." Le hasard combine tous les cas possibles, et il ne lui faut que du temps pour amener la chance fatale.

— Aucuns ne vous ont cru ?

— Et tous se sont perdus, et Desroches comme cent mille qui l'ont précédé et cent mille qui le suivront. Celui-ci gardait les siennes dans un de ces petits coffrets cerclés en dessus et par les côtés de lames d'acier. À la ville, à la campagne, le coffret était sous la clef d'un secrétaire ; en voyage, il était déposé dans une des malles de Desroches ou sur le devant de la voiture ; cette fois-ci il était sur le devant. Ils partent, ils arrivent. En mettant pied à terre, Desroches donne à un domestique le coffret à porter dans son appartement où l'on n'arrivait qu'en traversant celui de sa femme. Là, l'anneau casse, le coffret tombe, le dessus se sépare du reste, et voilà une multitude de lettres éparses aux pieds de Mme Desroches. Elle en ramasse quelques-unes et se convainc de la perfidie de son époux. Elle ne se rappela jamais cet instant sans frisson. Elle me disait qu'une sueur froide s'était échappée de toutes les parties de son corps, et qu'il lui avait semblé qu'une griffe de fer lui serrait le cœur et tiraillait ses entrailles. Que va-t-elle devenir ? Que fera-t-elle ? Elle se recueillit ; elle rappela ce qui lui restait de raison et de force : entre ces lettres, elle fit choix de quelques-unes des plus significatives ; elle rajusta le fond du coffret, et ordonna au domestique de le placer dans l'appartement de son maître sans parler de ce qui venait d'arriver, sous peine d'être chassé sur-le-champ. Elle avait promis à Desroches qu'il n'entendrait jamais une plainte de sa bouche, elle tint parole. Cependant la tristesse s'empara d'elle : elle pleurait quelquefois ; elle voulait être seule chez elle ou à la promenade ; elle se faisait servir dans son appartement ; elle gardait un silence continu ; il ne lui échappait que quelques soupirs involontaires. L'affligé mais tranquille Desroches traitait cet état de vapeurs [1], quoique les

---

1. Les vapeurs, maladie essentiellement féminine et mal définie, font l'objet de nombreux traités médicaux, et l'*Encyclopédie* leur donne une place importante. Elles proviendraient d'humeurs subtiles qui s'élèveraient des parties basses du corps, en particulier de la matrice, jusqu'au cerveau. Le mot recouvre diverses affections nerveuses, alors mal identifiées : hystérie, hypocondrie, etc. Elles provenaient souvent

femmes qui nourrissent n'y soient pas sujettes. En très
peu de temps la santé de sa femme s'affaiblit au point
qu'il fallut quitter la campagne et s'en revenir à la ville.
Elle obtint de son mari de faire la route dans une voiture
séparée. De retour ici, elle mit dans ses procédés tant de
réserve et d'adresse, que Desroches qui ne s'était point
aperçu de la soustraction des lettres, ne vit dans les légers
dédains de sa femme, son indifférence, ses soupirs
échappés, ses larmes retenues, son goût pour la solitude,
que les symptômes accoutumés de l'indisposition qu'il
lui croyait. Quelquefois il lui conseillait d'interrompre la
nourriture de son enfant ; c'était précisément le seul
moyen d'éloigner tant qu'il lui plairait un éclaircissement
entre elle et son mari. Desroches continuait donc de vivre
à côté de sa femme dans la plus entière sécurité sur le
mystère de sa conduite, lorsqu'un matin elle lui apparut
grande, noble, digne, vêtue du même habit et parée des
mêmes ajustements qu'elle avait portés dans la cérémonie
domestique de la veille de son mariage. Ce qu'elle avait
perdu de fraîcheur et d'embonpoint, ce que la peine
secrète dont elle était consumée lui avait ôté de charmes,
était réparé avec avantage par la noblesse de son maintien. Desroches écrivait à son amie lorsque sa femme
entra. Le trouble les saisit l'un et l'autre, mais tous les
deux également habiles et intéressés à dissimuler, ce
trouble ne fit que passer. "Oh ma femme ! s'écria Desroches en la voyant et en chiffonnant, comme de distraction, le papier qu'il avait écrit, que vous êtes belle ! Quels
sont donc vos projets du jour ? — Mon projet, monsieur,
est de rassembler les deux familles. Nos amis, nos parents
sont invités, et je compte sur vous. — Certainement. À
quelle heure me désirez-vous ? — À quelle heure je vous
désire ? mais... à l'heure accoutumée. — Vous avez un
éventail et des gants, est-ce que vous sortez ? — Si vous
le permettez. — Et pourrait-on savoir où vous allez ?

---

de l'ennui ; et l'on se rappelle la vigoureuse protestation de Suzanne
dans *Le Mariage de Figaro* : « Est-ce que les femmes de mon état ont
des vapeurs, donc ? c'est un mal de condition que l'on ne prend que
dans les boudoirs » (III, 9).

— Chez ma mère. — Je vous prie de lui présenter mon respect. — Votre respect ! — Assurément."

« Mme Desroches ne rentra qu'à l'heure de se mettre à table. Les convives étaient arrivés, on l'attendait. Aussitôt qu'elle parut, ce fut la même exclamation que celle de son mari ; les hommes, les femmes l'entourèrent en disant tous à la fois : "Mais voyez donc qu'elle est belle !" Les femmes rajustaient quelque chose qui s'était dérangé à sa coiffure, les hommes placés à distance et immobiles d'admiration, répétaient entre eux : "Non, Dieu ni la nature n'ont rien fait, n'ont rien pu faire de plus imposant, de plus grand, de plus beau, de plus noble, de plus parfait. — Mais, ma femme, lui disait Desroches, vous ne me paraissez pas sensible à l'impression que vous faites sur nous. De grâce, ne souriez pas, un souris, accompagné de tant de charmes, nous ravirait à tous le sens commun." Mme Desroches répondit d'un léger mouvement d'indignation, détourna la tête et porta son mouchoir à ses yeux qui commençaient à s'humecter. Les femmes, qui remarquent tout, se demandaient tout bas : "Qu'a-t-elle donc ? On dirait qu'elle ait envie de pleurer." Desroches, qui les devinait, portait la main à son front et leur faisait signe que la tête de madame était un peu dérangée.

— En effet on m'écrivit au loin qu'il se répandait un bruit sourd que la belle Mme Desroches, ci-devant la belle Mme de La Carlière, était devenue folle.

— On servit. La gaieté se montrait sur tous les visages, excepté sur celui de Mme de La Carlière. Desroches la plaisanta légèrement sur son air de dignité. Il ne faisait pas assez de cas de sa raison ni de celle de ses amis pour craindre le danger d'un de ses souris : "Ma femme, si tu voulais sourire..." Mme de La Carlière affecta de ne pas entendre et garda son air grave. Les femmes dirent que toutes les physionomies lui allaient si bien qu'on pouvait lui en laisser le choix. Le repas est achevé ; on rentre dans le salon. Le cercle est formé. Mme de La Carlière...

— Vous voulez dire Mme Desroches ?

— Non, il ne me plaît plus de l'appeler ainsi. Mme de La Carlière sonne ; elle fait signe, on lui apporte son enfant. Elle le reçoit en tremblant, elle découvre son sein, lui donne à téter et le rend à la gouvernante, après l'avoir regardé tristement et mouillé d'une larme qui tomba sur le visage de l'enfant. Elle dit en essuyant cette larme : "Ce ne sera pas la dernière." Mais ces mots furent prononcés si bas qu'on les entendit à peine. Ce spectacle attendrit tous les assistants et établit dans le salon un silence profond. Ce fut alors que Mme de La Carlière se leva et, s'adressant à la compagnie, dit ce qui suit ou l'équivalent : "Mes parents, mes amis, vous y étiez tous le jour que j'engageai ma foi à M. Desroches et qu'il m'engagea la sienne. Les conditions auxquelles je reçus sa main et lui donnai la mienne, vous vous les rappelez sans doute. Monsieur Desroches, parlez. Ai-je été fidèle à mes promesses ? — Jusqu'au scrupule. — Et vous, monsieur, vous m'avez trompée, vous m'avez trahie. — Moi, madame ! — Vous, monsieur. — Qui sont les malheureux, les indignes... — Il n'y a de malheureux ici que moi, et d'indigne que vous. — Madame... ma femme... — Je ne la suis plus... — Madame... — Monsieur, n'ajoutez pas le mensonge et l'arrogance à la perfidie. Plus vous vous défendrez, plus vous serez confus. Épargnez-vous vous-même."

« En achevant ces mots, elle tira les lettres de sa poche, en présenta de côté quelques-unes à Desroches et distribua les autres aux assistants. On les prit, mais on ne les lisait pas. "Messieurs, mesdames, disait Mme de La Carlière, lisez et jugez-nous. Vous ne sortirez point d'ici sans avoir prononcé." Puis s'adressant à Desroches : "Vous, monsieur, vous devez connaître l'écriture." On hésita encore, mais, sur les instances réitérées de Mme de La Carlière, on lut. Cependant Desroches, tremblant, immobile, s'était appuyé la tête contre une glace, le dos tourné à la compagnie qu'il n'osait regarder. Un de ses amis en eut pitié, le prit par la main et l'entraîna hors du salon.

— Dans les détails qu'on me fit de cette scène, on me disait qu'il avait été bien plat et sa femme honnêtement ridicule.

— L'absence de Desroches mit à l'aise : on convint de sa faute ; on approuva le ressentiment de Mme de La Carlière, pourvu qu'elle ne le poussât pas trop loin ; on s'attroupa autour d'elle, on la pressa, on la supplia, on la conjura ; l'ami qui avait entraîné Desroches entrait et sortait, l'instruisant de ce qui se passait. Mme de La Carlière resta ferme dans une résolution dont elle ne s'était point encore expliquée. Elle ne répondait que le même mot à tout ce qu'on lui représentait ; elle disait aux femmes : "Mesdames, je ne blâme point votre indulgence", aux hommes : "Messieurs, cela ne se peut ; la confiance est perdue et il n'y a point de ressource." On ramena le mari ; il était plus mort que vif, il tomba plutôt qu'il ne se jeta aux pieds de sa femme, il y restait sans parler. Mme de La Carlière lui dit : "Monsieur, relevez-vous." Il se releva et elle ajouta : "Vous êtes un mauvais époux ; êtes-vous, n'êtes-vous pas un galant homme, c'est ce que je vais savoir. Je ne puis ni vous aimer ni vous estimer, c'est vous déclarer que nous ne sommes pas faits pour vivre ensemble. Je vous abandonne ma fortune, je n'en réclame qu'une partie suffisante pour ma subsistance étroite et celle de mon enfant. Ma mère est prévenue, j'ai un logement préparé chez elle, et vous permettrez que je l'aille occuper sur-le-champ. La seule grâce que je demande et que je suis en droit d'obtenir, c'est de m'épargner un éclat qui ne changerait pas mes desseins, et dont le seul effet serait d'accélérer la cruelle sentence que vous avez prononcée contre moi. Souffrez que j'emporte mon enfant, et que j'attende à côté de ma mère qu'elle me ferme les yeux ou que je ferme les siens. Si vous avez de la peine, soyez sûr que ma douleur et le grand âge de ma mère la finiront bientôt."

« Cependant les pleurs coulaient de tous les yeux [1] ; les femmes lui tenaient les mains, les hommes s'étaient prosternés. Mais ce fut lorsque Mme de La Carlière s'avança vers la porte, tenant son enfant entre ses bras, qu'on entendit des sanglots et des cris. Le mari criait : "Ma femme ! ma femme ! écoutez-moi ; vous ne savez pas." Les hommes criaient, les femmes criaient : "Madame Desroches ! madame !" Le mari criait : "Mes amis, la laisserez-vous aller ? Arrêtez-la, arrêtez-la donc !

---

1. On pleure facilement en public au xviiie siècle, ainsi qu'au théâtre. On remarquera le caractère très théâtral de ces scènes qui évoquent immanquablement aussi la mise en scène pathétique des tableaux de Greuze que Diderot appréciait.

Qu'elle m'entende, que je lui parle." Comme on le pressait de se jeter au-devant d'elle : "Non, disait-il, je ne saurais, je n'oserais ; moi, porter une main sur elle ! la toucher ! je n'en suis pas digne."

« Mme de La Carlière partit. J'étais chez sa mère lorsqu'elle y arriva, brisée des efforts qu'elle s'était faits. Trois de ses domestiques l'avaient descendue de sa voiture et la portaient par la tête et par les pieds ; suivait la gouvernante, pâle comme la mort, avec l'enfant endormi sur son sein. On déposa cette malheureuse femme sur un lit de repos, où elle resta longtemps sans mouvement, sous les yeux de sa vieille et respectable mère, qui ouvrait la bouche sans crier, qui s'agitait autour d'elle, qui voulait secourir sa fille et qui ne le pouvait. Enfin la connaissance lui revint, et ses premiers mots, en levant les paupières, furent : "Je ne suis donc pas morte ? C'est une chose bien douce que d'être morte. Ma mère, mettez-vous là, à côté de moi, et mourons toutes deux. Mais, si nous mourons, qui aura soin de ce pauvre enfant ?" Alors elle prit les deux mains sèches et tremblantes de sa mère dans une des siennes, elle posa l'autre sur son enfant ; elle se mit à répandre un torrent de larmes : elle sanglotait, elle voulait se plaindre, mais sa plainte et ses sanglots étaient interrompus d'un hoquet violent. Lorsqu'elle put articuler quelques paroles, elle dit : "Serait-il possible qu'il souffrît autant que moi !"

« Cependant on s'occupait à consoler Desroches et à lui persuader que le ressentiment d'une faute aussi légère que la sienne ne pourrait durer, mais qu'il fallait accorder quelques instants à l'orgueil d'une femme fière, sensible et blessée, et que la solennité d'une cérémonie extraordinaire engageait presque d'honneur à une démarche violente. "C'est un peu notre faute, disaient les hommes. — Vraiment oui, disaient les femmes ; si nous eussions vu sa sublime mômerie du même œil que le public et la comtesse, rien de ce qui nous désole à présent ne serait arrivé. — C'est que les choses d'un certain appareil nous en imposent, et que nous nous laissons aller à une sotte admiration lorsqu'il n'y aurait qu'à hausser les épaules et rire. — Vous verrez, vous verrez le beau train que cette dernière scène va faire, et comme on nous tympanisera tous."

— Entre nous, cela prêtait.

— De ce jour, Mme de La Carlière reprit son nom de veuve et ne souffrit jamais qu'on l'appelât Mme Desroches. Sa porte, longtemps fermée à tout le monde, le fut pour toujours à son mari. Il écrivit, on brûla ses lettres sans les ouvrir. Mme de La Carlière déclara à ses parents et à ses amis qu'elle cesserait de voir le premier qui intercéderait pour lui. Les prêtres s'en mêlèrent sans fruit ; pour les grands, elle rejeta leur médiation avec tant de hauteur et de fermeté qu'elle en fut bientôt délivrée.

— Ils dirent sans doute que c'était une impertinente, une prude renforcée.

— Et les autres le répétèrent tous d'après eux. Cependant elle était absorbée dans la mélancolie ; sa santé s'était détruite avec une rapidité inconcevable. Tant de personnes étaient confidentes de cette séparation inattendue et du motif singulier qui l'avait amenée, que ce fut bientôt l'entretien général. C'est ici que je vous prie de détourner vos yeux, s'il se peut, de Mme de La Carlière pour les fixer sur le public, sur cette foule imbécile qui nous juge, qui dispose de notre honneur, qui nous porte aux nues ou qui nous traîne dans la fange, et qu'on respecte d'autant plus qu'on a moins d'énergie et de vertu. Esclaves du public, vous pourrez être les fils adoptifs du tyran ; mais vous ne verrez jamais le quatrième jour des Ides [1]. Il n'y avait qu'un avis sur la conduite de Mme de La Carlière : "C'était une folle à enfermer. — Le bel exemple à donner et à suivre ! — C'est à séparer les trois quarts des maris de leurs femmes. — Les trois quarts, dites-vous ? Est-ce qu'il y en a deux sur cent qui soient fidèles à la rigueur ? — Mme de La Carlière est très aimable, sans contredit ; elle avait fait ses conditions, d'accord ; c'est la beauté, la vertu, l'honnêteté même ; ajoutez que le chevalier lui doit tout ; mais aussi vouloir,

---

1. Jacques Proust, s'appuyant sur un texte de Tacite (*Histoires*, I, 14-48), a pu expliquer cette allusion. Pison avait été adopté par Galba et devait lui succéder ; mais Galba fut massacré par la foule, et Pison aussi aux ides de février 69.

dans tout un royaume, être l'unique à qui son mari s'en tienne strictement, la prétention est par trop ridicule." Et puis l'on continuait : "Si le Desroches en est si féru, que ne s'adresse-t-il aux lois et que ne met-il cette femme à la raison ?" Jugez de ce qu'ils auraient dit, si Desroches ou son ami avait pu s'expliquer ; mais tout les réduisait au silence. Ces derniers propos furent très inutilement rebattus aux oreilles du chevalier ; il eût tout mis en œuvre pour recouvrer sa femme, excepté la violence. Cependant Mme de La Carlière était une femme vénérée ; et du centre de ces voix qui la blâmaient, il s'en élevait quelques-unes qui hasardaient un mot de défense, mais un mot bien timide, bien faible, bien réservé, moins de conviction que d'honnêteté.

— Dans les circonstances les plus équivoques, le parti de l'honnêteté se grossit sans cesse de transfuges.

— C'est bien vu.

— Le malheur qui dure réconcilie avec tous les hommes, et la perte des charmes d'une belle femme la réconcilie avec toutes les autres.

— Encore mieux. En effet, lorsque la belle Mme de La Carlière ne présenta plus que son squelette, le propos de la commisération se mêla à celui du blâme : "S'éteindre à la fleur de son âge, passer ainsi, et cela par la trahison d'un homme qu'elle avait bien averti, qui devait la connaître, et qui n'avait qu'un seul moyen d'acquitter tout ce qu'elle avait fait pour lui : car, entre nous, lorsque ce Desroches l'épousa, c'était un cadet de Bretagne qui n'avait que la cape et l'épée. — La pauvre Mme de La Carlière ! cela est pourtant bien triste. — Mais aussi, pourquoi ne pas retourner avec lui ? — Ah ! pourquoi ? C'est que chacun a son caractère, et qu'il serait peut-être à souhaiter que celui-là fût plus commun ; nos seigneurs et maîtres y regarderaient à deux fois."

« Tandis qu'on s'amusait ainsi pour et contre, en faisant du filet ou en brodant une veste, et que la balance penchait insensiblement en faveur de Mme de La Carlière, Desroches était tombé dans un état déplorable d'esprit et de corps, mais on ne le voyait pas ; il s'était retiré à la campagne où il attendait dans la douleur et dans l'ennui, un sentiment de pitié qu'il avait inutilement sollicité par toutes les voies de la soumission. De son côté, réduite au dernier degré d'appauvrissement et de faiblesse, Mme de La Carlière fut obligée de remettre à une merce- naire la nourriture de son enfant. L'accident qu'elle redoutait d'un changement de lait arriva ; de jour en jour l'enfant dépérit et mourut. Ce fut alors qu'on dit : "Savez- vous ? cette pauvre Mme de La Carlière a perdu son enfant. — Elle doit en être inconsolable. — Qu'appelez- vous inconsolable ? C'est un chagrin qui ne se conçoit pas. Je l'ai vue, cela fait pitié ! on n'y tient pas. — Et Desroches ? — Ne me parlez pas des hommes, ce sont des tigres. Si cette femme lui était un peu chère, est-ce qu'il serait à sa campagne ? est-ce qu'il n'aurait pas accouru ? est-ce qu'il ne l'obséderait pas dans les rues, dans les églises, à sa porte ? C'est qu'on se fait ouvrir une porte quand on le veut bien ; c'est qu'on y reste, qu'on y couche, qu'on y meurt." C'est que Desroches n'avait omis aucune de ces choses, et qu'on l'ignorait ; car le point important n'est pas de savoir, mais de parler. On parlait donc. "L'enfant est mort. Qui sait si ce n'aurait pas été un monstre comme son père ? — La mère se meurt. — Et le mari, que fait-il pendant ce temps-là ? — Belle question ! Le jour, il court la forêt à la suite de ses chiens, et il passe la nuit à crapuler avec des espèces comme lui. — Fort bien."

« Autre événement : Desroches avait obtenu les hon- neurs de son état. Lorsqu'il épousa, Mme de La Carlière avait exigé qu'il quittât le service et qu'il cédât son régi- ment à son frère cadet.

— Est-ce que Desroches avait un cadet ?

— Non, mais bien Mme de La Carlière.

— Eh bien ?

— Eh bien ! le jeune homme est tué à la première bataille, et voilà qu'on s'écrie de tous côtés : "Le malheur est entré dans cette maison avec ce Desroches." À les entendre, on eût cru que le coup dont le jeune officier avait été tué, était parti de la main de Desroches. C'était un déchaînement, un déraisonnement aussi général qu'in- concevable. À mesure que les peines de Mme de La Car- lière se succédaient, le caractère de Desroches se noircissait, sa trahison s'exagérait, et, sans en être ni plus ni moins coupable, il en devenait de jour en jour plus odieux. Vous croyez que c'est tout ? Non, non. La mère de Mme de La Carlière avait ses soixante et seize ans passés. Je conçois que la mort de son petit-fils et le spectacle assidu de la douleur de sa fille suffisaient pour abréger ses jours ; mais elle était décrépite, mais elle était infirme. N'importe : on oublia sa vieillesse et ses infirmités, et Desroches fut encore responsable de sa mort. Pour le coup, on trancha le mot ; et ce fut un misérable, dont Mme de La Carlière ne pouvait se rapprocher sans fouler aux pieds toute pudeur ; le meurtrier de sa mère, de son frère, de son fils !

— Mais d'après cette belle logique, si Mme de la Carlière fût morte, surtout après une maladie longue et douloureuse qui eût permis à l'injustice et à la haine publiques de faire tous leurs progrès, ils auraient dû le regarder comme l'exécrable assassin de toute une famille.

— C'est ce qui arriva et ce qu'ils firent.

— Bon !

— Si vous ne m'en croyez pas, adressez-vous à quelques-uns de ceux qui sont ici, et vous verrez comment ils s'en expliqueront. S'il est resté seul dans le salon, c'est qu'au moment où il s'est présenté, chacun lui a tourné le dos.

— Pourquoi donc ? On sait qu'un homme est un coquin, mais cela n'empêche pas qu'on ne l'accueille.

— L'affaire est un peu récente, et tous ces gens-là sont les parents ou les amis de la défunte. Mme de La Carlière mourut la seconde fête de la Pentecôte dernière, et savez-vous où ? À Saint-Eustache, à la messe de la paroisse, au milieu d'un peuple nombreux.

— Mais quelle folie ! On meurt dans son lit. Qui est-ce qui s'est jamais avisé de mourir à l'église ? Cette femme avait projeté d'être bizarre jusqu'au bout.

— Oui, bizarre, c'est le mot. Elle se trouvait un peu mieux ; elle s'était confessée la veille ; elle se croyait assez de force pour aller recevoir le sacrement à l'église, au lieu de l'appeler chez elle. On la porte dans une chaise. Elle entend l'office, sans se plaindre et sans paraître souffrir. Le moment de la communion arrive ; ses femmes lui donnent le bras et la conduisent à la sainte table ; le prêtre la communie, elle s'incline comme pour se recueillir et elle expire.

— Elle expire !

— Oui, elle expire bizarrement, comme vous l'avez dit.

— Et Dieu sait le tumulte !

— Laissons cela, on le conçoit de reste, et venons à la suite.

— C'est que cette femme en devint cent fois plus intéressante et son mari cent fois plus abominable.

— Cela va sans dire.

— Et ce n'est pas tout ?

— Non. Le hasard voulut que Desroches se trouvât sur le passage de Mme de La Carlière lorsqu'on la transférait morte de l'église dans sa maison.

— Tout semble conspirer contre ce pauvre diable.

— Il approche, il reconnaît sa femme, il pousse des cris. On demande qui est cet homme. Du milieu de la foule il s'élève une voix indiscrète (c'était celle d'un prêtre de la paroisse), qui dit : "C'est l'assassin de cette femme." Desroches ajoute, en se tordant les bras, en s'arrachant les cheveux : "Oui, oui, je le suis." À l'instant on s'attroupe autour de lui, on le charge d'imprécations, on ramasse des pierres, et c'était un homme assommé sur la place, si quelques honnêtes gens ne l'avaient sauvé de la fureur de la populace irritée.

— Et quelle avait été sa conduite pendant la maladie de sa femme ?

— Aussi bonne qu'elle pouvait l'être. Trompé, comme nous tous, par Mme de La Carlière qui dérobait aux autres et qui peut-être se dissimulait à elle-même sa fin prochaine...

— J'entends, il n'en fut pas moins un barbare, un inhumain.

— Une bête féroce qui avait enfoncé peu à peu un poignard dans le sein d'une femme divine, son épouse et sa bienfaitrice, et qu'il avait laissé périr sans se montrer, sans donner le moindre signe d'intérêt et de sensibilité.

— Et cela pour n'avoir pas su ce qu'on lui cachait.

— Et ce qui était ignoré de ceux mêmes qui vivaient autour d'elle.

— Et qui étaient à portée de la voir tous les jours.

— Précisément, et voilà ce que c'est que le jugement public de nos actions particulières. Voilà comme une faute légère...

— Oh ! très légère.

— S'aggrave à leurs yeux par une suite d'événements qu'il était de toute impossibilité de prévoir et d'empêcher.

— Même par des circonstances tout à fait étrangères à la première origine, telles que la mort du frère de Mme de La Carlière par la cession du régiment de Desroches.

— C'est qu'ils sont en bien comme en mal alternativement panégyristes ridicules ou censeurs absurdes ; l'événement est toujours la mesure de leur éloge ou de leur blâme. Mon ami, écoutez-les, s'ils ne vous ennuient pas, mais ne les croyez point et ne les répétez jamais, sous peine d'appuyer une impertinence de la vôtre. A quoi pensez-vous donc ? vous rêvez.

— Je change la thèse, en supposant un procédé plus ordinaire à Mme de La Carlière. Elle trouve les lettres ; elle boude. Au bout de quelques jours, l'humeur amène une explication et l'oreiller un raccommodement, comme c'est l'usage. Malgré les excuses, les protestations et les serments renouvelés, le caractère léger de Desroches le rentraîne dans une seconde erreur ; autre bouderie, autre explication, autre raccommodement, autres serments, autres parjures, et ainsi de suite pendant une trentaine d'années, comme c'est l'usage. Cependant Desroches est un galant homme qui s'occupe à réparer par des égards multipliés, par une complaisance sans bornes, une assez petite injure.

— Comme il n'est pas toujours d'usage.

— Point de séparation, point d'éclat ; ils vivent ensemble comme nous vivons tous ; et la belle-mère, et la mère, et le frère et l'enfant seraient morts qu'on n'en aurait pas sonné le mot.

— Ou qu'on n'en aurait parlé que pour plaindre un infortuné poursuivi par le sort et accablé de malheurs.

— Il est vrai.

— D'où je conclus que vous n'êtes pas loin d'accorder

à cette vilaine bête à cent mille mauvaises têtes et à autant de mauvaises langues, tout le mépris qu'elle mérite. Mais tôt ou tard le sens commun lui revient, et le discours de l'avenir rectifie le bavardage du présent.

— Ainsi vous croyez qu'il y aura un moment où la chose sera vue telle qu'elle est, Mme de La Carlière accusée et Desroches absous ?

— Je ne pense pas même que ce moment soit éloigné. Premièrement, parce que les absents ont tort et qu'il n'y a pas d'absent plus absent qu'un mort. Secondement, c'est qu'on parle, on dispute, les aventures les plus usées reparaissent en conversation et sont pesées avec moins de partialité. C'est qu'on verra peut-être encore dix ans ce pauvre Desroches, comme vous l'avez vu, traînant de maison en maison sa malheureuse existence ; qu'on se rapprochera de lui, qu'on l'interrogera, qu'on l'écoutera, qu'il n'aura plus aucune raison de se taire, qu'on saura le fond de son histoire, qu'on réduira sa première sottise à rien.

— À ce qu'elle vaut.

— Et que nous sommes assez jeunes tous deux pour entendre traiter la belle, la grande, la vertueuse, la digne Mme de La Carlière d'inflexible et hautaine bégueule ; car ils se poussent tous les uns les autres, et comme ils n'ont point de règles dans leurs jugements, ils n'ont pas plus de mesure dans leur expression.

— Mais si vous aviez une fille à marier, la donneriez-vous à Desroches ?

— Sans délibérer, parce que le hasard l'avait engagé dans un de ces pas glissants dont ni vous, ni moi, ni personne ne peut se promettre de se tirer ; parce que l'amitié, l'honnêteté, la bienfaisance, toutes les circonstances possibles avaient préparé sa faute et son excuse ; parce que la conduite qu'il a tenue depuis sa séparation volontaire d'avec sa femme, a été irrépréhensible, et que, sans approuver les maris infidèles, je ne prise pas autrement les femmes qui mettent tant d'importance à cette rare qualité. Et puis j'ai mes idées, peut-être justes, à coup sûr bizarres, sur certaines actions que je regarde moins comme des vices de l'homme que comme des conséquences de nos législations absurdes, sources de mœurs aussi absurdes qu'elles et d'une dépravation que j'appellerais volontiers artificielle. Cela n'est pas trop clair, mais cela s'éclaircira peut-être une autre fois [1]. Et regagnons notre gîte ; j'entends d'ici les cris enroués de deux ou trois de nos vieilles brelandières [2] qui vous appellent, sans compter que voilà le jour qui tombe et la nuit qui s'avance avec ce nombreux cortège d'étoiles que je vous avais promis.

— Il est vrai. »

---

1. Si pathétique soit la figure de Mme de La Carlière, Diderot marque nettement ses distances. Le *Supplément au Voyage de Bougainville* développera cette idée d'une impossibilité de nature : l'homme ne peut être constant dans un univers où tout est mouvement et changement. Mais il est aussi une autre leçon à tirer de cette histoire et que soulignait le titre donné à *Mme de La Carlière* par Vandeul : « Sur l'inconséquence du jugement public de nos actions particulières », ce qui est particulièrement important à une époque où la vie sociale et la conversation sont à ce point déterminantes. — 2. Rappel de l'heure qui, là aussi, fait songer à la fin du *Neveu de Rameau*. Les brelandières, ce sont celles qui jouent au brelan, jeu de cartes ; brelan signifie aussi tripot et le mot est donc plutôt péjoratif. Ces cris discordants, dont l'effet esthétique opposé à la sérénité de la voûte étoilée est incontestable, n'en restent pas moins un peu mystérieux. Que viennent faire ces brelandières ? Et s'il s'agissait de « brelandinières », marchandes qui vendent dans la rue et donc crient pour attirer l'attention du client sur leur marchandise ? Il y aurait eu alors une faute répétée par les copistes. Mais ce n'est là qu'une hypothèse invérifiable, et toutes les éditions donnent « brelandières », sans pour autant expliquer à qui Diderot fait allusion.

aussi d'autre matière, à ... une discussion que j'aurais
désiré pouvoir être ... ... pas ... qui puis
cela ... ... être ... ... que vous
notre une ... ...
... ...
... ...

SUPPLÉMENT AU VOYAGE DE BOUGAINVILLE
OU DIALOGUE ENTRE *A.* ET *B.*
SUR L'INCONVÉNIENT D'ATTACHER
DES IDÉES MORALES À CERTAINES ACTIONS PHYSIQUES
QUI N'EN COMPORTENT PAS

*R. Lewinter et plus récemment L. Versini ont eu raison
de réunir les « trois contes » :* Ceci n'est pas un conte,
Mme de La Carlière *et le* Supplément, *qui ont en commun
de nombreux éléments à la fois formels et thématiques et
appartiennent à la même période. Preuve supplémentaire,
s'il était nécessaire, la réapparition à la fin du* Supplément *des personnages des deux autres textes. Dans une
lettre à Grimm, d'octobre 1772, Diderot lui-même
désigne le* Supplément *comme « troisième conte » : « Je
rentrai. Je me suis mis en robe de chambre ; et je regrat-
tai un peu le troisième conte, qui était fait. Ainsi le papier
sur Bougainville est venu tout à temps. Si je savais où
vous prendre dans le courant de la journée, vous auriez
la lecture de ce troisième morceau qui vous ferait plaisir,
parce qu'il m'en fait. Il est à lui seul plus étendu que les
deux autres. »*

Le Voyage *autour du monde de Bougainville paraît en
1771 (Paris, Saillant et Nyon). Diderot écrit alors un compte
rendu pour la* Correspondance littéraire *que Grimm n'a pas
publié (cf. infra, Dossier). Diderot le reprend et l'amplifie
considérablement, en plusieurs étapes. Le* Supplément au
Voyage de Bougainville *a été diffusé dans la* Correspondance littéraire *(sept.-oct. 1773 et mars 1774).*

*Pour ce texte, aussi, il existe plusieurs versions, et tous
les éditeurs ne suivent pas la même. Citons essentiellement :*

— la copie Vandeul, premier état (entre 1772 et début 1773) que nous connaissions et qu'a publiée H. Dieckmann (Droz, 1955), entre été 1772 et début 1773 ;

— état du texte en janvier 1773, la copie Naigeon, avec corrections ultérieures, dans le fonds Vandeul ; nombreuses additions surtout dans la « Suite du dialogue entre A et B » ;

— la copie qui a servi à l'édition Naigeon, et qui est différente ;

— la copie Girbal de Leningrad, vers 1780 avec l'histoire de Polly Baker ; reproduite par L. Versini.

**

At quanto meliora monet, pugnantiaque istis,
Dives opis Natura suae, tu si modo recte
Dispensare velis, ac non fugienda petendis
Immiscere ! Tuo vitio rerumne labores,
Nil referre putas [1] *?*

I

Jugement du voyage de Bougainville

A. — Cette superbe voûte étoilée sous laquelle nous revînmes hier et qui semblait nous garantir un beau jour, ne nous a pas tenu parole [2].

B. — Qu'en savez-vous ?

A. — Le brouillard est si épais qu'il nous dérobe la vue des arbres voisins.

B. — Il est vrai ; mais si ce brouillard, qui ne reste

---

1. Horace, *Satires*, I, 2 : « Mais combien meilleurs, combien opposés à de tels comportements sont les conseils de la nature, riche de ses propres ressources, si seulement tu voulais bien en disposer correctement, et non mêler ce qu'on doit fuir à ce qu'on doit rechercher ! Crois-tu qu'il n'importe en rien que tu souffres par ta faute ou par celle des choses ? » — **2.** Notations atmosphériques qui contribuent à la thématique commune des trois contes : l'inconstance du climat devenant une image de l'impossibilité pour l'homme de se soumettre à une loi qui imposerait une constance amoureuse.

dans la partie inférieure de l'atmosphère que parce qu'elle est suffisamment chargée d'humidité, retombe sur la terre ?

A. — Mais si au contraire il traverse l'éponge, s'élève et gagne la région supérieure où l'air est moins dense, et peut, comme disent les chimistes, n'être pas saturé ?

B. — Il faut attendre.

A. — En attendant, que faites-vous ?

B. — Je lis.

A. — Toujours ce *Voyage* de Bougainville[1] ?

B. — Toujours.

A. — Je n'entends rien à cet homme-là. L'étude des mathématiques, qui suppose une vie sédentaire, a rempli le temps de ses jeunes années ; et voilà qu'il passe subitement d'une condition méditative et retirée au métier actif, pénible, errant et dissipé de voyageur.

B. — Nullement. Si le vaisseau n'est qu'une maison flottante, et si vous considérez le navigateur qui traverse des espaces immenses, resserré et immobile dans une enceinte assez étroite, vous le verrez faisant le tour du globe sur une planche, comme vous et moi le tour de l'univers sur notre parquet.

A. — Une autre bizarrerie apparente, c'est la contradiction du caractère de l'homme et de son entreprise. Bougainville a le goût des amusements de la société ; il aime les femmes, les spectacles, les repas délicats ; il se prête

---

1. Louis-Antoine, comte de Bougainville (1729-1811), qui publia un *Traité de calcul intégral* (1754-1756), exécuta de 1766 à 1769, à bord de *La Boudeuse*, le célèbre voyage dans le Pacifique, mouilla en 1768 à Tahiti, découvrit plusieurs îles des Samoa, vit les Nouvelles-Hébrides, parvint aux Moluques. Il participa à la guerre d'Amérique, fut membre de l'Institut peu après sa fondation (1795), fut nommé sénateur puis comte par Napoléon : on voit qu'il sut naviguer aussi bien dans la politique compliquée de la période révolutionnaire et impériale que dans les îles du Pacifique. Jacques Proust a donné une remarquable édition du *Voyage de Bougainville* (Gallimard, 1982). Voir *L'Importance de l'exploration maritime au Siècle des Lumières*, CNRS, 1982 ; N. Broc, *La Géographie des Philosophes, géographes et voyageurs*, Ophrys, 1977 ; M. Duchet, *L'Anthropologie au Siècle des Lumières*, rééd. Flammarion, 1977. Les mathématiciens voyageurs n'étaient pas rares au XVIIIe siècle ; on peut citer aussi, entre autres, Maupertuis, ou Pierre Bouguer qui a été évoqué dans l'*Entretien du philosophe et de la maréchale de****.

au tourbillon du monde d'aussi bonne grâce qu'aux inconstances de l'élément sur lequel il a été ballotté. Il est aimable et gai : c'est un véritable Français lesté, d'un bord, d'un traité de calcul différentiel et intégral, et de l'autre, d'un voyage autour du globe.

B. — Il fait comme tout le monde : il se dissipe après s'être appliqué, et s'applique après s'être dissipé.

A. — Que pensez-vous de son *Voyage* ?

B. — Autant que j'en puis juger sur une lecture assez superficielle, j'en rapporterais l'avantage à trois points principaux : une meilleure connaissance de notre vieux domicile et de ses habitants ; plus de sûreté sur des mers qu'il a parcourues la sonde à la main, et plus de correction dans nos cartes géographiques. Bougainville est parti avec les lumières nécessaires et les qualités propres à ses vues : de la philosophie, du courage, de la véracité ; un coup d'œil prompt qui saisit les choses et abrège le temps des observations ; de la circonspection, de la patience ; le désir de voir, de s'éclairer et d'instruire ; la science du calcul, des mécaniques, de la géométrie, de l'astronomie ; et une teinture suffisante d'histoire naturelle.

A. — Et son style ?

B. — Sans apprêt ; le ton de la chose, de la simplicité et de la clarté, surtout quand on possède la langue des marins.

A. — Sa course a été longue ?

B. — Je l'ai tracée sur ce globe. Voyez-vous cette ligne de points rouges ?

A. — Qui part de Nantes ?

B. — Et court jusqu'au détroit de Magellan, entre dans la mer Pacifique, serpente entre ces îles qui forment l'archipel immense qui s'étend des Philippines à la Nouvelle-Hollande, rase Madagascar, le cap de Bonne-Espérance, se prolonge dans l'Atlantique, suit les côtes d'Afrique, et rejoint l'une de ses extrémités à celle d'où le navigateur s'est embarqué.

A. — Il a beaucoup souffert ?

B. — Tout navigateur s'expose et consent de s'exposer aux périls de l'air, du feu, de la terre et de l'eau ; mais qu'après avoir erré des mois entiers entre la mer et le ciel, entre la mort et la vie, après avoir été battu des tempêtes, menacé de périr par naufrage, par maladie, par disette d'eau et de pain, un infortuné vienne, son bâtiment fracassé, tomber, expirant de fatigue et de misère, aux pieds d'un monstre d'airain qui lui refuse ou lui fait attendre impitoyablement les secours les plus urgents, c'est une dureté !...

A. — Un crime digne de châtiment.

B. — Une de ces calamités sur lesquelles le voyageur n'a pas compté.

A. — Et n'a pas dû compter. Je croyais que les puissances européennes n'envoyaient, pour commandants dans leurs possessions d'outre-mer, que des âmes honnêtes, des hommes bienfaisants, des sujets remplis d'humanité, et capables de compatir...

B. — C'est bien là ce qui les soucie !

A. — Il y a des choses singulières dans ce voyage de Bougainville.

B. — Beaucoup.

A. — N'assure-t-il pas que les animaux sauvages s'approchent de l'homme, et que les oiseaux viennent se poser sur lui, lorsqu'ils ignorent le péril de cette familiarité ?

B. — D'autres l'avaient dit avant lui.

A. — Comment explique-t-il le séjour de certains animaux dans des îles séparées de tout continent par des intervalles de mer effrayants ? Qui est-ce qui a porté là le loup, le renard, le chien, le cerf, le serpent ?

B. — Il n'explique rien ; il atteste le fait[1].

A. — Et vous, comment l'expliquez-vous ?

B. — Qui sait l'histoire primitive de notre globe ? Combien d'espaces de terre, maintenant isolés, étaient autrefois continus ? Le seul phénomène sur lequel on pourrait former quelque conjecture, c'est la direction de la masse des eaux qui les a séparés.

A. — Comment cela ?

B. — Par la forme générale des arrachements. Quelque jour nous nous amuserons de cette recherche, si cela vous convient. Pour ce moment, voyez-vous cette île qu'on

---

1. Question sensible ; en effet, se trouve posé le problème de la monogenèse. Si la vie est apparue en plusieurs lieux sur terre, comment établir la véracité du récit biblique d'une création unique ?

appelle *des Lanciers* ? À l'inspection du lieu qu'elle occupe sur le globe, il n'est personne qui ne se demande : qui est-ce qui a placé là des hommes ? quelle communication les liait autrefois avec le reste de leur espèce ? que deviennent-ils en se multipliant sur un espace qui n'a pas plus d'une lieue de diamètre ?

A. — Ils s'exterminent et se mangent ; et de là peut-être une première époque très ancienne et très naturelle de l'anthropophagie, insulaire d'origine.

B. — Ou la multiplication y est limitée par quelque loi superstitieuse ; l'enfant y est écrasé dans le sein de sa mère foulée sous les pieds d'une prêtresse.

A. — Ou l'homme égorgé expire sous le couteau d'un prêtre ; ou l'on a recours à la castration des mâles...

B. — À l'infibulation des femelles, et de là tant d'usages d'une cruauté nécessaire et bizarre dont la cause s'est perdue dans la nuit des temps et met les philosophes à la torture. Une observation assez constante, c'est que les institutions surnaturelles et divines se fortifient et s'éternisent, en se transformant à la longue en lois civiles et nationales et que les institutions civiles et nationales se consacrent et dégénèrent en préceptes surnaturels et divins.

A. — C'est une des palingénésies les plus funestes.

B. — Un brin de plus qu'on ajoute au lien dont on nous serre.

A. — N'était-il pas au Paraguay au moment même de l'expulsion des jésuites [1] ?

B. — Oui.

A. — Qu'en dit-il ?

B. — Moins qu'il n'en pourrait dire, mais assez pour

---

1. Les jésuites s'établissent au Paraguay, dans la région du rio de la Plata, en 1566, avec pour mission d'évangéliser le domaine guarani à l'est du Parana. Ils regroupent les Indiens dans des « réductions », dont la prospérité attire Espagnols et Portugais. D'où des affrontements armés ; en 1649, l'État militaire des Guaranis, sous le contrôle des jésuites est reconnu. Mais Charles III expulsera les jésuites en 1768 et les colons espagnols s'installeront sur la ruine des « réductions ». Le rôle des jésuites dans ces « réductions » a été violemment critiqué par les Philosophes. On peut aussi le voir chez Voltaire. Mais Raynal, dans l'*Histoire des deux Indes*, porte un jugement plus nuancé.

nous apprendre que ces cruels Spartiates en jaquette noire en usaient avec leurs esclaves indiens comme les Lacédémoniens avec les ilotes, les avaient condamnés à un travail assidu, s'abreuvaient de leurs sueurs, ne leur avaient laissé aucun droit de propriété, les tenaient sous l'abrutissement de la superstition, en exigeaient une vénération profonde, marchaient au milieu d'eux un fouet à la main, et en frappaient indistinctement tout âge et tout sexe. Un siècle de plus, et leur expulsion devenait impossible, ou le motif d'une longue guerre entre ces moines et le souverain dont ils avaient secoué peu à peu l'autorité.

A. — Et ces Patagons dont le docteur Maty et l'académicien La Condamine[1] ont tant fait de bruit ?

B. — Ce sont de bonnes gens qui viennent à vous, et qui vous embrassent en criant *Chaoua* ; forts, vigoureux, toutefois n'excédant pas la hauteur de cinq pieds cinq à six pouces, n'ayant d'énorme que leur corpulence, la grosseur de leur tête, et l'épaisseur de leurs membres.

Né avec le goût du merveilleux qui exagère tout autour de lui, comment l'homme laisserait-il une juste proportion aux objets, lorsqu'il a, pour ainsi dire, à justifier le chemin qu'il a fait et la peine qu'il s'est donnée pour les aller voir au loin ?

A. — Et des sauvages, qu'en pense-t-il ?

B. — C'est, à ce qu'il paraît, de la défense journalière contre les bêtes féroces qu'il tient le caractère cruel qu'on lui remarque quelquefois. Il est innocent et doux partout où rien ne trouble son repos et sa sécurité. Toute guerre naît d'une prétention commune à la même propriété[2]. L'homme civilisé a une prétention commune avec l'homme civilisé à la possession d'un champ dont ils occupent les deux extrémités, et ce champ devient un sujet de dispute entre eux.

A. — Et le tigre a une prétention commune avec

---

1. Mathieu Maty (1718-1776) est l'auteur d'une *Lettre à La Condamine sur les géants patagons* (*Journal encyclopédique*, 1767). La Condamine (1701-1774) fait aussi partie de ces savants voyageurs, dont l'activité est bien conforme à cette exigence d'expérimentation de leur siècle. Il fut envoyé par le roi pour mesurer un arc de méridien près de l'équateur. Il écrivit quelques articles pour l'*Encyclopédie*. — 2. On retrouve sans peine ici l'écho du *Contrat social*.

l'homme sauvage à la possession d'une forêt ; et c'est la première des prétentions, et la cause de la plus ancienne des guerres... Avez-vous vu l'Otaïtien que Bougainville avait pris sur son bord et transporté dans ce pays-ci ?

B. — Je l'ai vu ; il s'appelait Aotourou[1]. À la première terre qu'il aperçut, il la prit pour la patrie du voyageur, soit qu'on lui en eût imposé sur la longueur du voyage, soit que, trompé naturellement par le peu de distance apparente des bords de la mer qu'il habitait, à l'endroit où le ciel semble confiner avec l'horizon, il ignorât la véritable étendue de la terre. L'usage commun des femmes était si bien établi dans son esprit, qu'il se jeta sur la première Européenne qui vint à sa rencontre et qu'il se disposait très sérieusement à lui faire la politesse d'Otaïti. Il s'ennuyait parmi nous. L'alphabet tahitien n'ayant ni *b*, ni *c*, ni *d*, ni *f*, ni *g*, ni *q*, ni *x*, ni *y*, ni *z*, il ne put jamais apprendre à parler notre langue qui offrait à ses organes inflexibles trop d'articulations étrangères et de sons nouveaux. Il ne cessait de soupirer après son pays, et je n'en suis pas étonné. Le voyage de Bougainville est le seul qui m'ait donné du goût pour une autre contrée que la mienne ; jusqu'à cette lecture, j'avais pensé qu'on n'était nulle part aussi bien que chez soi, résultat que je croyais le même pour chaque habitant de la terre, effet naturel de l'attrait du sol, attrait qui tient aux commodités dont on jouit, et qu'on n'a pas la même certitude de retrouver ailleurs.

A. — Quoi ! vous ne croyez pas l'habitant de Paris aussi convaincu qu'il croisse des épis dans la campagne de Rome que dans les champs de la Beauce ?

B. — Ma foi, non. Bougainville a renvoyé Aotourou, après avoir pourvu aux frais et à la sûreté de son retour.

A. — Ô Aotourou ! que tu seras content de revoir ton père, ta mère, tes frères, tes sœurs, tes compatriotes ! Que leur diras-tu de nous ?

B. — Peu de choses, et qu'ils ne croiront pas.

---

1. C'est bien le nom du Tahitien amené en France par Bougainville, qui resta à Paris un an (1769-1770). Il fut présenté au roi, et reçu par Mlle de Lespinasse. Il ne put atteindre sa patrie lors de son retour et mourut de la petite vérole à l'escale de Madagascar.

A. — Pourquoi peu de choses ?

B. — Parce qu'il en a peu conçu, et qu'il ne trouvera dans sa langue aucun terme correspondant à celles dont il a quelques idées.

A. — Et pourquoi ne le croiront-ils pas ?

B. — Parce qu'en comparant leurs mœurs aux nôtres, ils aimeront mieux prendre Aotourou pour un menteur que de nous croire si fous.

A. — En vérité ?

B. — Je n'en doute pas. La vie sauvage est si simple, et nos sociétés sont des machines si compliquées ! L'Otaïtien touche à l'origine du monde, et l'Européen touche à sa vieillesse. L'intervalle qui le sépare de nous est plus grand que la distance de l'enfant qui naît à l'homme décrépit[1]. Il n'entend rien à nos usages, à nos lois, ou il n'y voit que des entraves déguisées sous cent formes diverses, entraves qui ne peuvent qu'exciter l'indignation et le mépris d'un être en qui le sentiment de la liberté est le plus profond des sentiments.

A. — Est-ce que vous donneriez dans la fable d'Otaïti ?

B. — Ce n'est point une fable ; et vous n'auriez aucun doute sur la sincérité de Bougainville, si vous connaissiez le *Supplément* de son *Voyage*.

A. — Et où trouve-t-on, ce supplément ?

B. — Là, sur cette table.

A. — Est-ce que vous ne me le confierez pas ?

B. — Non ; mais nous pourrons le parcourir ensemble, si vous voulez.

A. — Assurément, je le veux. Voilà le brouillard qui retombe, et l'azur du ciel qui commence à paraître. Il semble que mon lot soit d'avoir tort avec vous jusque dans les moindres choses ; il faut que je sois bien bon pour vous pardonner une supériorité aussi continue.

B. — Tenez, tenez. Lisez. Passez ce préambule qui ne signifie rien, et allez droit aux adieux que fit un des chefs de l'île à nos voyageurs. Cela vous donnera quelque notion de l'éloquence de ces gens-là.

---

1. Cette comparaison de l'histoire de l'humanité avec celle de la vie d'un homme a été fréquemment utilisée, en particulier par Fontenelle, et antérieurement par Pascal.

A. — Comment Bougainville a-t-il compris ces adieux prononcés dans une langue qu'il ignorait ?

B. — Vous le saurez.

II

Les adieux du vieillard

C'est un vieillard qui parle [1]. Il était père d'une famille nombreuse. À l'arrivée des Européens, il laissa tomber des regards de dédain sur eux, sans marquer ni étonnement, ni frayeur, ni curiosité. Ils l'abordèrent ; il leur tourna le dos et se retira dans sa cabane. Son silence et son souci ne décelaient que trop sa pensée : il gémissait en lui-même sur les beaux jours de son pays éclipsés. Au départ de Bougainville, lorsque les habitants accouraient en foule sur le rivage, s'attachaient à ses vêtements, serraient ses camarades entre leurs bras et pleuraient, ce vieillard s'avança d'un air sévère et dit :

« Pleurez, malheureux Otaïtiens, pleurez ; mais que ce soit de l'arrivée et non du départ de ces hommes ambitieux et méchants. Un jour vous les connaîtrez mieux. Un jour ils reviendront, le morceau de bois [2] que vous voyez attaché à la ceinture de celui-ci, dans une main, et le fer qui pend au côté de celui-là, dans l'autre, vous enchaîner, vous égorger, ou vous assujettir à leurs extravagances et à leurs vices. Un jour vous servirez sous eux, aussi corrompus, aussi vils, aussi malheureux qu'eux. Mais je me console. Je touche à la fin de ma carrière ; et la calamité que je vous annonce, je ne la verrai point. Ô Otaïtiens ! ô

---

1. Il y avait bien en effet dans le texte du *Voyage de Bougainville*, les propos d'un vieillard plein de sagesse ; mais quel que soit le fondement historique de ce personnage, il répond à une image mythique et la suite du texte de Diderot en apporte la démonstration. Il est « père de famille », et facilement « nombreuse », du fait de la polygamie ; c'est encore renforcer aux yeux de Diderot son caractère « vénérable » : ainsi s'annonce aussi la thématique nataliste qui domine dans tout ce texte. — 2. Façon de désigner le crucifix ; allusion à l'action des missionnaires, en particulier jésuites, si critiquée par les Philosophes qui ont su cependant tirer le plus grand profit de leurs récits de voyages.

mes amis ! vous auriez un moyen d'échapper à un funeste
avenir ; mais j'aimerais mieux mourir que de vous en
donner le conseil. Qu'ils s'éloignent, et qu'ils vivent. »

Puis s'adressant à Bougainville, il ajouta : « Et toi, chef
des brigands qui t'obéissent, écarte promptement ton
vaisseau de notre rive : nous sommes innocents, nous
sommes heureux, et tu ne peux que nuire à notre bonheur.
Nous suivons le pur instinct de la nature, et tu as tenté
d'effacer de nos âmes son caractère. Ici tout est à tous, et
tu nous as prêché je ne sais quelle distinction du tien et
du mien. Nos filles et nos femmes nous sont communes ;
tu as partagé ce privilège avec nous, et tu es venu allumer
en elles des fureurs inconnues. Elles sont devenues folles
dans tes bras, tu es devenu féroce entre les leurs. Elles
ont commencé à se haïr ; vous vous êtes égorgés pour
elles, et elles nous sont revenues teintes de votre sang.
Nous sommes libres, et voilà que tu as enfoui dans notre
terre le titre de notre futur esclavage. Tu n'es ni un dieu,
ni un démon. Qui es-tu donc pour faire des esclaves ?
Orou, toi qui entends la langue de ces hommes-là, dis-
nous à tous, comme tu me l'as dit à moi-même, ce qu'ils
ont écrit sur cette lame de métal : *Ce pays est à nous*. Ce
pays est à toi ! et pourquoi ? parce que tu y as mis le
pied ! Si un Otaïtien débarquait un jour sur vos côtes, et
qu'il gravât sur une de vos pierres ou sur l'écorce d'un
de vos arbres : *Ce pays est aux habitants d'Otaïti*, qu'en
penserais-tu ? Tu es le plus fort, et qu'est-ce que cela
fait ? Lorsqu'on t'a enlevé une des méprisables bagatelles
dont ton bâtiment est rempli, tu t'es récrié, tu t'es vengé ;
et dans le même instant tu as projeté au fond de ton cœur
le vol de toute une contrée ! Tu n'es pas esclave, tu souffrirais plutôt la mort que de l'être, et tu veux nous asser-
vir ! Tu crois donc que l'Otaïtien ne sait pas défendre sa
liberté et mourir ? Celui dont tu veux t'emparer comme
de la brute, l'Otaïtien est ton frère ; vous êtes deux
enfants de la nature ; quel droit as-tu sur lui qu'il n'ait
pas sur toi ? Tu es venu ; nous sommes-nous jetés sur ta
personne ? avons-nous pillé ton vaisseau ? t'avons-nous
saisi et exposé aux flèches de nos ennemis ? t'avons-nous
associé dans nos champs au travail de nos animaux ?
Nous avons respecté notre image en toi. Laisse-nous nos

mœurs, elles sont plus sages et plus honnêtes que les tiennes. Nous ne voulons point troquer ce que tu appelles notre ignorance contre tes inutiles lumières. Tout ce qui nous est nécessaire et bon, nous le possédons. Sommes-nous dignes de mépris, parce que nous n'avons pas su nous faire des besoins superflus ? Lorsque nous avons faim, nous avons de quoi manger ; lorsque nous avons froid, nous avons de quoi nous vêtir. Tu es entré dans nos cabanes, qu'y manque-t-il, à ton avis ? Poursuis jusqu'où tu voudras ce que tu appelles commodités de la vie ; mais permets à des êtres sensés de s'arrêter, lorsqu'ils n'auraient à obtenir de la continuité de leurs pénibles efforts que des biens imaginaires. Si tu nous persuades de franchir l'étroite limite du besoin, quand finirons-nous de travailler ? Quand jouirons-nous ? Nous avons rendu la somme de nos fatigues annuelles et journalières la moindre qu'il était possible, parce que rien ne nous paraît préférable au repos. Va dans ta contrée t'agiter, te tourmenter tant que tu voudras ; laisse-nous reposer : ne nous entête ni de tes besoins factices, ni de tes vertus chimériques. Regarde ces hommes ; vois comme ils sont droits, sains et robustes. Regarde ces femmes ; vois comme elles sont droites, saines, fraîches et belles. Prends cet arc, c'est le mien ; appelle à ton aide un, deux, trois, quatre de tes camarades, et tâchez de le tendre. Je le tends moi seul ; je laboure la terre ; je grimpe la montagne ; je perce la forêt ; je parcours une lieue de la plaine en moins d'une heure. Tes jeunes compagnons ont eu peine à me suivre ; et j'ai quatre-vingt-dix ans passés. Malheur à cette île ! malheur aux Otaïtiens présents, et à tous les Otaïtiens à venir, du jour où tu nous as visités ! Nous ne connaissions qu'une maladie, celle à laquelle l'homme, l'animal et la plante ont été condamnés, la vieillesse ; et tu nous en as apporté une autre. Tu as infecté notre sang[1]. Il nous faudra peut-être exterminer de nos propres mains nos filles,

---

1. On accusait les Français d'avoir apporté les maladies vénériennes aux « sauvages », qui vraisemblablement les connaissaient avant eux. Il faut cependant distinguer la « grande vérole » ou syphilis, qui semble bien avoir été importée du Nouveau Monde en Italie, puis en Europe, de la « petite vérole » ou variole, que les Européens auraient diffusée en Amérique et qui eut un effet catastrophique.

nos femmes, nos enfants, ceux qui ont approché tes femmes, celles qui ont approché tes hommes. Nos champs seront trempés du sang impur qui a passé de tes veines dans les nôtres ; ou nos enfants, condamnés à nourrir et à perpétuer le mal que tu as donné aux pères et aux mères, et qu'ils transmettront à jamais à leurs descendants. Malheureux ! tu seras coupable ou des ravages qui suivront les funestes caresses des tiens, ou des meurtres que nous commettrons pour en arrêter le poison. Tu parles de crimes, as-tu l'idée d'un plus grand crime que le tien ? Quel est chez toi le châtiment de celui qui tue son voisin ? La mort par le feu. Quel est chez toi le châtiment du lâche qui l'empoisonne ? La mort par le feu. Compare ton forfait à ce dernier, et dis-nous, empoisonneur de nations, le supplice que tu mérites. Il n'y a qu'un moment, la jeune Otaïtienne s'abandonnait avec transport aux embrassements du jeune Otaïtien ; elle attendait avec impatience que sa mère, autorisée par l'âge nubile, relevât son voile et mît sa gorge à nu. Elle était fière d'exciter les désirs et d'irriter les regards amoureux de l'inconnu, de ses parents, de son frère ; elle acceptait sans frayeur et sans honte, en notre présence, au milieu d'un cercle d'innocents Otaïtiens, au son des flûtes, entre les danses, les caresses de celui que son jeune cœur et la voix secrète de ses sens lui désignaient. L'idée du crime et le péril de la maladie sont entrés avec toi parmi nous. Nos jouissances, autrefois si douces, sont accompagnées de remords et d'effroi. Cet homme noir[1], qui est près de toi, qui m'écoute, a parlé à nos garçons ; je ne sais ce qu'il a dit à nos filles, mais nos garçons hésitent ; mais nos filles rougissent. Enfonce-toi, si tu veux, dans la forêt obscure avec la compagne perverse de tes plaisirs ; mais accorde aux bons et simples Otaïtiens de se reproduire sans honte à la face du ciel et au grand jour. Quel sentiment plus honnête et plus grand pourrais-tu mettre à la place de celui que nous leur avons inspiré et qui les anime ? Ils pensent que le moment d'enrichir la nation et la famille

----

1. L'homme noir, c'est l'aumônier. Mais Diderot joue aussi sur l'aspect sinistre de la couleur noire : l'homme noir est un personnage funeste dans les récits populaires.

d'un nouveau citoyen est venu, et ils s'en glorifient. Ils mangent pour vivre et pour croître ; ils croissent pour multiplier, et ils n'y trouvent ni vice ni honte[1]. Écoute la suite de tes forfaits. À peine t'es-tu montré parmi eux qu'ils sont devenus voleurs. À peine es-tu descendu dans notre terre, qu'elle a fumé de sang. Cet Otaïtien qui courut à ta rencontre, qui t'accueillit, qui te reçut en criant : "Taïo, ami, ami" vous l'avez tué. Et pourquoi l'avez-vous tué ? parce qu'il avait été séduit par l'éclat de tes petits œufs de serpent[2]. Il te donnait ses fruits ; il t'offrait sa femme et sa fille ; il te cédait sa cabane, et tu l'as tué pour une poignée de ces grains qu'il avait pris sans te les demander. Au bruit de ton arme meurtrière, la terreur s'est emparée de lui, et il s'est enfui dans la montagne. Mais crois qu'il n'aurait pas tardé d'en descendre ; crois qu'en un instant, sans moi, vous périssiez tous. Hé ! pourquoi les ai-je apaisés ? pourquoi les ai-je contenus ? pourquoi les contiens-je encore dans ce moment ? Je l'ignore ; car tu ne mérites aucun sentiment de pitié, car tu as une âme féroce qui ne l'éprouva jamais. Tu t'es promené, toi et les tiens, dans notre île ; tu as été respecté ; tu as joui de tout ; tu n'as trouvé sur ton chemin ni barrière, ni refus ; on t'invitait, tu t'asseyais ; on étalait devant toi l'abondance du pays. As-tu voulu de jeunes filles ? excepté celles qui n'ont pas encore le privilège de montrer leur visage et leur gorge, les mères t'ont présenté les autres toutes nues ; te voilà possesseur de la tendre victime du devoir hospitalier[3] ; on a jonché pour elle et pour toi la terre de feuilles et de fleurs ; les musiciens ont accordé leurs instruments ; rien n'a troublé la douceur ni gêné la liberté de tes caresses et des siennes. On a chanté l'hymne, l'hymne qui t'exhortait à être homme, qui exhortait notre enfant à être femme, et femme complaisante et voluptueuse. On a dansé autour de votre couche, et c'est au sortir des bras de cette femme, après avoir éprouvé sur son sein la plus douce ivresse, que tu as tué

---

1. Reprise presque textuelle du texte de la Genèse : « Croissez et multipliez. » — **2.** Il s'agirait de désigner par cette périphrase « sauvage » les plombs de fusil. — **3.** On voit ici une périphrase qui, elle, appartient nettement au style européen du classicisme finissant.

son frère, son ami, son père peut-être. Tu as fait pis
encore. Regarde de ce côté. Vois cette enceinte hérissée
de flèches ; ces armes qui n'avaient menacé que nos ennemis, vois-les tournées contre nos propres enfants : vois
les malheureuses compagnes de vos plaisirs ; vois leur
tristesse ; vois la douleur de leurs pères ; vois le désespoir
de leurs mères : c'est là qu'elles sont condamnées à périr
ou par nos mains, ou par le mal que tu leur as donné.
Éloigne-toi, à moins que tes yeux cruels ne se plaisent à
des spectacles de mort. Éloigne-toi ; va, et puissent les
mers coupables qui t'ont épargné dans ton voyage, s'ab-
soudre et nous venger en t'engloutissant avant ton retour !
Et vous, Otaïtiens, rentrez dans vos cabanes, rentrez tous,
et que ces indignes étrangers n'entendent à leur départ
que le flot qui mugit, et ne voient que l'écume dont sa
fureur blanchit une rive déserte. »
    À peine eut-il achevé, que la foule des habitants dispa-
rut ; un vaste silence régna dans toute l'étendue de l'île,
et l'on n'entendit que le sifflement aigu des vents et le
bruit sourd des eaux sur toute la longueur de la côte. On
eût dit que l'air et la mer, sensibles à la voix du vieillard,
se disposaient à lui obéir.
    B. — Eh bien ! qu'en pensez-vous ?
    A. — Ce discours me paraît véhément ; mais à travers
je ne sais quoi d'abrupt et de sauvage, il me semble
retrouver des idées et des tournures européennes [1].
    B. — Pensez donc que c'est une traduction de l'otaïtien
en espagnol, et de l'espagnol en français. L'Otaïtien
s'était rendu la nuit chez cet Orou qu'il a interpellé, et
dans la case duquel l'usage de la langue espagnole s'était
conservé de temps immémorial. Orou avait écrit en espagnol la harangue du vieillard, et Bougainville en avait une
copie à la main, tandis que l'Otaïtien la prononçait.
    A. — Je ne vois que trop à présent pourquoi Bougain-
ville a supprimé ce fragment ; mais ce n'est pas là tout ;
et ma curiosité pour le reste n'est pas légère.
    B. — Ce qui suit peut-être vous intéressera moins.

---

1. On notera l'humour de cette remarque. Dans ce dialogue comme
dans d'autres, Diderot est à la fois *A* et *B* : celui qui cède au mythe du
bon sauvage, mais aussi celui qui garde son ironie à l'endroit du mythe.

A. — N'importe.

B. — C'est un entretien de l'aumônier de l'équipage avec un habitant de l'île.

A. — Orou ?

B. — Lui-même. Lorsque le vaisseau de Bougainville approcha d'Otaïti, un nombre infini d'arbres creusés furent lancés sur les eaux ; en un instant son bâtiment en fut environné ; de quelque côté qu'il tournât ses regards, il voyait des démonstrations de surprise et de bienveillance. On lui jetait des provisions ; on lui tendait les bras ; on s'attachait à des cordes ; on gravissait contre les planches ; on avait rempli sa chaloupe ; on criait vers le rivage d'où les cris étaient répondus. Les habitants de l'île accouraient. Les voilà tous à terre. On s'empare des hommes de l'équipage. On se les partage. Chacun conduit le sien dans sa cabane. Les hommes les tenaient embrassés par le milieu du corps. Les femmes leur flattaient les joues de leurs mains. Placez-vous là. Soyez témoin par pensée de ce spectacle d'hospitalité, et dites-moi comment vous trouvez l'espèce humaine.

A. — Très belle.

B. — Mais j'oublierais peut-être de vous parler d'un événement assez singulier. Cette scène de bienveillance et d'humanité fut troublée tout à coup par les cris d'un homme qui appelait à son secours. C'était le domestique d'un des officiers de Bougainville. De jeunes Otaïtiens s'étaient jetés sur lui, l'avaient étendu par terre, le déshabillaient et se disposaient à lui faire la civilité.

A. — Quoi ! ces peuples si simples, ces sauvages si bons, si honnêtes ?...

B. — Vous vous trompez. Ce domestique était une femme déguisée en homme. Ignorée de l'équipage entier, pendant tout le temps d'une longue traversée, les Otaïtiens devinèrent son sexe au premier coup d'œil. Elle était née en Bourgogne. Elle s'appelait Barré[1] ; ni laide, ni

1. Effectivement, il y avait en 1766, sur *L'Étoile*, navire de Bougainville, une Jeanne Barré, compagne du naturalite Commerson, qui s'était déguisée en homme. On voit que Diderot esquive le thème de l'homosexualité, non seulement parce qu'il est tabou, du moins alors en Europe, mais aussi parce qu'il irait contre la propagande nataliste que contient ce texte.

jolie ; âgée de vingt-six ans. Elle n'était jamais sortie de son hameau, et sa première pensée de voyager fut de faire le tour du globe. Elle montra toujours de la sagesse et du courage.

A. — Ces frêles machines-là renferment quelquefois des âmes bien fortes.

III

L'entretien de l'aumônier et d'Orou

B. — Dans la division que les Otaïtiens se firent de l'équipage de Bougainville, l'aumônier devint le partage d'Orou. L'aumônier et l'Otaïtien étaient à peu près du même âge, trente-cinq à trente-six ans. Orou n'avait alors que sa femme et trois filles appelées Asto, Palli et Thia. Elles le déshabillèrent, lui lavèrent le visage, les mains et les pieds, et lui servirent un repas sain et frugal. Lorsqu'il fut sur le point de se coucher, Orou, qui s'était absenté avec sa famille, reparut, lui présenta sa femme et ses trois filles nues, et lui dit :

« Tu as soupé, tu es jeune, tu te portes bien ; si tu dors seul, tu dormiras mal ; l'homme a besoin la nuit d'une compagne à son côté. Voilà ma femme, voilà mes filles. Choisis celle qui te convient ; mais si tu veux m'obliger, tu donneras la préférence à la plus jeune de mes filles qui n'a point encore eu d'enfants. » La mère ajouta : « Hélas ! je n'ai pas à m'en plaindre ; la pauvre Thia ! ce n'est pas sa faute. »

L'aumônier répondit que sa religion, son état, les bonnes mœurs et l'honnêteté ne lui permettaient pas d'accepter ces offres.

Orou répliqua :

« Je ne sais ce que c'est que la chose que tu appelles religion ; mais je ne puis qu'en penser mal, puisqu'elle t'empêche de goûter un plaisir innocent auquel nature, la souveraine maîtresse, nous invite tous ; de donner l'existence à un de tes semblables ; de rendre un service que le père, la mère et les enfants te demandent ; de t'acquitter envers un hôte qui t'a fait un bon accueil ; et d'enrichir une nation, en l'accroissant d'un sujet de plus. Je ne sais ce que c'est que la chose que tu appelles état ; mais ton premier devoir est d'être homme et d'être reconnaissant. Je ne te propose pas de porter dans ton pays les mœurs d'Orou ; mais Orou, ton hôte et ton ami te supplie de te prêter aux mœurs d'Otaïti. Les mœurs d'Otaïti sont-elles meilleures ou plus mauvaises que les vôtres ? c'est une question facile à décider. La terre où tu es né a-t-elle plus d'hommes qu'elle n'en peut nourrir ? en ce cas tes mœurs ne sont ni pires, ni meilleures que les nôtres. En peut-elle nourrir plus qu'elle n'en a ? nos mœurs sont meilleures que les tiennes [1]. Quant à l'honnêteté que tu m'objectes, je te comprends ; j'avoue que j'ai tort et je t'en demande pardon. Je n'exige pas que tu nuises à ta santé. Si tu es fatigué, il faut que tu te reposes ; mais j'espère que tu ne continueras pas à nous contrister. Vois le souci que tu as répandu sur tous ces visages. Elles craignent que tu n'aies remarqué en elles quelques défauts qui leur attirent ton dédain. Mais quand cela serait, le plaisir d'honorer une de mes filles entre ses compagnes et ses sœurs, et de faire une bonne action, ne te suffirait-il pas ? Sois généreux.

L'AUMÔNIER. — Ce n'est pas cela. Elles sont toutes quatre également belles. Mais ma religion ! mais mon état !

OROU. — Elles m'appartiennent, et je te les offre. Elles sont à elles, et elles se donnent à toi. Quelle que soit la pureté de conscience que la chose *religion* et la chose *état* te prescrivent, tu peux les accepter sans scrupule. Je

---

1. Les Philosophes, même s'ils se gardent bien de se constituer de nombreuses familles, sont natalistes en s'appuyant sur les doctrines physiocratiques et sur le culte de la Nature. La population de la France a considérablement augmenté au cours du XVIIIe siècle, grâce à un recul de la mortalité. Les théories systématiques de limitation des naissances ne se font jour qu'à la fin du siècle, et d'abord en Angleterre, plus industrialisée que la France, avec en 1798 la publication de l'*Essai sur le principe de la population* de Malthus. Mais les pratiques contraceptives avaient gagné les classes aisées et même les classes populaires, à en croire Moheau : « On trompe la nature jusque dans les villages » (*Recherches et considérations sur la population de la France*, 1778, cité par J. Delumeau, *Le Catholicisme de Luther à Voltaire*, P.U.F., 1985, p. 331).

n'abuse point de mon autorité ; et sois sûr que je connais et que je respecte les droits des personnes. »

Ici, le véridique aumônier convient que jamais la Providence ne l'avait exposé à une aussi pressante tentation. Il était jeune. Il s'agitait. Il se tourmentait. Il détournait ses regards des aimables suppliantes. Il les ramenait sur elles ; il levait ses yeux et ses mains au ciel. Thia la plus jeune embrassait ses genoux et lui disait : « Étranger, n'afflige pas mon père, n'afflige pas ma mère, ne m'afflige pas. Honore-moi dans la cabane et parmi les miens ; élève-moi au rang de mes sœurs qui se moquent de moi. Asto, l'aînée, a déjà trois enfants ; Palli, la seconde, en a deux ; et Thia n'en a point ! Étranger, honnête étranger, ne me rebute pas. Rends-moi mère ; fais-moi un enfant que je puisse un jour promener par la main, à côté de moi, dans Otaïti ; qu'on voie dans neuf mois attaché à mon sein ; dont je sois fière, et qui fasse une partie de ma dot, lorsque je passerai de la cabane de mon père dans une autre. Je serai peut-être plus chanceuse avec toi qu'avec nos jeunes Otaïtiens. Si tu m'accordes cette faveur, je ne t'oublierai plus ; je te bénirai toute ma vie ; j'écrirai ton nom sur mon bras et sur celui de ton fils ; nous le prononcerons sans cesse avec joie ; et lorsque tu quitteras ce rivage, mes souhaits t'accompagneront sur les mers jusqu'à ce que tu sois arrivé dans ton pays. »

Le naïf aumônier dit qu'elle lui serrait les mains, qu'elle attachait sur ses yeux des regards si expressifs et si touchants, qu'elle pleurait, que son père, sa mère et ses sœurs s'éloignèrent, qu'il resta seul avec elle, et qu'en disant : « Mais ma religion, mais mon état », il se trouva le lendemain couché à côté de cette jeune fille qui l'accablait de caresses et qui invitait son père, sa mère et ses sœurs, lorsqu'ils s'approchèrent de son lit le matin, à joindre leur reconnaissance à la sienne [1].

Asto et Palli qui s'étaient éloignées, rentrèrent avec les mets du pays, des boissons et des fruits. Elles embrassaient leur sœur et faisaient des vœux sur elle. Ils déjeunè-

---

1. On notera l'« ellipse narrative », comme disent les narratologues, chère aussi bien à la pudeur qu'au roman libertin, soucieux de se réserver le plaisir de la litote.

rent tous ensemble ; ensuite Orou, demeuré seul avec l'aumônier, lui dit :

« Je vois que ma fille est contente de toi, et je te remercie. Mais pourrais-tu m'apprendre ce que c'est que le mot religion que tu as prononcé tant de fois et avec tant de douleur ? »

L'aumônier, après avoir rêvé un moment, répondit :

« Qui est-ce qui a fait ta cabane et les ustensiles qui la meublent ?

Orou. — C'est moi.

L'aumônier. — Eh bien ! nous croyons que ce monde et ce qu'il renferme est l'ouvrage d'un ouvrier [1].

Orou. — Il a donc des pieds, des mains, une tête ?

L'aumônier. — Non.

Orou. — Où fait-il sa demeure ?

L'aumônier. — Partout.

Orou. — Ici même ?

L'aumônier. — Ici.

Orou. — Nous ne l'avons jamais vu.

L'aumônier. — On ne le voit pas.

Orou. — Voilà un père bien indifférent. Il doit être vieux, car il a du moins l'âge de son ouvrage ?

L'aumônier. — Il ne vieillit point. Il a parlé à nos ancêtres : il leur a donné des lois ; il leur a prescrit la manière dont il voulait être honoré ; il leur a ordonné certaines actions comme bonnes, il leur en a défendu d'autres comme mauvaises.

Orou. — J'entends ; et une de ces actions qu'il leur a défendues comme mauvaises, c'est de coucher avec une femme ou une fille. Pourquoi donc a-t-il fait deux sexes ?

L'aumônier. — Pour s'unir, mais à certaines conditions requises, après certaines cérémonies préalables, en conséquence desquelles un homme appartient à une

---

1. C'est l'argument classique du déisme, l'argument du grand horloger qu'un Voltaire n'hésite pas à reprendre, mais que la philosophie matérialiste bat en brèche.

femme, et n'appartient qu'à elle ; une femme appartient à un homme, et n'appartient qu'à lui.

OROU. — Pour toute leur vie ?

L'AUMÔNIER. — Pour toute leur vie.

OROU. — En sorte que, s'il arrivait à une femme de coucher avec un autre que son mari, ou à un mari de coucher avec une autre que sa femme... Mais cela n'arrive point, car, puisqu'il est là, et que cela lui déplaît, il sait les en empêcher.

L'AUMÔNIER. — Non, il les laisse faire[1], et ils pèchent contre la loi de Dieu, car c'est ainsi que nous appelons le grand ouvrier ; contre la loi du pays, et ils commettent un crime.

OROU. — Je serais fâché de t'offenser par mes discours ; mais si tu le permettais, je te dirais mon avis.

L'AUMÔNIER. — Parle.

OROU. — Ces préceptes singuliers, je les trouve opposés à la nature, contraires à la raison, faits pour multiplier les crimes et fâcher à tout moment le vieil ouvrier qui a tout fait sans tête, sans mains et sans outils ; qui est partout et qu'on ne voit nulle part ; qui dure aujourd'hui et demain et qui n'a pas un jour de plus ; qui commande et qui n'est pas obéi ; qui peut empêcher, et qui n'empêche pas. Contraires à la nature, parce qu'ils supposent qu'un être sentant, pensant et libre peut être la propriété d'un être semblable à lui. Sur quoi ce droit serait-il fondé ? Ne vois-tu pas qu'on a confondu dans ton pays la chose qui n'a ni sensibilité, ni pensée, ni désir, ni volonté, qu'on quitte, qu'on prend, qu'on garde, qu'on échange sans qu'elle souffre et sans qu'elle se plaigne, avec la chose qui ne s'échange point, qui ne s'acquiert point, qui a liberté, volonté, désir, qui peut se donner ou se refuser pour un moment, se donner ou se refuser pour toujours, qui se plaint et qui souffre, et qui ne saurait devenir un effet de commerce sans qu'on oublie son caractère et

---

1. Problème du libre arbitre laissé aux hommes par Dieu. Cette question de la liberté et de la grâce est particulièrement agitée dans les débats autour du jansénisme, débats encore fort vivaces au XVIIIᵉ siècle.

qu'on fasse violence à la nature ? Contraires à la loi générale des êtres. Rien en effet te paraît-il plus insensé qu'un
précepte qui proscrit le changement qui est en nous, qui
commande une constance qui n'y peut être, et qui viole
la nature et la liberté du mâle et de la femelle en les
enchaînant pour jamais l'un à l'autre ; qu'une fidélité qui
borne la plus capricieuse des jouissances à un même individu ; qu'un serment d'immutabilité de deux êtres de
chair, à la face d'un ciel qui n'est pas un instant le même,
sous des antres qui menacent ruine, au bas d'une roche
qui tombe en poudre, au pied d'un arbre qui se gerce, sur
une pierre qui s'ébranle [1] ? Crois-moi, vous avez rendu la
condition de l'homme pire que celle de l'animal. Je ne
sais ce que c'est que ton grand ouvrier, mais je me réjouis
qu'il n'ait point parlé à nos pères, et je souhaite qu'il ne
parle point à nos enfants ; car il pourrait par hasard leur
dire les mêmes sottises et ils feraient peut-être celle de
les croire. Hier, en soupant, tu nous as entretenus de
magistrats et de prêtres, je ne sais quels sont ces personnages que tu appelles magistrats et prêtres dont l'autorité
règle votre conduite ; mais, dis-moi, sont-ils maîtres du
bien et du mal ? Peuvent-ils faire que ce qui est juste soit
injuste, et que ce qui est injuste soit juste ? Dépend-il
d'eux d'attacher le bien à des actions nuisibles, et le mal
à des actions innocentes ou utiles ? Tu ne saurais le penser, car à ce compte il n'y aurait ni vrai ni faux, ni bon
ni mauvais, ni beau ni laid, du moins, que ce qu'il plairait
à ton grand ouvrier, à tes magistrats, à tes prêtres de prononcer tel ; et d'un moment à l'autre, tu serais obligé de
changer d'idées et de conduite. Un jour on te dirait de la
part de l'un de tes trois maîtres : "tue", et tu serais obligé
en conscience de tuer ; un autre jour : "vole", et tu serais
tenu de voler ; ou : "ne mange pas de ce fruit", et tu
n'oserais en manger ; "je te défends ce légume ou cet
animal", et tu te garderais d'y toucher. Il n'y a point de

---

1. Thème cher à Diderot et que développe aussi le fameux passage
de *Jacques le Fataliste* : « Le premier serment que se firent deux êtres
de chair, ce fut au pied d'un rocher qui tombait en poussière ; ils attes-
tèrent de leur constance un ciel qui n'est pas un instant le même ; tout
passait en eux et autour d'eux, et ils croyaient leurs cœurs affranchis
de vicissitudes. »

bonté qu'on ne pût t'interdire ; point de méchanceté qu'on ne pût t'ordonner. Et où en serais-tu réduit si tes trois maîtres, peu d'accord entre eux, s'avisaient de te permettre, de t'enjoindre et de te défendre la même chose, comme je pense qu'il arrive souvent ? Alors pour plaire au prêtre, il faudra que tu te brouilles avec le magistrat ; pour satisfaire le magistrat, il faudra que tu mécontentes le grand ouvrier ; et pour te rendre agréable au grand ouvrier, il faudra que tu renonces à la nature [1]. Et sais-tu ce qui en arrivera ? C'est que tu les mépriseras tous les trois, et que tu ne seras ni homme, ni citoyen, ni pieux ; que tu ne seras rien ; que tu seras mal avec toutes les sortes d'autorité, mal avec toi-même, méchant, tourmenté par ton cœur, persécuté par tes maîtres insensés, et malheureux, comme je te vis hier au soir lorsque je te présentai mes filles et que tu t'écriais : "Mais ma religion ! mais mon état !" Veux-tu savoir en tout temps et en tout lieu ce qui est bon et mauvais ? Attache-toi à la nature des choses et des actions ; à tes rapports avec ton semblable ; à l'influence de ta conduite sur ton utilité particulière et le bien général. Tu es en délire, si tu crois qu'il y ait rien, soit en haut, soit en bas, dans l'univers, qui puisse ajouter ou retrancher aux lois de la nature. Sa volonté éternelle est que le bien soit préféré au mal et le bien général au bien particulier. Tu ordonneras le contraire, mais tu ne seras pas obéi. Tu multiplieras les malfaiteurs et les malheureux par la crainte, par le châtiment et par les remords. Tu dépraveras les consciences, tu corrompras les esprits. Ils ne sauront plus ce qu'ils ont à faire ou à éviter. Troublés dans l'état d'innocence, tranquilles dans le forfait, ils auront perdu de vue l'étoile polaire, leur chemin. Réponds-moi sincèrement. En dépit des ordres exprès de tes trois législateurs, un jeune homme, dans ton pays, ne couche-t-il jamais sans leur permission avec une jeune fille ?

L'AUMÔNIER. — Je mentirais si je te l'assurais.

---

1. L'opposition des trois « codes » est fortement marquée ici : code de la nature, code civil, code religieux, incarnée par trois personnages : le « sauvage », le magistrat et le prêtre.

OROU. — La femme qui a juré de n'appartenir qu'à son mari, ne se donne-t-elle point à un autre ?

L'AUMÔNIER. — Rien n'est plus commun.

OROU. — Tes législateurs sévissent ou ne sévissent pas. S'ils sévissent, ce sont des bêtes féroces qui battent la nature. S'ils ne sévissent pas, ce sont des imbéciles qui ont exposé au mépris leur autorité par une défense inutile.

L'AUMÔNIER. — Les coupables qui échappent à la sévérité des lois, sont châtiés par le blâme général.

OROU. — C'est-à-dire que la justice s'exerce par le défaut de sens commun de toute la nation, et que c'est la folie de l'opinion qui supplée aux lois.

L'AUMÔNIER. — La fille déshonorée ne trouve plus de mari.

OROU. — Déshonorée ! et pourquoi ?

L'AUMÔNIER. — La femme infidèle est plus ou moins méprisée.

OROU. — Méprisée ! et pourquoi ?

L'AUMÔNIER. — Le jeune homme s'appelle un lâche séducteur.

OROU. — Un lâche, un séducteur ! et pourquoi ?

L'AUMÔNIER. — Le père, la mère et l'enfant sont désolés. L'époux volage est un libertin ; l'époux trahi partage la honte de sa femme.

OROU. — Quel monstrueux tissu d'extravagances tu m'exposes là ! et encore tu ne me dis pas tout. Car aussitôt qu'on s'est permis de disposer à son gré des idées de justice et de propriété, d'ôter ou de donner un caractère arbitraire aux choses, d'unir aux actions ou d'en séparer le bien et le mal sans consulter que le caprice, on se blâme, on s'accuse, on se suspecte, on se tyrannise, on est envieux, on est jaloux, on se trompe, on s'afflige, on se cache, on dissimule, on s'épie, on se surprend, on se querelle, on ment ; les filles en imposent à leurs parents, les maris à leurs femmes, les femmes à leurs maris. Des filles, oui, je n'en doute pas, des filles étoufferont leurs enfants[1] ; des pères soupçonneux mépriseront et négligeront les leurs ; des mères s'en sépareront et les abandonneront à la merci du sort ; et le crime et la débauche se montreront sous toutes sortes de formes. Je sais tout cela comme si j'avais vécu parmi vous. Cela est parce que cela doit être ; et la société dont votre chef vous vante le bel ordre, ne sera qu'un ramas ou d'hypocrites qui foulent secrètement aux pieds les lois, ou d'infortunés qui sont eux-mêmes les instruments de leur supplice, en s'y soumettant ; ou d'imbéciles en qui le préjugé a tout à fait étouffé la voix de la nature ; ou d'êtres mal organisés en qui la nature ne réclame pas ses droits.

L'AUMÔNIER. — Cela ressemble. Mais vous ne vous mariez donc point ?

OROU. — Nous nous marions.

L'AUMÔNIER. — Qu'est-ce que votre mariage ?

OROU. — Le consentement d'habiter une même cabane et de coucher dans un même lit, tant que nous nous y trouvons bien[2].

L'AUMÔNIER. — Et lorsque vous vous y trouvez mal ?

OROU. — Nous nous séparons.

L'AUMÔNIER. — Que deviennent vos enfants ?

OROU. — Ô étranger ! ta dernière question achève de me déceler la profonde misère de ton pays. Sache, mon ami, qu'ici la naissance d'un enfant est toujours un bonheur, et sa mort un sujet de regrets et de larmes. Un enfant est un bien précieux, parce qu'il doit devenir un homme. Aussi en avons-nous un tout autre soin que de nos plantes et de nos animaux. Un enfant qui naît occasionne la joie domestique et publique. C'est un accroissement de fortune pour la cabane, et de force pour la nation. Ce sont

---

1. L'infanticide, quoique puni sévèrement, est assez fréquent au XVIIIe siècle. L'abandon d'enfants, d'autre part, a beaucoup augmenté dans la deuxième moitié du XVIIIe siècle. « En 1772, on enregistra à Paris 7676 enfants trouvés soit 40 % des baptisés » (J. Delumeau, *Le Catholicisme de Luther à Voltaire*, p. 328). — 2. Les propos d'Orou ne font que rejoindre un vieil adage du droit coutumier français : « Manger, dormir, coucher ensemble, c'est là mariage ce me semble. » On se reportera aux *Institutes coutumières* de Loisel (1536-1612).

des bras et des mains de plus dans Otaïti. Nous voyons en lui un agriculteur, un pêcheur, un chasseur, un soldat, un époux, un père. En repassant de la cabane de son mari dans celle de ses parents, une femme emmène avec elle ses enfants qu'elle avait apportés en dot ; on partage ceux qui sont nés pendant la cohabitation commune ; et l'on compense autant qu'il est possible les mâles par les femelles, en sorte qu'il reste à chacun à peu près un nombre égal de filles et de garçons.

L'AUMÔNIER. — Mais des enfants sont longtemps à charge avant que de rendre service.

OROU. — Nous destinons à leur entretien et à la subsistance des vieillards une sixième partie de tous les fruits du pays[1]. Ce tribut les suit partout. Ainsi tu vois que plus la famille de l'Otaïtien est nombreuse, plus elle est riche.

L'AUMÔNIER. — Une sixième partie !

OROU. — Oui. C'est un moyen sûr d'encourager la population et d'intéresser au respect de la vieillesse et à la conservation des enfants.

L'AUMÔNIER. — Vos époux se reprennent-ils quelquefois ?

OROU. — Très souvent. Cependant la durée la plus courte d'un mariage est d'une lune à l'autre.

L'AUMÔNIER. — À moins que la femme ne soit grosse ; alors la cohabitation est au moins de neuf mois.

OROU. — Tu te trompes. La paternité, comme le tribut, suit son enfant partout.

L'AUMÔNIER. — Tu m'as parlé d'enfants qu'une femme apporte en dot à son mari.

OROU. — Assurément. Voilà ma fille aînée qui a trois enfants. Ils marchent ; ils sont sains ; ils sont beaux ; ils promettent d'être forts. Lorsqu'il lui prendra fantaisie de

---

1. À la fin de l'Ancien Régime, des plans de caisses d'épargne et de retraite prennent forme ; en 1768, la Ferme générale établit une caisse de retraite. Le sort des vieillards s'améliore. Il y a donc projection sur l'idéal sauvage d'un certain nombre de revendications qui, à la veille de la Révolution, travaillent peu à peu à une réforme des institutions.

se marier, elle les emmènera, ils sont siens. Son mari les recevra avec joie, et sa femme ne lui en serait que plus agréable si elle était enceinte d'un quatrième.

L'AUMÔNIER. — De lui ?

OROU. — De lui, ou d'un autre. Plus nos filles ont d'enfants, plus elles sont recherchées. Plus nos garçons sont vigoureux et beaux, plus ils sont riches. Aussi autant nous sommes attentifs à préserver les unes de l'approche de l'homme, les autres du commerce de la femme, avant l'âge de fécondité, autant nous les exhortons à produire, lorsque les garçons sont pubères et les filles nubiles. Tu ne saurais croire l'importance du service que tu auras rendu à ma fille Thia, si tu lui as fait un enfant. Sa mère ne lui dira plus à chaque lune : "Mais, Thia, à quoi penses-tu donc ? Tu ne deviens point grosse. Tu as dix-neuf ans ; tu devrais avoir déjà deux enfants, et tu n'en as point. Quel est celui qui se chargera de toi ? Si tu perds ainsi tes jeunes ans, que feras-tu dans ta vieillesse ? Thia, il faut que tu aies quelques défauts qui éloignent de toi les hommes. Corrige-toi, mon enfant. À ton âge, j'avais été trois fois mère."

L'AUMÔNIER. — Quelles précautions prenez-vous pour garder vos filles et vos garçons adolescents ?

OROU. — C'est l'objet principal de l'éducation domestique et le point le plus important des mœurs publiques. Nos garçons, jusqu'à l'âge de vingt-deux ans, deux ou trois ans au-delà de la puberté, restent couverts d'une longue tunique, et les reins ceints d'une petite chaîne. Avant que d'être nubiles, nos filles n'oseraient sortir sans un voile blanc. Ôter sa chaîne, relever son voile est une faute qui se commet rarement, parce que nous leur en apprenons de bonne heure les fâcheuses conséquences. Mais au moment où le mâle a pris toute sa force, où les symptômes virils ont de la continuité, et où l'effusion fréquente et la qualité de la liqueur séminale nous rassurent ; au moment où la jeune fille se fane, s'ennuie, est d'une maturité propre à concevoir des désirs, à en inspirer et à les satisfaire avec utilité, le père détache la chaîne à son fils et lui coupe l'ongle du doigt du milieu de la main droite. La mère lève le voile de sa fille. L'un peut solliciter une femme et en être sollicité ; l'autre se promener publiquement le visage découvert et la gorge nue, accepter ou refuser les caresses d'un homme. On indique seulement d'avance au garçon les filles, à la fille les garçons qu'ils doivent préférer. C'est une grande fête que celle de l'émancipation d'une fille ou d'un garçon. Si c'est une fille, la veille, les jeunes garçons se rassemblent en foule autour de la cabane et l'air retentit pendant toute la nuit du chant des voix et du son des instruments. Le jour, elle est conduite par son père et par sa mère dans une enceinte où l'on danse et où l'exercice du saut, de la lutte et de la course déploie l'homme nu devant elle sous toutes les faces et dans toutes les attitudes. Si c'est un garçon, ce sont les jeunes filles qui font en sa présence les frais et les honneurs de la fête et exposent à ses regards la femme nue, sans réserve et sans secret. Le reste de la cérémonie s'achève sur un lit de feuilles, comme tu l'as vu à ta descente parmi nous. À la chute du jour, la fille rentre dans la cabane de ses parents ou passe dans la cabane de celui dont elle a fait choix, et elle y reste tant qu'elle s'y plaît.

L'AUMÔNIER. — Ainsi cette fête est ou n'est point un jour de mariage ?

OROU. — Tu l'as dit. »

A. — Qu'est-ce que je vois là en marge ?

B. — C'est une note où le bon aumônier dit que les préceptes des parents sur le choix des garçons et des filles étaient pleins de bon sens et d'observations très fines et très utiles ; mais qu'il a supprimé ce catéchisme [1] qui aurait paru à des gens aussi corrompus et aussi superficiels que nous, d'une licence impardonnable, ajoutant toutefois que ce n'était pas sans regret qu'il avait retranché des détails où l'on aurait vu premièrement jusqu'où une nation qui s'occupe sans cesse d'un objet

---

1. À rapprocher de la mode au XVIIIe siècle des « catéchismes » parodiques dont le *Dictionnaire philosophique* de Voltaire donne de bons exemples.

important, peut être conduite dans ses recherches sans les secours de la physique et de l'anatomie ; secondement, la différence des idées de la beauté dans une contrée où l'on rapporte les formes au plaisir d'un moment, et chez un peuple où elles sont appréciées d'après une utilité plus constante. Là, pour être belle, on exige un teint éclatant, un grand front, de grands yeux, des traits fins et délicats, une taille légère, une petite bouche, de petites mains, un petit pied... Ici, presque aucun de ces éléments n'entre en calcul. La femme sur laquelle les regards s'attachent et que le désir poursuit, est celle qui promet beaucoup d'enfants, la femme du cardinal d'Ossat[1], et qui les promet actifs, intelligents, courageux, sains et robustes. Il n'y a presque rien de commun entre la Vénus d'Athènes et celle d'Otaïti ; l'une est Vénus galante, l'autre est Vénus féconde. Une Otaïtienne disait un jour avec mépris à une autre femme du pays : « Tu es belle, mais tu fais de laids enfants ; je suis laide, mais je fais de beaux enfants, et c'est moi que les hommes préfèrent. »

Après cette note de l'aumônier, Orou continue.

A. — Avant qu'il reprenne son discours, j'ai une prière à vous faire, c'est de me rappeler une aventure arrivée dans la Nouvelle-Angleterre.

B. — La voici. Une fille, miss Polly Baker[2], devenue grosse pour la cinquième fois, fut traduite devant le tribunal de justice de Connecticut, près de Boston. La loi condamne toutes les personnes du sexe qui ne doivent le titre de mère qu'au libertinage à une amende ou à une punition corporelle lorsqu'elles ne peuvent payer l'amende. Miss Polly, en entrant dans la salle où les juges étaient assemblés, leur tint ce discours : « Permettez-moi,

---

1. Ce rapprochement saugrenu et comique s'explique, parce que, comme le rappelle L. Versini, Diderot venait de donner un compte rendu de la *Vie du cardinal d'Ossat*, de Mme d'Arconville. — **2.** Ce passage a été ajouté par Diderot qui le reprend de l'*Histoire des deux Indes* de Raynal, pour qui il l'avait écrit (1780, XVII, chap. 21). B. Franklin avait raconté cette histoire dans le *London Magazine* d'avril 1747. Diderot semble bien avoir été à son tour victime d'une « mystification », lorsqu'il prit pour argent comptant cette histoire de Polly Baker inventée par B. Franklin.

messieurs, de vous adresser quelques mots. Je suis une fille malheureuse et pauvre, je n'ai pas le moyen de payer des avocats pour prendre ma défense, et je ne vous retiendrai pas longtemps. Je ne me flatte pas que dans la sentence que vous allez prononcer vous vous écartiez de la loi ; ce que j'ose espérer, c'est que vous daignerez implorer pour moi les bontés du gouvernement et obtenir qu'il me dispense de l'amende. Voici la cinquième fois, messieurs, que je parais devant vous pour le même sujet ; deux fois j'ai payé des amendes onéreuses, deux fois j'ai subi une punition publique et honteuse parce que je n'ai pas été en état de payer. Cela peut être conforme à la loi, je ne le conteste point ; mais il y a quelquefois des lois injustes, et on les abroge ; il y en a aussi de trop sévères, et la puissance législatrice peut dispenser de leur exécution. J'ose dire que celle qui me condamne est à la fois injuste en elle-même et trop sévère envers moi. Je n'ai jamais offensé personne dans le lieu où je vis, et je défie mes ennemis, si j'en ai quelques-uns, de pouvoir prouver que j'ai fait le moindre tort à un homme, à une femme, à un enfant. Permettez-moi d'oublier un moment que la loi existe, alors je ne conçois pas quel peut être mon crime ; j'ai mis cinq beaux enfants au monde, au péril de ma vie, je les ai nourris de mon lait, je les ai soutenus par mon travail, et j'aurais fait davantage pour eux, si je n'avais pas payé des amendes qui m'en ont ôté les moyens. Est-ce un crime d'augmenter les sujets de Sa Majesté dans une nouvelle contrée qui manque d'habitants ? Je n'ai enlevé aucun mari à sa femme, ni débauché aucun jeune homme ; jamais on ne m'a accusée de ces procédés coupables, et si quelqu'un se plaint de moi, ce ne peut être que le ministre à qui je n'ai point payé de droits de mariage. Mais est-ce ma faute ? J'en appelle à vous, messieurs ; vous me supposez sûrement assez de bon sens pour être persuadés que je préférerais l'honorable état de femme à la condition honteuse dans laquelle j'ai vécu jusqu'à présent. J'ai toujours désiré et je désire encore de me marier, et je ne crains point de dire que j'aurais la bonne conduite, l'industrie et l'économie convenables à une femme, comme j'en ai la fécondité. Je défie qui que

ce soit de dire que j'aie refusé de m'engager dans cet état.
Je consentis à la première et seule proposition qui m'en
ait été faite ; j'étais vierge encore ; j'eus la simplicité de
confier mon honneur à un homme qui n'en avait point, il
me fit mon premier enfant et m'abandonna. Cet homme,
vous le connaissez tous : il est actuellement magistrat
comme vous et s'assied à vos côtés ; j'avais espéré qu'il
paraîtrait aujourd'hui au tribunal et qu'il aurait intéressé
votre pitié en ma faveur, en faveur d'une malheureuse qui
ne l'est que par lui ; alors j'aurais été incapable de l'exposer à rougir en rappelant ce qui s'est passé entre nous.
Ai-je tort de me plaindre aujourd'hui de l'injustice des
lois ? La première cause de mes égarements, mon séducteur, est élevé au pouvoir et aux honneurs par ce même
gouvernement qui punit mes malheurs par le fouet et par
l'infamie. On me répondra que j'ai transgressé les préceptes de la religion ; si mon offense est contre Dieu,
laissez-lui le soin de m'en punir ; vous m'avez déjà
exclue de la communion de l'Église, cela ne suffit-il pas ?
Pourquoi au supplice de l'enfer que vous croyez m'attendre dans l'autre monde, ajoutez-vous dans celui-ci les
amendes et le fouet ? Pardonnez, messieurs, ces
réflexions ; je ne suis point un théologien, mais j'ai peine
à croire que ce me soit un grand crime d'avoir donné le
jour à de beaux enfants que Dieu a doués d'âmes immor-
telles et qui l'adorent. Si vous faites des lois qui changent
la nature des actions et en font des crimes, faites-en contre
les célibataires dont le nombre augmente tous les jours,
qui portent la séduction et l'opprobre dans les familles,
qui trompent les jeunes filles comme je l'ai été, et qui les
forcent à vivre dans l'état honteux dans lequel je vis au
milieu d'une société qui les repousse et les méprise. Ce
sont eux qui troublent la tranquillité publique ; voilà des
crimes qui méritent plus que le mien l'animadversion des
lois. »

Ce discours singulier produisit l'effet qu'en attendait
miss Baker ; ses juges lui remirent l'amende et la peine
qui en tient lieu. Son séducteur, instruit de ce qui s'était
passé, sentit le remords de sa première conduite : il voulut
la réparer ; deux jours après il épousa miss Baker, et fit

une honnête femme de celle dont cinq ans auparavant il
avait fait une fille publique[1].

A. — Et ce n'est pas là un conte de votre invention ?

B. — Non.

A. — J'en suis bien aise.

B. — Je ne sais si l'abbé Raynal ne rapporte pas le fait
et le discours dans son *Histoire du commerce des deux
Indes*.

A. — Ouvrage excellent et d'un ton si différent des
précédents qu'on a soupçonné l'abbé d'y avoir employé
des mains étrangères[2].

B. — C'est une injustice.

A. — Ou une méchanceté. On dépèce le laurier qui
ceint la tête d'un grand homme et on le dépèce si bien
qu'il ne lui en reste plus qu'une feuille.

B. — Mais le temps rassemble les feuilles éparses et
refait la couronne.

A. — Mais l'homme est mort, il a souffert de l'injure
qu'il a reçue de ses contemporains, et il est insensible à
la réparation qu'il obtient de la postérité.

---

1. Fin édifiante qui laissera probablement le lecteur sceptique. Mais
n'est-ce pas aussi l'histoire de la femme du marquis des Arcis dans
Jacques le Fataliste ? — 2. L'« abbé » Raynal (1713-1796) avait
renoncé à l'état sacerdotal. Collaborateur de l'*Encyclopédie*, puis directeur du *Mercure de France* (1750-1755) et, jusqu'en 1753, de la *Correspondance littéraire*, il publie l'*Histoire philosophique et politique
des établissements et du commerce des Européens dans les deux Indes*,
avec la collaboration de d'Holbach, Naigeon, Diderot et d'autres,
Deleyre, etc. (première édition en 6 volumes, en 1770 ; nombreuses
rééditions ; mise à l'index en 1774 ; condamné par le Parlement de
Paris en 1781). Cette histoire de la colonisation européenne en Amérique et en Asie, qui condamne fermement l'esclavage et fait l'apologie
du commerce, connut un succès étonnant. L'édition de 1780, plus auda-
cieuse, contient une collaboration accrue de Diderot (qui aurait rédigé
le cinquième de l'ouvrage ; *cf.* M. Duchet, *Diderot et l'Histoire des
deux Indes ou l'Écriture fragmentaire*, Nizet, 1978).

IV

Suite de l'entretien de l'aumônier avec l'habitant d'Otaïti

OROU. — L'heureux moment pour une jeune fille et pour ses parents, que celui où sa grossesse est constatée ! Elle se lève, elle accourt ; elle jette ses bras autour du cou de sa mère et de son père ; c'est avec des transports d'une joie mutuelle qu'elle leur annonce et qu'ils apprennent cet événement. « Maman ! mon papa ! embrassez-moi. Je suis grosse ! — Est-il bien vrai ? — Très vrai. — Et de qui l'êtes-vous ? — Je le suis d'un tel. »

L'AUMÔNIER. — Comment peut-elle nommer le père de son enfant ?

OROU. — Pourquoi veux-tu qu'elle l'ignore ? Il en est de la durée de nos amours comme de celle de nos mariages. Elle est au moins d'une lune à la lune suivante.

L'AUMÔNIER. — Et cette règle est bien scrupuleusement observée ?

OROU. — Tu vas en juger. D'abord l'intervalle de deux lunes n'est pas long ; mais lorsque deux pères ont une prétention bien fondée à la formation d'un enfant, il n'appartient plus à sa mère.

L'AUMÔNIER. — À qui appartient-il donc ?

OROU. — À celui des deux à qui il lui plaît de le donner. Voilà tout son privilège ; et un enfant étant par lui-même un objet d'intérêt et de richesse, tu conçois que, parmi nous, les libertines sont rares et que les jeunes garçons s'en éloignent.

L'AUMÔNIER. — Vous avez donc aussi vos libertines ? J'en suis bien aise [1].

OROU. — Nous en avons même de plus d'une sorte. Mais tu m'écartes de mon sujet. Lorsqu'une de nos filles

---

1. Réplique qui peut surprendre dans la bouche d'un aumônier : Diderot montre ainsi combien, dans la discussion, le désir de défendre le parti que l'on a pris amène à tenir des propos qui peuvent sembler paradoxaux. Peut-être aussi la vivacité de la conversation permet-elle de faire affleurer la véritable identité, cachée sous les conventions.

est grosse, si le père de l'enfant est un jeune homme beau, bien fait, brave, intelligent et laborieux, l'espérance que l'enfant héritera des vertus de son père renouvelle l'allégresse. Notre enfant n'a honte que d'un mauvais choix. Tu dois concevoir quel prix nous attachons à la santé, à la beauté, à la force, à l'industrie, au courage. Tu dois concevoir comment, sans que nous nous en mêlions, les prérogatives du sang doivent s'éterniser parmi nous. Toi qui as parcouru différentes contrées, dis-moi si tu as remarqué dans aucune autant de beaux hommes et autant de belles femmes que dans Otaïti. Regarde-moi. Comment me trouves-tu ? Eh bien ! il y a dix mille hommes ici plus grands, aussi robustes ; mais pas un plus brave que moi. Aussi les mères me désignent-elles souvent à leurs filles.

L'aumônier. — Mais de tous ces enfants que tu peux avoir faits hors de ta cabane, que t'en revient-il ?

Orou. — Le quatrième, mâle ou femelle. Il s'est établi parmi nous une circulation d'hommes, de femmes et d'enfants, ou de bras de tout âge et de toute fonction qui est bien d'une autre importance que celle de vos denrées qui n'en sont que le produit.

L'aumônier. — Je le conçois. Qu'est-ce que c'est que ces voiles noirs que j'ai rencontrés quelquefois ?

Orou. — Le signe de la stérilité, vice de naissance, ou suite de l'âge avancé. Celle qui quitte ce voile et se mêle avec les hommes, est une libertine. Celui qui relève ce voile et s'approche de la femme stérile, est un libertin.

L'aumônier. — Et ces voiles gris ?

Orou. — Le signe de la maladie périodique. Celle qui quitte ce voile et se mêle avec les hommes, est une libertine ; celui qui le relève et s'approche de la femme malade, est un libertin.

L'aumônier. — Avez-vous des châtiments pour ce libertinage ?

Orou. — Point d'autres que le blâme.

L'aumônier. — Un père peut-il coucher avec sa fille,

une mère avec son fils, un frère avec sa sœur, un mari avec la femme d'un autre ?

Orou. — Pourquoi non ?

L'aumônier. — Passe pour la fornication. Mais l'inceste, mais l'adultère !

Orou. — Qu'est-ce que tu veux dire avec tes mots fornication, inceste, adultère ?

L'aumônier. — Des crimes, des crimes énormes pour l'un desquels l'on brûle dans mon pays.

Orou. — Qu'on brûle ou qu'on ne brûle pas dans ton pays, peu m'importe. Mais tu n'accuseras pas les mœurs d'Europe par celles d'Otaïti, ni par conséquent les mœurs d'Otaïti par celles de ton pays. Il nous faut une règle plus sûre ; et quelle sera cette règle ? En connais-tu une autre que le bien général et l'utilité particulière ? À présent, dis-moi ce que ton crime inceste a de contraire à ces deux fins de nos actions. Tu te trompes, mon ami, si tu crois qu'une loi une fois publiée, un mot ignominieux inventé, un supplice décerné, tout est dit. Réponds-moi donc, qu'entends-tu par inceste ?

L'aumônier. — Mais un inceste...

Orou. — Un inceste... Y a-t-il longtemps que ton grand ouvrier sans tête, sans mains et sans outils, a fait le monde ?

L'aumônier. — Non.

Orou. — Fit-il toute l'espèce humaine à la fois ?

L'aumônier. — Il créa seulement une femme et un homme.

Orou. — Eurent-ils des enfants ?

L'aumônier. — Assurément.

Orou. — Suppose que ces deux premiers parents n'aient eu que des filles et que leur mère soit morte la première, ou qu'ils n'aient eu que des garçons et que la femme ait perdu son mari [1].

---

1. On peut voir ici une reprise du petit conte que Voltaire a placé dans le *Dictionnaire philosophique*, à l'article « Lois » : au temps de Vespasien et de Tite, un Israélite fuit pour éviter les persécutions

L'AUMÔNIER. — Tu m'embarrasses. Mais tu as beau dire, l'inceste est un crime abominable, et parlons d'autre chose.

OROU. — Cela te plaît à dire ; je me tais, moi, tant que tu ne m'auras pas dit ce que c'est que le crime abominable inceste.

L'AUMÔNIER. — Eh bien ! je t'accorde que peut-être l'inceste ne blesse en rien la nature ; mais ne suffit-il pas qu'il menace la constitution politique ? Que deviendraient la sûreté d'un chef et la tranquillité d'un État si toute une nation composées de plusieurs millions d'hommes se trouvait rassemblée autour d'une cinquantaine de pères de famille ?

OROU. — Le pis-aller, c'est qu'où il n'y a qu'une grande société, il y en aurait cinquante petites, plus de bonheur et un crime de moins.

L'AUMÔNIER. — Je crois cependant que même ici un fils couche rarement avec sa mère.

OROU. — À moins qu'il n'ait beaucoup de respect pour elle, et une tendresse qui lui fasse oublier la disparité d'âge et préférer une femme de quarante ans à une fille de dix-neuf.

L'AUMÔNIER. — Et le commerce des pères avec leurs filles ?

OROU. — Guère plus fréquent, à moins que la fille ne soit laide et peu recherchée. Si son père l'aime, il s'occupe à lui préparer sa dot en enfants.

L'AUMÔNIER. — Cela me fait imaginer que le sort des femmes que la nature a disgraciées ne doit pas être heureux dans Otaïti.

---

romaines. Il part avec sa femme qui est âgée, sa fille et son fils, et emmène deux eunuques ; « un bon essénien, qui savait par cœur le *Pentateuque*, lui servait d'aumônier ». Naufrage où meurt le vieux couple. On arrive sur une île. Comment faire pour que « la semence d'Abraham » ne disparaisse pas de la terre ? Le refus de l'aumônier va amener l'inceste du frère et de la sœur, puis quatorze ans plus tard, du père et de la fille. Cette partie de l'article « Lois » paraît dans la première édition, c'est-à-dire en 1764, et Diderot peut donc l'avoir présente à l'esprit.

Orou. — Cela me prouve que tu n'as pas une haute opinion de la générosité de nos jeunes gens.

L'aumônier. — Pour les unions de frères et de sœurs, je ne doute pas qu'elles ne soient très communes.

Orou. — Et très approuvées.

L'aumônier. — À t'entendre, cette passion qui produit tant de crimes et de maux dans nos contrées, serait ici tout à fait innocente.

Orou. — Étranger, tu manques de jugement et de mémoire. De jugement, car partout où il y a défense, il faut qu'on soit tenté de faire la chose défendue et qu'on la fasse. De mémoire, puisque tu ne te souviens plus de ce que je t'ai dit. Nous avons de vieilles dissolues qui sortent la nuit sans leur voile noir et reçoivent des hommes lorsqu'il ne peut rien résulter de leur approche. Si elles sont reconnues ou surprises, l'exil au nord de l'île ou l'esclavage est leur châtiment ; des filles précoces qui relèvent leur voile blanc à l'insu de leurs parents, et nous avons pour elles un lieu fermé dans la cabane ; des jeunes hommes qui déposent leur chaîne avant le temps prescrit par la nature et par la loi, et nous en réprimandons leurs parents ; des femmes à qui le temps de la grossesse paraît long ; des femmes et des filles peu scrupuleuses à garder leur voile gris ; mais dans le fait, nous n'attachons pas une grande importance à toutes ces fautes, et tu ne saurais croire combien l'idée de richesse particulière ou publique, unie dans nos têtes à l'idée de population, épure nos mœurs sur ce point[1].

L'aumônier. — La passion de deux hommes pour une même femme, ou le goût de deux femmes ou de deux filles pour un même homme, n'occasionnent-ils point de désordres ?

Orou. — Je n'en ai pas vu quatre exemples. Le choix

---

1. Cette dernière phrase relativise le paragraphe qui précède et qui marquait la présence de l'interdit sexuel chez les Tahitiens eux-mêmes. Ces interdits sont-ils conformes à la loi naturelle ? Oui, dans la mesure où ils condamnent des pratiques sexuelles qui n'aboutiraient pas à accroître la population. Mais alors la loi des Tahitiens rejoint étrangement les règles de l'Église catholique. D'où la nécessité de cette dernière phrase.

de la femme ou celui de l'homme finit tout. La violence d'un homme serait une faute grave ; mais il faut une plainte publique, et il est presque inouï qu'une fille ou qu'une femme se soit plainte. La seule chose que j'aie remarquée, c'est que nos femmes ont moins de pitié des hommes laids que nos jeunes gens des femmes disgraciées, et nous n'en sommes pas fâchés.

L'AUMÔNIER. — Vous ne connaissez guère la jalousie, à ce que je vois ; mais la tendresse maritale, l'amour paternel, ces deux sentiments si puissants et si doux, s'ils ne sont pas étrangers ici, y doivent être assez faibles.

OROU. — Nous y avons suppléé par un autre qui est tout autrement général, énergique et durable, l'intérêt. Mets la main sur la conscience ; laisse là cette fanfaronnade de vertu qui est sans cesse sur les lèvres de tes camarades et qui ne réside pas au fond de leur cœur. Dis-moi si, dans quelque contrée que ce soit, il y a un père qui, sans la honte qui le retient, n'aimât mieux perdre son enfant, un mari qui n'aimât mieux perdre sa femme, que sa fortune et l'aisance de toute sa vie. Sois sûr que partout où l'homme sera attaché à la conservation de son semblable comme à son lit, à sa santé, à son repos, à sa cabane, à ses fruits, à ses champs, il fera pour lui tout ce qu'il est possible de faire. C'est ici que les pleurs trempent la couche d'un enfant qui souffre ; c'est ici que les mères sont soignées dans la maladie ; c'est ici qu'on prise une femme féconde, une fille nubile, un garçon adolescent ; c'est ici qu'on s'occupe de leur institution, parce que leur conservation est toujours un accroissement, et leur perte toujours une diminution de fortune.

L'AUMÔNIER. — Je crains bien que ce sauvage n'ait raison. Le paysan misérable de nos contrées, qui excède sa femme pour soulager son cheval, laisse périr son enfant sans secours et appelle le médecin pour son bœuf.

OROU. — Je n'entends pas trop ce que tu viens de dire ; mais à ton retour dans ta patrie si policée, tâche d'y introduire ce ressort, et c'est alors qu'on y sentira le prix de l'enfant qui naît, et l'importance de la population. Veux-tu que je te révèle un secret ? Mais prends garde

qu'il ne t'échappe. Vous arrivez, nous vous abandonnons
nos femmes et nos filles ; vous vous en étonnez ; vous
nous en témoignez une gratitude qui nous fait rire ; vous
nous remerciez, lorsque nous asseyons sur toi et sur tes
compagnons la plus forte de toutes les impositions. Nous
ne t'avons point demandé d'argent ; nous ne nous
sommes point jetés sur tes marchandises ; nous avons
méprisé tes denrées : mais nos femmes et nos filles sont
venues exprimer le sang de tes veines. Quand tu t'éloi-
gneras, tu nous auras laissé des enfants ; ce tribut levé sur
ta personne, sur ta propre substance, à ton avis, n'en vaut-
il pas bien un autre ? Et si tu veux en apprécier la valeur,
imagine que tu aies deux cents lieues de côtes à courir,
et qu'à chaque vingt milles, on te mette à pareille contri-
bution. Nous avons des terres immenses en friche ; nous
manquons de bras, et nous t'en avons demandé. Nous
avons des calamités épidémiques à réparer, et nous
t'avons employé à réparer le vide qu'elles laisseront.
Nous avons des ennemis voisins à combattre, un besoin
de soldats, et nous t'avons prié de nous en faire ; le
nombre de nos femmes et de nos filles est trop grand pour
celui des hommes, et nous t'avons associé à notre tâche.
Parmi ces femmes et ces filles, il y en a dont nous n'avons
jamais pu obtenir d'enfants, et ce sont celles que nous
avons exposées à vos premiers embrassements. Nous
avons à payer une redevance en hommes à un voisin
oppresseur ; c'est toi et tes camarades qui nous
défrayeront, et dans cinq à six ans, nous lui enverrons vos
fils s'ils valent moins que les nôtres. Plus robustes, plus
sains que vous, nous nous sommes aperçus au premier
coup d'œil que vous nous surpassiez en intelligence, et
sur-le-champ nous avons destiné quelques-unes de nos
femmes et de nos filles les plus belles à recueillir la
semence d'une race meilleure que la nôtre. C'est un essai
que nous avons tenté et qui pourra nous réussir. Nous
avons tiré de toi et des tiens le seul parti que nous en
pouvions tirer ; et crois que, tout sauvages que nous
sommes, nous savons aussi calculer. Va où tu voudras, et
tu trouveras presque toujours l'homme aussi fin que toi.
Il ne te donnera jamais que ce qui ne lui est bon à rien,
et te demandera toujours ce qui lui est utile. S'il te pré-

sente un morceau d'or pour un morceau de fer, c'est qu'il ne fait aucun cas de l'or et qu'il prise le fer. Mais dis-moi donc pourquoi tu n'es pas vêtu comme les autres. Que signifie cette casaque longue qui t'enveloppe de la tête aux pieds, et ce sac pointu que tu laisses tomber sur tes épaules, ou que tu ramènes sur tes oreilles ?

L'aumônier. — C'est que, tel que tu me vois, je me suis engagé dans une société d'hommes qu'on appelle dans mon pays des moines. Le plus sacré de leurs vœux est de n'approcher d'aucune femme et de ne point faire d'enfants.

Orou. — Que faites-vous donc ?

L'aumônier. — Rien.

Orou. — Et ton magistrat souffre cette espèce de paresseux, la pire de toutes ?

L'aumônier. — Il fait plus ; il la respecte et la fait respecter.

Orou. — Ma première pensée était que la nature, quelque accident, ou un art cruel vous avait privés de la faculté de produire votre semblable, et que par pitié on aimait mieux vous laisser vivre que de vous tuer. Mais, moine, ma fille m'a dit que tu étais un homme, et un homme aussi robuste qu'un Otaïtien, et qu'elle espérait que tes caresses réitérées ne seraient pas infructueuses. À présent que j'ai compris pourquoi tu t'es écrié hier au soir : « Mais ma religion ! mais mon état ! », pourrais-tu m'apprendre le motif de la faveur et du respect que les magistrats vous accordent ?

L'aumônier. — Je l'ignore.

Orou. — Tu sais au moins par quelle raison, étant homme, tu t'es librement condamné à ne le pas être ?

L'aumônier. — Cela serait trop long et trop difficile à t'expliquer.

Orou. — Et ce vœu de stérilité, le moine y est-il bien fidèle ?

L'aumônier. — Non.

OROU. — J'en étais sûr. Avez-vous aussi des moines femelles ?

L'AUMÔNIER. — Oui.

OROU. — Aussi sages que les moines mâles ?

L'AUMÔNIER. — Plus renfermées, elles sèchent de douleur, périssent d'ennui [1].

OROU. — Et l'injure faite à la nature est vengée. Oh ! le vilain pays ! Si tout y est ordonné comme ce que tu m'en dis, vous êtes plus barbares que nous.

Le bon aumônier raconte qu'il passa le reste de la journée à parcourir l'île, à visiter les cabanes, et que le soir, après souper, le père et la mère l'ayant supplié de coucher avec la seconde de leurs filles, Palli s'était présentée dans le même déshabillé que Thia, et qu'il s'était écrié plusieurs fois pendant la nuit : « Mais ma religion ! mais mon état ! », que la troisième nuit il avait été agité des mêmes remords avec Asto l'aînée, et que la quatrième il l'avait accordée par honnêteté à la femme de son hôte.

V

Suite du dialogue entre A et B

A. — J'estime cet aumônier poli.

B. — Et moi, beaucoup davantage les mœurs des Otaïtiens et le discours d'Orou.

A. — Quoique un peu modelé à l'européenne.

B. — Je n'en doute pas.

Ici le bon aumônier se plaint de la brièveté de son séjour dans Otaïti, et de la difficulté de mieux connaître les usages d'un peuple assez sage pour s'être arrêté de

---

1. Diderot a amplement développé cette idée, en particulier dans son roman *La Religieuse*. Le caractère antinaturel de la vie religieuse est un *topos* du discours des Lumières. La chasteté est non seulement antinaturelle, mais nuisible pour la santé des individus et de la société, puisqu'elle exclut en principe les religieux du devoir de se reproduire. Là encore on pense au premier article du *Dictionnaire philosophique*, « abbé » : « Savez-vous bien qu'abbé signifie père ? Si vous le devenez vous rendez service à l'État. »

lui-même à la médiocrité, ou assez heureux pour habiter un climat dont la fertilité lui assurait un long engourdissement, assez actif pour s'être mis à l'abri des besoins absolus de la vie, et assez indolent pour que son innocence, son repos et sa félicité n'eussent rien à redouter d'un progrès trop rapide de ses lumières. Rien n'y était mal par l'opinion ou par la loi, que ce qui était mal de sa nature. Les travaux et les récoltes s'y faisaient en commun. L'acception du mot propriété y était très étroite. La passion de l'amour, réduite à un simple appétit physique, n'y produisait aucun de nos désordres. L'île entière offrait l'image d'une seule famille nombreuse, dont chaque cabane représentait les divers appartements d'une de nos grandes maisons. Il finit par protester que ces Otaïtiens seront toujours présents à sa mémoire, qu'il avait été tenté de jeter ses vêtements dans le vaisseau et de passer le reste de ses jours parmi eux, et qu'il craint bien de se repentir plus d'une fois de ne l'avoir pas fait.

A. — Malgré cet éloge, quelles conséquences utiles à tirer des mœurs et des usages bizarres d'un peuple non civilisé ?

B. — Je vois qu'aussitôt que quelques causes physiques, telles par exemple que la nécessité de vaincre l'ingratitude du sol, ont mis en jeu la sagacité de l'homme, cet élan le conduit bien au-delà du but, et que, le terme du besoin passé, on est porté dans l'océan sans bornes des fantaisies d'où l'on ne se tire plus. Puisse l'heureux Otaïtien s'arrêter où il en est ! Je vois qu'excepté dans ce recoin écarté de notre globe, il n'y a point eu de mœurs, et qu'il n'y en aura peut-être jamais nulle part.

A. — Qu'entendez-vous donc par des mœurs ?

B. — J'entends une soumission générale et une conduite conséquente à des lois bonnes ou mauvaises. Si les lois sont bonnes, les mœurs sont bonnes. Si les lois sont mauvaises, les mœurs sont mauvaises. Si les lois, bonnes ou mauvaises, ne sont point observées, la pire condition d'une société, il n'y a point de mœurs. Or comment voulez-vous que des lois s'observent quand elles se contredisent ? Parcourez l'histoire des siècles et des nations tant anciennes que modernes, et vous trouverez les hommes assujettis à trois codes, le code de la nature, le code civil et le code religieux, et contraints d'enfreindre alternativement ces trois codes qui n'ont jamais été d'accord ; d'où il est arrivé qu'il n'y a eu dans aucune contrée, comme Orou l'a deviné de la nôtre, ni homme, ni citoyen, ni religieux [1].

A. — D'où vous conclurez sans doute qu'en fondant la morale sur les rapports éternels, qui subsistent entre les hommes, la loi religieuse devient peut-être superflue, et que la loi civile ne doit être que l'énonciation de la loi de nature.

B. — Et cela, sous peine de multiplier les méchants, au lieu de faire des bons.

A. — Ou que, si l'on juge nécessaire de les conserver toutes trois, il faut que les deux dernières ne soient que des calques rigoureux de la première, que nous apportons gravée au fond de nos cœurs, et qui sera toujours la plus forte.

B. — Cela n'est pas exact. Nous n'apportons en naissant qu'une similitude d'organisation avec d'autres êtres, les mêmes besoins, de l'attrait vers les mêmes plaisirs, une aversion commune pour les mêmes peines, ce qui constitue l'homme ce qu'il est, et doit fonder la morale qui lui convient.

A. — Cela n'est pas aisé.

B. — Cela n'est pas si difficile que je croirais volontiers le peuple le plus sauvage de la terre, l'Otaïtien qui s'en est tenu scrupuleusement à la loi de nature, plus voisin d'une bonne législation qu'aucun peuple civilisé.

A. — Parce qu'il lui est plus facile de se défaire de son

---

1. La théorie des trois codes est à plusieurs reprises développée par Diderot. R. Lewinter y voit, à juste titre, le lien qui réunit les trois contes de 1772-1773 (*Ceci n'est pas un conte, Madame de La Carlière* et le *Supplément*). « Le thème des trois codes, naturel, civil, religieux, qui déchirent l'homme par leurs contradictions jusqu'à l'anéantir, implicite dans *Ceci n'est pas un conte*, est dramatiquement exposé dans *Madame de La Carlière*. (...) Au contraire de la société européenne, où le code civil (...) est dicté par le code religieux, Diderot, en Orou, représente une société où le code civil serait informé, enfin, par le code naturel (*O.C.*, t. X, p. 138 et *sq.*). Dans les *Mémoires pour Catherine II* et les *Observations sur le Nakaz*, Diderot propose de même à l'impératrice de ne pas faire, dans son projet de législation, référence à Dieu pour éviter toute compromission du code civil avec le code religieux.

trop de rusticité, qu'à nous de revenir sur nos pas et de réformer nos abus.

B. — Surtout ceux qui tiennent à l'union de l'homme avec la femme.

A. — Cela se peut. Mais commençons par le commencement. Interrogeons bonnement la nature, et voyons sans partialité ce qu'elle nous répondra sur ce point.

B. — J'y consens.

A. — Le mariage est-il dans la nature ?

B. — Si vous entendez par le mariage la préférence qu'une femelle accorde à un mâle sur tous les autres mâles, ou celle qu'un mâle donne à une femelle sur toutes les autres femelles, préférence mutuelle en conséquence de laquelle il se forme une union plus ou moins durable, qui perpétue l'espèce par la reproduction des individus, le mariage est dans la nature.

A. — Je le pense comme vous ; car cette préférence se remarque non seulement dans l'espèce humaine, mais encore dans les autres espèces d'animaux : témoin ce nombreux cortège de mâles qui poursuivent une même femelle au printemps dans nos campagnes, et dont un seul obtient le titre de mari. Et la galanterie ?

B. — Si vous entendez par galanterie cette variété de moyens énergiques ou délicats que la passion inspire soit au mâle, soit à la femelle, pour obtenir cette préférence qui conduit à la plus douce, la plus importante et la plus générale des jouissances, la galanterie est dans la nature.

A. — Je le pense comme vous. Témoin toute cette diversité de gentillesses pratiquées par le mâle pour plaire à la femelle, et par la femelle pour irriter la passion et fixer le goût du mâle. Et la coquetterie ?

B. — C'est un mensonge qui consiste à simuler une passion qu'on ne sent pas, et à promettre une préférence qu'on n'accordera point. Le mâle coquet se joue de la femelle ; la femelle coquette se joue du mâle : jeu perfide qui amène quelquefois les catastrophes les plus funestes ; manège ridicule dont le trompeur et le trompé sont également châtiés par la perte des instants les plus précieux de leur vie.

A. — Ainsi la coquetterie, selon vous, n'est pas dans la nature.

B. — Je ne dis pas cela.

A. — Et la constance ?

B. — Je ne vous en dirai rien de mieux que ce qu'en a dit Orou à l'aumônier. Pauvre vanité de deux enfants qui s'ignorent eux-mêmes et que l'ivresse d'un instant aveugle sur l'instabilité de tout ce qui les entoure.

A. — Et la fidélité, ce rare phénomène ?

B. — Presque toujours l'entêtement et le supplice de l'honnête homme et de l'honnête femme dans nos contrées ; chimère à Otaïti.

A. — La jalousie ?

B. — Passion d'un animal indigent et avare qui craint de manquer ; sentiment injuste de l'homme ; conséquence de nos fausses mœurs, et d'un droit de propriété étendu sur un objet sentant, pensant, voulant et libre.

A. — Ainsi la jalousie, selon vous, n'est pas dans la nature ?

B. — Je ne dis pas cela [1]. Vices et vertus, tout est également dans la nature.

A. — Le jaloux est sombre.

B. — Comme le tyran, parce qu'il en a la conscience.

A. — La pudeur ?

B. — Mais vous m'engagez là dans un cours de morale galante. L'homme ne veut être ni troublé ni distrait dans ses jouissances. Celles de l'amour sont suivies d'une faiblesse qui l'abandonnerait à la merci de son ennemi. Voilà tout ce qu'il pourrait y avoir de naturel dans la pudeur. Le reste est d'institution. L'aumônier remarque, dans un troisième morceau que je ne vous ai point lu, que l'Otaïtien ne rougit pas des mouvements involontaires qui s'excitent en lui à côté de sa femme, au milieu de ses filles, et que celles-ci en sont spectatrices, quelquefois

---

1. Les questions de *A* évoquent les divers cas de figures qu'ont présentés, sous un jour tragique, *Ceci n'est pas un conte* et *Madame de La Carlière*. La répétition du « Je ne dis pas cela » est un procédé du théâtre comique. Peut-être est-il nécessaire de détendre le lecteur avant de lui assener cet inquiétant principe que les matérialistes du XVIIIe siècle, et Sade plus que tout autre, ont complaisamment développé : « Vices et vertus, tout est également dans la nature », ce qui remet en cause la prétention d'établir le code civil sur le code naturel et rejoint le *Salon de 1767*.

émues, jamais embarrassées. Aussitôt que la femme devint la propriété de l'homme et que la jouissance furtive d'une fille fut regardée comme un vol, on vit naître les termes pudeur, retenue, bienséance, des vertus et des vices imaginaires, en un mot, entre les deux sexes, des barrières qui empêchassent de s'inviter réciproquement à la violation des lois qu'on leur avait imposées, et qui produisirent souvent un effet contraire, en échauffant l'imagination et en irritant les désirs. Lorsque je vois des arbres plantés autour de nos palais, et un vêtement de cou qui cache et montre une partie de la gorge d'une femme, il me semble reconnaître un retour secret vers la forêt, et un appel à la liberté première de notre ancienne demeure. L'Otaïtien nous dirait : « Pourquoi te caches-tu ? de quoi es-tu honteux ? fais-tu le mal quand tu cèdes à l'impulsion la plus auguste de la nature ? Homme, présente-toi franchement si tu plais. Femme, si cet homme te convient, reçois-le avec la même franchise. »

A. — Ne vous fâchez pas. Si nous débutons comme des hommes civilisés, il est rare que nous ne finissions pas comme l'Otaïtien.

B. — Oui ; mais ces préliminaires de convention consument la moitié de la vie d'un homme de génie.

A. — J'en conviens ; mais qu'importe, si cet élan pernicieux de l'esprit humain contre lequel vous vous êtes récrié tout à l'heure, en est d'autant ralenti ? Un philosophe de nos jours, interrogé pourquoi les hommes faisaient la cour aux femmes et non les femmes la cour aux hommes, répondit qu'il était naturel de demander à celui qui pouvait toujours accorder.

B. — Cette raison m'a paru de tout temps plus ingénieuse que solide. La nature, indécente si vous voulez, presse indistinctement un sexe vers l'autre ; et dans un état de l'homme triste et sauvage qui se conçoit et qui peut-être n'existe nulle part...

A. — Pas même à Otaïti ?

B. — Non... l'intervalle qui séparerait un homme d'une femme serait franchi par le plus amoureux. S'ils s'attendent, s'ils se fuient, s'ils se poursuivent, s'ils s'évitent, s'ils s'attaquent, s'ils se défendent, c'est que la passion, inégale dans ses progrès, ne s'applique pas en eux de la même force. D'où il arrive que la volupté se répand, se consomme et s'éteint d'un côté, lorsqu'elle commence à peine à s'élever de l'autre, et qu'ils en restent tristes tous deux. Voilà l'image fidèle de ce qui se passerait entre deux êtres libres, jeunes et parfaitement innocents. Mais lorsque la femme a connu, par l'expérience ou l'éducation, les suites plus ou moins cruelles d'un moment doux, son cœur frissonne à l'approche de l'homme[1]. Le cœur de l'homme ne frissonne point ; ses sens commandent et il obéit. Les sens de la femme s'expliquent, et elle craint de les écouter. C'est l'affaire de l'homme que de la distraire de sa crainte, de l'enivrer et de la séduire. L'homme conserve toute son impulsion naturelle vers la femme ; l'impulsion naturelle de la femme vers l'homme, dirait un géomètre, est en raison composée de la directe de la passion et de l'inverse de la crainte, raison qui se complique d'une multitude d'éléments divers dans nos sociétés, éléments qui concourent presque tous à accroître la pusillanimité d'un sexe et la durée de la poursuite de l'autre. C'est une espèce de tactique où les ressources de la défense et les moyens de l'attaque ont marché sur la même ligne. On a consacré la résistance de la femme ; on a attaché l'ignominie à la violence de l'homme, violence qui ne serait qu'une injure légère dans Otaïti, et qui devient un crime dans nos cités.

A. — Mais comment est-il arrivé qu'un acte dont le but est si solennel, et auquel la nature nous invite par l'attrait le plus puissant ; que le plus grand, le plus doux,

---

1. Sur ce malheur des femmes, Diderot est encore plus explicite dans *Sur les femmes*, texte écrit en réponse au livre de son ami Thomas : *Essai sur le caractère, les mœurs et l'esprit des femmes des différents siècles*. Son compte rendu est diffusé par la *Correspondance littéraire* dès avril 1772. On se reportera au discours de l'Indienne que Diderot intègre dans ce compte rendu et qu'il a pris justement dans l'*Histoire des deux Indes*. On lit aussi ce triste constat : « L'état de grossesse est pénible presque pour toutes les femmes ; c'est dans les douleurs, au péril de leur vie, aux dépens de leurs charmes, et souvent au péril de leur santé qu'elles donnent naissance à des enfants » (*Œuvres*, Bouquins, t. I, p. 954). L'*Encyclopédie* se montre soucieuse de médicaliser l'accouchement. Les risques qu'encourt cette femme et qu'évoque ici Diderot ne sont d'ailleurs pas seulement physiologiques : elle risque aussi d'être réprouvée par la société.

le plus innocent des plaisirs soit devenu la source la plus féconde de notre dépravation et de nos maux ?

B. — Orou l'a fait entendre dix fois à l'aumônier : écoutez-le donc encore et tâchez de le retenir.

C'est par la tyrannie de l'homme qui a converti la possession de la femme en une propriété.

Par les mœurs et les usages qui ont surchargé de conditions l'union conjugale.

Par les lois civiles qui ont assujetti le mariage à une infinité de formalités.

Par la nature de notre société où la diversité des fortunes et des rangs a institué des convenances et des disconvenances.

Par une contradiction bizarre et commune à toutes les sociétés subsistantes, où la naissance d'un enfant, toujours regardée comme un accroissement de richesse pour la nation, est plus souvent et plus sûrement encore un accroissement d'indigence dans la famille.

Par les vues politiques des souverains qui ont tout rapporté à leur intérêt et à leur sécurité.

Par les institutions religieuses qui ont attaché les noms de vices et de vertus à des actions qui n'étaient susceptibles d'aucune moralité.

Combien nous sommes loin de la nature et du bonheur ! L'empire de la nature ne peut être détruit ; on aura beau le contrarier par des obstacles, il durera. Écrivez tant qu'il vous plaira sur des tables d'airain, pour me servir de l'expression du sage Marc Aurèle, que le frottement voluptueux de deux intestins est un crime, le cœur de l'homme sera froissé entre la menace de votre inscription et la violence de ses penchants. Mais ce cœur indocile ne cessera de réclamer, et cent fois dans le cours de la vie, vos caractères effrayants disparaîtront à nos yeux. Gravez sur le marbre : « Tu ne mangeras ni de l'ixion, ni du griffon ; tu ne connaîtras que ta femme ; tu ne seras point le mari de ta sœur. » Mais vous n'oublierez pas d'accroître les châtiments à proportion de la bizarrerie de vos défenses, vous deviendrez féroces, et vous ne réussirez point à me dénaturer.

A. — Que le code des nations serait court, si on le

conformait rigoureusement à celui de la nature ! Combien de vices et d'erreurs épargnés à l'homme !

B. — Voulez-vous savoir l'histoire abrégée de presque toute notre misère ? La voici. Il existait un homme naturel ; on a introduit au-dedans de cet homme un homme artificiel, et il s'est élevé dans la caverne une guerre continuelle qui dure toute la vie. Tantôt l'homme naturel est le plus fort ; tantôt il est terrassé par l'homme moral et artificiel ; et, dans l'un et l'autre cas, le triste monstre est tiraillé, tenaillé, tourmenté, étendu sur la roue, sans cesse gémissant, sans cesse malheureux, soit qu'un faux enthousiasme de gloire le transporte et l'enivre, ou qu'une fausse ignominie le courbe et l'abatte. Cependant il est des circonstances extrêmes qui ramènent l'homme à sa première simplicité.

A. — La misère et la maladie, deux grands exorcistes.

B. — Vous les avez nommés. En effet, que deviennent alors toutes ces vertus conventionnelles ? Dans la misère, l'homme est sans remords ; dans la maladie, la femme est sans pudeur.

A. — Je l'ai remarqué.

B. — Mais un autre phénomène qui ne vous aura pas échappé davantage, c'est que le retour de l'homme artificiel et moral suit pas à pas les progrès de l'état de maladie à l'état de convalescence, et de l'état de convalescence à l'état de santé. Le moment où l'infirmité cesse est celui où la guerre intestine recommence, et presque toujours avec désavantage pour l'intrus.

A. — Il est vrai. J'ai moi-même éprouvé que l'homme naturel avait dans la convalescence une vigueur funeste pour l'homme artificiel et moral. Mais enfin, dites-moi, faut-il civiliser l'homme ou l'abandonner à son instinct ?

B. — Faut-il vous répondre net ?

A. — Sans doute.

B. — Si vous vous proposez d'en être le tyran, civilisez-le ; empoisonnez-le de votre mieux d'une morale contraire à la nature ; faites-lui des entraves de toute espèce ; embarrassez ses mouvements de mille obstacles ; attachez-lui des fantômes qui l'effraient ; éternisez la guerre dans la caverne, et que l'homme naturel y soit toujours enchaîné sous les pieds de l'homme moral. Le voulez-vous heureux et libre ? ne vous mêlez pas de ses affaires ; assez d'incidents imprévus le conduiront à la lumière et à la dépravation ; et demeurez à jamais convaincu que ce n'est pas pour vous, mais pour eux, que ces sages législateurs vous ont pétri et maniéré comme vous l'êtes. J'en appelle à toutes les institutions politiques, civiles et religieuses. Examinez-les profondément, et je me trompe fort, ou vous y verrez l'espèce humaine pliée de siècle en siècle au joug qu'une poignée de fripons se promettait de lui imposer. Méfiez-vous de celui qui veut mettre de l'ordre. Ordonner, c'est toujours se rendre le maître des autres en les gênant ; et les Calabrais sont presque les seuls à qui la flatterie des législateurs n'en ait point encore imposé.

A. — Et cette anarchie de la Calabre vous plaît ?

B. — J'en appelle à l'expérience, et je gage que leur barbarie est moins vicieuse que notre urbanité. Combien de petites scélératesses compensent ici l'atrocité de quelques grands crimes dont on fait tant de bruit ! Je considère les hommes non civilisés comme une multitude de ressorts épars et isolés. Sans doute, s'il arrivait à quelques-uns de ces ressorts de se choquer, l'un ou l'autre ou tous les deux se briseraient. Pour obvier à cet inconvénient, un individu d'une sagesse profonde et d'un génie sublime rassembla ces ressorts et en composa une machine, et dans cette machine appelée société, tous les ressorts furent rendus agissants, réagissant les uns contre les autres, sans cesse fatigués ; et il s'en rompit plus dans un jour sous l'état de législation, qu'il ne s'en rompait en un an sous l'anarchie de nature. Mais quel fracas ! quel ravage ! quelle énorme destruction de petites ressorts, lorsque deux, trois, quatre de ces énormes machines vinrent à se heurter avec violence !

A. — Ainsi vous préféreriez l'état de nature brute et sauvage ?

B. — Ma foi, je n'oserais prononcer ; mais je sais qu'on a vu plusieurs fois l'homme des villes se dépouiller et rentrer dans la forêt, et qu'on n'a jamais vu l'homme de la forêt se vêtir et s'établir dans la ville.

A. — Il m'est venu souvent dans la pensée que la somme des biens et des maux était variable pour chaque individu ; mais que le bonheur ou le malheur d'une espèce animale quelconque avait sa limite qu'elle ne pouvait franchir, et que peut-être nos efforts nous rendaient en dernier résultat autant d'inconvénient que d'avantage, en sorte que nous nous étions bien tourmentés pour accroître les deux membres d'une équation entre lesquels il subsistait une éternelle et nécessaire égalité. Cependant je ne doute pas que la vie moyenne de l'homme civilisé ne soit plus longue que la vie moyenne de l'homme sauvage.

B. — Et si la durée d'une machine n'est pas une juste mesure de son plus ou moins de fatigue, qu'en concluez-vous ?

A. — Je vois qu'à tout prendre, vous inclineriez à croire les hommes d'autant plus méchants et plus malheureux qu'ils sont plus civilisés ?

B. — Je ne parcourrai pas toutes les contrées de l'univers ; mais je vous avertis seulement que vous ne trouverez la condition de l'homme heureuse que dans Otaïti, et supportable que dans un recoin de l'Europe. Là des maîtres ombrageux et jaloux de leur sécurité se sont occupés à le tenir dans ce que vous appelez l'abrutissement.

A. — À Venise peut-être ?

B. — Pourquoi non ? Vous ne nierez pas du moins qu'il n'y ait nulle part moins de lumières acquises, moins de moralité artificielle et moins de vices et de vertus chimériques.

A. — Je ne m'attendais pas à l'éloge de ce gouvernement.

B. — Aussi ne le fais-je pas. Je vous indique une espèce de dédommagement de la servitude que tous les voyageurs ont senti et préconisé.

A. — Pauvre dédommagement !

B. — Peut-être. Les Grecs proscrivirent celui qui avait ajouté une corde à la lyre de Mercure.

A. — Et cette défense est une satire sanglante de leurs premiers législateurs. C'est la première qu'il fallait couper.

B. — Vous m'avez compris. Partout où il y a une lyre,

il y a des cordes. Tant que les appétits naturels seront sophistiqués, comptez sur des femmes méchantes.

A. — Comme la Reymer.

B. — Sur des hommes atroces.

A. — Comme Gardeil.

B. — Et sur des infortunés à propos de rien.

A. — Comme Tanié, Mlle de La Chaux, le chevalier Desroches et Mme de La Carlière. Il est certain qu'on chercherait inutilement dans Otaïti des exemples de la dépravation des deux premiers et du malheur des trois derniers. Que ferons-nous donc ? Reviendrons-nous à la nature ? Nous soumettrons-nous aux lois ?

B. — Nous parlerons contre les lois insensées jusqu'à ce qu'on les réforme, et en attendant nous nous y soumettrons [1]. Celui qui, de son autorité privée, enfreint une loi mauvaise, autorise tout autre à enfreindre les bonnes. Il y a moins d'inconvénient à être fou avec des fous, qu'à être sage tout seul. Disons-nous à nous-mêmes, crions incessamment qu'on a attaché la honte, le châtiment et l'ignominie à des actions innocentes en elles-mêmes ; mais ne les commettons pas, parce que la honte, le châtiment et l'ignominie sont les plus grands de tous les maux. Imitons le bon aumônier, moine en France, sauvage dans Otaïti.

A. — Prendre le froc du pays où l'on va et garder celui du pays où l'on est.

B. — Et surtout être honnête et sincère jusqu'au scrupule avec des êtres fragiles qui ne peuvent faire notre bonheur sans renoncer aux avantages les plus précieux de nos sociétés. Et ce brouillard épais, qu'est-il devenu ?

---

1. Ce principe est bien celui de la plupart des Philosophes qui demandent des réformes, non une Révolution et qui, s'ils espèrent accélérer ces réformes par leurs écrits, en attendant, se soumettent à la loi positive. Le bon aumônier, moine en France, sauvage dans Otaïti, fait songer au prêtre de l'île de Lampédouse dont Diderot évoque l'histoire dans une note des *Entretiens sur le fils naturel* : « Il y a dans l'île une petite église, divisée en deux chapelles. (...) Frère Clément avait consacré l'une à Mahomet, et l'autre à la Sainte Vierge. Voyait-il arriver un vaisseau chrétien, il allumait la lampe de la Vierge. Si le vaisseau était mahométan, vite il soufflait la lampe de la Vierge, et il allumait pour Mahomet » (*Œuvres*, Laffont, t. IV, p. 1147).

A. — Il est retombé.

B. — Et nous serons encore libres, cet après-dîner, de sortir ou de rester ?

A. — Cela dépendra, je crois, un peu plus des femmes que de nous.

B. — Toujours les femmes ! On ne saurait faire un pas sans les rencontrer à travers son chemin.

A. — Si nous leur lisions l'entretien de l'aumônier et d'Orou ?

B. — À votre avis, qu'en diraient-elles ?

A. — Je n'en sais rien.

B. — Et qu'en penseraient-elles ?

A. — Peut-être le contraire de ce qu'elles en diraient.

DOSSIER

LETTRES DE DIDEROT

À Sophie Volland [1]

J'ai encore deux nuits à passer ici ; jeudi matin, de grand matin, je quitterai cette maison où, dans un assez court intervalle de tems, j'ai éprouvé bien des sensations diverses. Imaginez que j'ai toujours été assis à table vis à vis d'un portrait de mon père, qui est mal peint, mais qu'on a fait tirer il y a seulement quelques années, et qui ressemble assez ; que nos journées ont été employées à lire des papiers écrits de sa main, et que ces derniers moments se passent à remplir des malles de hardes qui ont été à son usage et qui peuvent être au mien. Toutes ces relations qui lient les hommes entr'eux d'une manière si douce ont pourtant des instants bien cruels.

Bien cruels ? J'ai tort ; je suis à présent dans une mélancolie que je ne changerois pas pour toutes les joyes bruyantes du monde. Je suis appuyé sur le lit où il a été malade pendant quinze mois. Ma sœur se relevoit dix fois la nuit pour lui apporter là des linges chauds pour rappeler la vie qui commençoit à s'éloigner des extrémités de son corps. Il falloit qu'elle traversât un long corridor pour arriver à cette alcôve où il s'étoit réfugié depuis la mort de sa femme. Leur lit commun étoit resté vacant depuis onze ans. Pour soulager sa fille dans les soins continuels

---

1. Nous suivons, pour l'édition de ces lettres, le texte de l'édition de Georges Roth et Jean Varloot : *Correspondance*, 16 vol., 1955-1970, aux éditions de Minuit. À la même date, Diderot écrit deux lettres : une à Sophie Volland et une à Grimm qui sont presque identiques. Le père de Diderot était mort le 3 juin. Le voyage à Langres a lieu du 25 juillet au 22 août. La date de cette lettre est donnée par Diderot lui-même *in fine* : 14 août 1759.

qu'elle lui rendoit, il vainquit sa répugnance et vint se replacer dans ce lit. En y entrant, il dit : « Je me trouve mieux, mais je n'en sortirai pas. » Il se trompoit ; il mourut, ou plutôt il s'endormit pour ne plus se réveiller, dans un fauteuil, entre son fils, sa fille et quelques-uns de ses amis. Il s'échappa d'au milieu d'eux sans qu'ils s'en aperçussent.

L'acte de nos partages est signé d'hier. Les choses se sont passées comme je vous l'ai dit. J'ai signé le premier. J'ai donné la plume à mon frère, de qui Seurette l'a reçue. Nous n'étions que nous trois. Cela fait, je leur ai témoigné combien j'étois touché de leur procédé. J'avois peine à parler, je sanglotois. Je leur ai demandé ensuite s'ils étoient satisfaits de moi. Ils ne m'ont rien répondu ; mais ils m'ont embrassé tous les deux. Nous avions tous les trois le cœur bien serré. J'espère qu'ils s'aimeront.

Notre séparation qui s'approche ne se fera pas sans douleur. Un autre sentiment lui succédera à mesure que j'approcherai d'Isle ; et puis un autre, à mesure que j'approcherai de Châlons ; et encore un autre à mesure que je m'avancerai vers Paris. Avant que de me retrouver entre vos bras, j'aurai vu le séjour habité par la femme du monde que j'aime le plus, et le séjour habité par la femme du monde que j'estime autant que j'aime la première ; et ces deux femmes sont les deux sœurs.

Adieu, ma Sophie ; adieu, sa chère sœur. Je n'ose me flatter que vous m'attendiez avec la même impatience que j'ai à vous aller rejoindre. Adieu, adieu. Si j'arrivois la veille de la St. Louis, ce bouquet en vaudroit bien un autre, n'est-il pas vrai, mon amie ?

à Langres encore, ce 14 août 1759.

À GRIMM [1]

Mille remerciements, mon ami. Cela est bien ici, mais j'ai la tête toute troublée. Ma fille se porte mal ; ce sont des vomissements qui me chiffonnent. Ce n'est rien, et ce ne sera rien.

Mais admirez cette persécution du sort, de m'adresser presque tous ceux qui se détruisent. Vous m'avez entendu parler d'un nommé Desbrosses que j'ai connu chez madᵉ Terbouche. Cet homme s'en vient hier matin chez moi. Il s'assied. Il m'apprend de l'air le plus tranquille et le plus serein que son frère, avec qui il faisoit conjointement la banque, l'a ruiné de fond en comble et qu'il ne lui reste plus que le courage de supporter le déshonneur ou de se donner la mort, deux partis entre lesquels il n'y a pas à choisir.

Je le plains sur sa ruine. Je lui demande l'âge qu'il a. Il me répond qu'il a trente et un. « Comment, lui dis je, vous n'avez que trente et un ans ; vous avez une connoissance infinie des affaires ; une tête sur vos épaules ; et vous n'appriétiez pas la valeur de ces effets là ; et vous vous tenez pour ruiné ? Il faut s'éloigner et aller chercher au loin une meilleure fortune. »

Nous causons encore un moment. On m'appelle pour dîner. Il s'en va, et j'apprens ce matin qu'un domestique s'est présenté avec un billet de change de trente mille francs ; qu'il a pris la lettre de change ; qu'il en a déchiré un morceau qui a servi à charger un pistollet, et qu'il s'est lâché un coup de pistollet dans la tête. Cela me trouble, comme vous pensez bien. Quelle machine que l'homme ! Je vous jure que celui là étoit moins attristé, moins déconcerté de sa position, plus serein, que s'il avoit eu le projet d'une partie de plaisir.

Voilà le *Garrick*. Si vous voulez me laisser les dia-

---

1. Diderot ne mentionne comme date que « novembre » ; l'édition G. Roth (Minuit) précise le 19 novembre, à partir d'une autre lettre de Diderot.

À la fin de la lettre, Diderot fait allusion à son article sur *Garrick ou les Acteurs anglais*, traduit de l'anglais par A.F. Sticoti, qui deviendra le *Paradoxe sur le comédien*, et aux études musicales d'Angélique.

logues pendant quelques jours, je les reverrai et peut-être n'y perdront ils pas.

Toujours mille remerciements de la musique. Mon enfant me soucie ; cela ne sera rien, je vous l'ai déjà dit. Malgré cela, je suis par rapport à elle comme on est lorsqu'on a mis beaucoup trop de prix peut-être à un effet et qu'on craint pour sa possession.

Je vous salue et vous embrasse. Que je vous aime ; il s'agit bien de me recommander cela !

Voilà encore une lettre sur le Sallon.

Novembre 1769.

À L'ABBÉ DIDEROT [1]

J'ai appris, cher frère, par deux côtés à la fois, et cette nouvelle n'a pu que me faire grand plaisir, que vous étiez disposé à vous rapprocher de nous. C'est ma sœur et Mr Caroillon l'aîné qui se sont hâtés de me l'écrire. À présent qu'on peut vous parler et espérer une réponse, dites moi un peu par quel motif vous vous êtes tenu si longtems éloigné de votre belle-sœur, de votre nièce et de moi ? en quoi l'on peut vous avoir manqué ? On ne se résout pas à rompre avec les siens, et un homme sensé ne fait pas durer dix ans une rupture, sans en avoir les plus fortes raisons. S'il n'a pas une démonstration qui se le justifie à ses yeux et aux yeux des autres, il s'est rendu

---

1. Diderot, dans cette lettre, datée par lui-même du 24 mai 1770, s'efforce d'opérer un rapprochement avec son frère cadet, le chanoine Didier-Pierre Diderot, chanoine de la cathédrale de Reims. Sans pour autant renier ses opinions profondes qui s'opposent si fortement à celles de son frère, il plaide sa cause, en insistant sur le fait qu'il n'a pas fait de prosélytisme de l'athéisme. Ce *Code de la nature*, que l'abbé a cru être de la plume de son frère, était effectivement de Morelly, mais il a été attribué à Diderot. L'abbé Bergier, souvent ridiculisé par Voltaire, avait publié en 1769 une *Apologie de la religion chrétienne*.

coupable d'une faute bien grave. Seroit ce par hazard que vous auriez persisté, malgré mes protestations réitérées, à croire que j'avois manqué à la promesse que je vous avois faite de garder un silence public et particulier sur mes opinions ? Mais sur quoi fondé avez vous cru que j'avois manqué à cette parole ? Est ce que vous me connoissez menteur ? Lorsque je vous disois : « Mon frère, je ne suis point à l'abri des imputations calomnieuses. On m'attribuera des ouvrages que je n'aurai point faits ; des propos que je n'aurai point tenus ; mais j'espère que vous ajouterez foi plutôt à la parole d'un frère vrai, homme de bien, qui n'a aucun intérêt à vous dissimuler la vérité, qui ne vous la dissimuleroit pas, quand il en auroit le plus grand intérêt, qu'à des bruits populaires qui ne signifient rien ? » Pourquoi ne l'avez vous pas fait ? Pourquoi m'avez vous rendu moins de justice que les ministres et les magistrats ? Sçavez vous comment ils en usent et comment ils en ont toujours usé avec moi ? Lorsqu'il a paru ou qu'il paroît quelque chose qui les effarouche, ils m'interrogent, et mon oui et mon non sont sacrés pour eux. Écoutez bien ce que je vais vous dire. Je n'ai point et je n'eus jamais la folie du prosélytisme. Je pense pour moi et je pense pour moi seul. Je laisse les autres dans leurs sentimens. Je ne me souviens plus de la datte (*sic*) de la promesse que je vous ai faite, mais si vous découvrez jamais que j'y aie manqué, je vous permets de me tenir pour le plus malhonnête homme du monde.

Vous m'objecterez peut être que cela pourroit être sans que vous pussiez le découvrir. Ces espèces de restrictions mentales sont indignes de moi ; et afin que vous aiez le cœur net là dessus et que vous ne vous épargniez aucun reproche, je vous déclare par tout le respect que je porte à la vérité, par le titre d'homme de bien qui m'est aussi précieux qu'à vous, qu'à aucun être de mon espèce, par le mépris souverain que j'aurois pour moi même si je vous en imposois, que je n'ai pas écrit une ligne de religion, pas une seule ligne ; en un mot que j'ai rigoureusement gardé la parole que je vous avois donnée.

À présent, jugez vous vous même ; jugez si je n'ai pas dû être pénétré d'indignation, si je n'ai pas été autorisé à m'échapper sur votre compte, lorsque je comparois ma conduite avec vos procédés. L'abbé, vous ne me connois-sez pas. Le tems vous apprendra, je l'espère, quel frère vous avez. Il est au dessus de tout sentiment vil d'intérêt. Sa conscience est le seul censeur qu'il redoute. Il veut être bien avec vous ; mais de préférence, il veut être bien avec lui même. Il n'a jamais trompé personne. Sa vie se passe à faire tout le bien qui dépend de lui, parce qu'il est heureux en faisant le bien, parce qu'il est convaincu qu'à tout prendre il n'y a de solide bonheur dans ce monde cy que pour l'homme de bien ; parce que les mau-vaises actions qui échappent à la vindicte des loix sont punies tôt ou tard par de fâcheuses suites ; parce qu'il est né et bâti comme cela et que, quand il s'étudieroit à être méchant, il ne seroit jamais qu'un méchant gauche et maladroit.

Les mêmes conditions que vous me proposâtes autre-fois, vous me les proposez aujourd'hui. Permettez d'abord, chez abbé, que je vous représente qu'on ne pro-pose des conditions qu'à son subalterne et que je ne suis pas le vôtre. Pour être honnête, voici ce qu'il falloit dire : J'aime et j'estime mon frère. Je suis mal avec lui, et cela me peine. J'aime ma religion ; et s'il vouloit, ce frère, me promettre de la respecter par son silence, j'irois au bout du monde pour l'embrasser.

Qu'auroit répondu ce frère ? Le voici : Cher frère, vous n'aurez pas tant de chemin à faire. Venez. Soyez satisfait. Comptez sur la promesse que je vous en donne ; mais comptez y un peu plus fermement pour l'avenir que par le passé. Lorsque vous aurez quelqu'incertitude ou par des suggestions de gens malintentionnés, ou par quel-qu'autre voye que ce puisse être, adressez-vous à moi de qui vous devez être sûr d'apprendre la vérité. Je ne vous demande d'autre marque de confiance que celle qui m'est accordée par la cour, la ville, les magistrats, les évêques et une foule d'indifférents à qui je ne dois pas la vérité, comme à mon frère, et qui n'ont jamais balancé à m'en croire. Allez à Mr de Sartine, allez à l'archevêque, et interrogez les sur la chose qui vous a si malheureusement et si injustement tenu en souci. Il a paru depuis six ou sept ans une nuée de livres hétérodoxes. Demandez leur s'ils m'en croyent l'auteur. Ce *Code de la nature* que vous m'avez donné, je ne sçais sur quel témoignage, est un ouvrage que je n'ai pas même lu. J'en dis autant et des autres qu'on a publiés, et de ceux qu'on pourra publier encore. J'ai une femme, j'ai un enfant, j'ai des parents, j'ai des amis. Tous ces gens là m'ont confié leur bonheur et je ne suis pas le maître d'en disposer par une étourderie.

Enfin l'abbé, j'ai fait plus que ni vous ni personne n'étoit en droit d'exiger de moi. J'ai déterminé vingt jeunes gens à brûler les ouvrages bons ou mauvais qu'ils avoient écrits sur cette matière, et sur lesquels ils étoient venus me consulter. Voyez à présent, l'abbé, combien vous êtes loin de compte.

Vous connoissez apparemment l'abbé Bergier, le grand réfutateur des Celses modernes. Eh bien, je vis d'amitié avec lui, et vous pouvez vous vanter d'être le seul sur la terre, parmi les hommes éclairés, qui aiez aussi opiniâtrement persisté dans votre préjugé. Si je n'écris point de religion, j'en parle aussi peu, à moins que je n'y sois entraîné par des docteurs de Sorbonne, par des personnages instruits avec lesquels je puis m'expliquer sans conséquence ; et lorsque cela m'arrive, c'est toujours avec gaieté, sans fiel, sans amertume, sans injure, avec le ton de bienséance qui convient entre d'honnêtes gens qui ne sont pas du même avis. Aussi ne me suis je jamais séparé d'aucun d'eux, sans en être plus chéri, plus aimé, plus estimé, et tendrement embrassé. J'ai eu quelquefois des grâces à demander à notre archevêque, et que je les [ai] obtenues. Tant que son neveu, M. le marquis de Lottanges, l'homme le plus pieux de ce siècle, a vécu, il m'a honoré de son amitié, et il ne se passoit guères de semaine qu'il ne se donnât la peine, malgré sa foiblesse et son asthme, de monter à mon quatrième étage. J'ai écrit plusieurs fois à mon archevêque. J'ai eu le courage de lui dire que, mufti à Constantinople, il seroit tout aussi bienfaisant et tout aussi respectable que prélat à Paris, et il ne s'en est point offensé.

Les mœurs, les mœurs, cher abbé, voilà la seule chose sur laquelle il soit permis aux hommes de nous juger dans ce monde cy. Il faut abandonner le reste à la miséricorde, à la justice, à la balance de Dieu. Fuyez le méchant, entendît il autant de messes qu'on en dit dans toutes les églises du royaume. Embrassez l'homme de bien, quelle que soit sa façon de penser. Il y a sur la terre une infinité de cultes différents ; mais, cher frère, il n'y a qu'une morale. Voilà le bien général qui embrasse l'humanité, et la plus grande des impiétés, ce seroit de le briser.

Dis moi un peu, cher ami, si j'avois été aussi intolérant que toi, tandis que tu me haïssois de ton côté, je t'aurois haï du mien. Car enfin si la diversité des opinions autorise la haine, j'en avois le même droit. Hé bien, nous ne nous serions donc jamais revus, jamais embrassés. Si tu peux me demander le silence sur tes sentimens, je pourrois te demander un pareil silence sur les miens. Je n'en fais rien ; écris, prêche, parle, fais tout ce que tu croirois de ton devoir, et je le trouverai bon. Je t'affranchis totalement de la loi que tu m'imposes et que j'accepte. Mais, plus de méfiance. Il me faut croire, parce que je suis vrai, et que je n'ai aucune raison de ne pas l'être. Bonjour, cher frère, portez vous bien. Embrassez notre sœur ; venez embrasser votre frère, votre belle-sœur et votre nièce qui vous accueilleront comme si elles n'avoient aucune raison de se plaindre d'un oubli qui a duré si longtems. Je souhaite que vous sentiez aussi vivement que moi combien il est doux de retrouver son frère. Je ne vous ai pas répondu plutôt parce que je suis occupé, parce que je suis malade, parce que ces tristes fêtes ont mis toutes nos petites cervelles en l'air. Si vous venez à Paris, comme on nous le fait entendre, vous devriez bien amener Seurette avec vous.

Vous sçavez la démarche de Caroillon. Il sera bon que nous causions ensemble là-dessus. Vous devez mieux connoître le jeune homme que je ne le connois.

Bonjour, bonjour. Arrivez, arrivez. Vous ne sçauriez venir trop tôt.

Diderot.

à Paris, ce 24 may 1770.

À GRIMM [1]

Monsieur et cher beau-frère,

Me voilà revenu de ma seconde tournée à Bourbonne, et revenu triste, comme de raison. Une des bonnes œuvres de notre vie, c'est la visite de soixante et dix lieues que nous avons faite à ces deux pauvres malheureuses. Elles ont vécu pendant près d'un mois sur le plaisir de nous attendre, et près d'un mois encore sur le plaisir de nous posséder. Je crois que nous en aurons appris, vous, elles et moi, à nous aimer davantage. J'étois en effet au milieu d'elles lorsque votre second billet m'est parvenu. Je leur ai donné le plus de tems que j'ai pu, et ma sœur, qui perdoit ce qu'elles y gagnoient, n'en a pas été plus satisfaite.

Je suis rentré le cinq de ce mois dans le sein de ma famille. J'en sortirai le douze ou le treize au plus tard ; autre séparation qui sera douloureuse. Tout se paye dans ce monde cy ; on ne voit ses amis que pour s'en séparer. Il faut, mon ami, que ce moment arrive.

Je serai le quatorze à Isle ; le vingt ou le vingt et un au plus tard, à Chaalons, où j'ai l'espérance de passer quelques jours avec nos amies ; et le vingt six ou le vingt sept à Paris où je vous embrasserai, où j'aurai embrassé ma femme et ma fille. Dussiez vous vous en désespérer, il n'y aura point ici d'erreur de date. Vous auriez bien fait de moraliser un peu gaiement mon enfant. Sa mère n'est pas tout à fait si ridicule que vous pensez.

---

1. Cette lettre du 8 septembre 1770 est adressée à Grimm, appelé, par plaisanterie, « chez beau-frère ». D'où, plus loin, Denise Diderot est désignée plaisamment comme « votre future ». Nous avons vu déjà avec Naigeon que ces appellations inspirées par des rapports familiaux étaient fréquentes dans le petit groupe des amis de Diderot. Aller voir Mme de Maux et sa fille, est-ce vraiment « une des bonnes œuvres » que fit Diderot ? On peut supposer que le plaisir se mêla à la charité. À l'Isle, il retrouvera Sophie Volland. Le curé Papin est ce personnage fictif dont une lettre est jointe aux *Deux Amis de Bourbonne* et reproduite ici *supra*. Le « Saint-Homme » désigne un être bien réel : le frère de Diderot, le chanoine. M. Fontaine, dont il est question à la fin de la lettre, est probablement un sculpteur, ami de Falconet.

Vous aurez à mon retour et le sermon épistolaire de Mimi ; et la lettre sur Bourbonne ; et celle sur Langres ; et peut être une petite collection de lettres de Henry quatre. Il a écrit à différents officiers de cette ville. Il y a dans nos archives des billets de sa main et de la main des Guises. Les siens, ne fussent ils grands que comme un ongle, ne contenussent (*sic*) ils rien de bien important, sont sacrés. Si nos provinciaux n'étoient pas d'une jalousie absurde, je vous répondrois bien de vous apparoître avec ce petit trésor. Mais avec les gens à qui j'ai à faire, on ne sçaurait compter sur rien.

Nous avons employé quelques moments doux de nos soirées à faire des contes à Naigeon ; mais des contes quelquefois si vrais qu'on y pouvoit donner sans être un imbécile. Parmi ces contes, vous en verrez un où, sous les noms d'Olivier et de Félix, je fais une critique des *Deux Amis* de Saint-Lambert, si fine que lui même peut être ne s'en apercevroit pas ; mais vous, pardieu, vous la sentirez de reste. Mon Olivier et mon Félix ne disent rien de ce que disent les deux Iroquois, et font toujours le contraire. J'ai aussi appelé d'un village voisin un curé de mes amis qui vous amusera. Tout cela vous reviendra.

Ma sœur étoit fort inquiète de mes avances ; votre réponse a mis son amour-propre à l'aise. Les femmes, jeunes ou vieilles, laides ou belles, ne veulent point être refusées. Vous sçavez que je suis quelquefois très naturel. J'annonçai votre mariage avec ma sœur, à M. de Foissi ; mais si naturellement, qu'il y donnoit et que vous receviez le lendemain son compliment, si le souris de vos amis et le mien ne l'avoit détrompé. C'est lui même qui nous l'a confessé. La bonne mystification, et comme nous l'avons regrettée ! Je vous réponds qu'elle auroit eu des suites.

Je n'entends plus parler du St. homme. Ô le bon papier que je ferois sous le titre de la vie de l'homme de Dieu ou du St. homme ! Ce seroit une des plus cruelles satyres et des plus vraies que vous connoissiez. Les médiateurs se sont retirés, et la prophétie que je leur avois faite a été accomplie de tous points ; c'est qu'ils ne nous réconcilieroient pas et qu'ils se brouilleroient avec lui ; et il falloit bien que cela fût, car à chaque démarche de leur part, ses torts se multiplioient ; le philosophe s'embellissoit et le saint s'enlaidissoit.

Il faut que votre future aime ; elle m'aime donc de toute son âme ; mais quand je serai parti, elle va tomber dans un vuide que je redoute pour elle, d'autant plus que l'homme de Dieu, à l'exemple de son modèle, qui ne pardonne que tous les sept mille ans, ne pardonne, lui, que tous les sept ans. J'ai les tempes grises ; il faut, si vous voulez que je vive, que vous m'accordiez les privilèges de mon âge ; c'est, mon ami, d'aimer la table et le bon vin. Je tiens si peu de place chez les femmes, que ce n'est pas la peine d'en parler. J'espère cependant que vous me reverrez avec le visage de commande que vous me détaillez : rubicond, pas trop ; frais, comme au retour d'Allemagne. Voilà qui est entendu ; j'y pourvoirai.

Cet honnête roi de Pologne, grâce à vos calomnies, ignore tout le bien que je fais ; et Jérémie Grimm, qui fait précisément comme moi et qui est content de lui, n'a pas trop raison de gémir. De plus, moi, mon ami, je conserve mes yeux ; je ne me brûle pas le sang ; je n'ai point de chaise perfide ; je ne m'en vais point avant que d'être arrivé. Je reste au milieu de mes amis, et tandis que vous vous tuez à repaître la curiosité des oisifs du Nord, je secours l'indigence qui m'environne et je me porte bien. Tandis que je cause avec vous, j'ai l'oreille au guet. J'attends qu'on vienne m'offrir les précieuses lettres du bon roi ; mais personne ne vient.

J'ai eu trois ou quatre jours les intestins dérangés à Bourbonne ; mais cela n'a point eu de suite. Pour cela, je vous en réponds que nous avons bien bavardé le soir ; M. de Foissi en étoit, et de crainte du serein, qui est malsain à sept heures, nous l'avons toujours renvoyé à minuit ; le bougeoir ne s'est jamais pris plus tard.

Je vous dirois bien un secret, si vous me donnez votre parole d'honneur de n'en pas abuser : C'est que vous êtes bien tendrement aimé. — Et de qui ? — De qui ? De moi, d'abord, vous [vous] en doutiez. — Après ? — Mais,... de madame de Maux ; vous vous en doutiez encore. — Est-ce là tout ? — Non, c'est de madame de Prunevaux ; oui, d'elle. Si vous me trahissez, vous ne sçaurez

plus rien, et je serai scellé comme le livre de l'Apoca-
lypse.

J'ai reçu ici des paquets énormes de lettres, entre lesquelles pas une du prince de Gallitzine ; pas davantage
de Digeon. Ce silence me chiffonne.

J'oubliois de vous dire que M^ade de Prunevaux n'a pu
faire sa troisième saison ; il est survenu une toux qui a
arrêté tout court l'usage des eaux. Si elle n'a pas tiré de
son voyage tout le fruit qu'elle avoit lieu d'en attendre,
ce n'est ni la faute du remède ni la sienne. J'ai écrit pour
toutes deux les lettres les plus contraires à mon caractère,
car elles sont d'une fermeté que je ne me serois jamais
crue. Elles ont réussi au delà de mon espérance ; il y a
des gens qui ne sont bons que bâtonnés. Elles comptent
partir le douze pour Vandœuvre ; mais il y avoit apparence, un ou deux jours avant que je m'éloignasse, que
M^ade de Maux pouvait bien avoir compté sans son hôte.

J'ai une petite négociation à vous donner. J'avois promis d'écrire à madame d'Épinai ; je n'en ai rien fait. Si
elle avoit pour moi l'amitié de s'en fâcher, vous lui diriez
que j'ai toujours été par monts et par vaux ; que cette
sorte de négligence ne conclut rien contre mon caractère
et mon attachement ; qu'à Langres, il falloit écrire à
Bourbonne et à Paris ; qu'à Bourbonne, il falloit écrire à
Paris et à Langres ; que j'aurois voulu lui dire quelque
chose qui l'intéressât et qui ne fût ni de mon voyage, ni
de mon séjour, ni de mes affaires, car elle pouvoit être
instruite là dessus aussi bien et mieux par vous que par
moi. En un mot, vous diriez tout ce qu'il vous plairoît,
mais si je ne lui trouvois pas à mon arrivée la mine que
je souhaite, c'est à vous que je m'en prendrois.

À propos, saluez Mr. Fontaine de ma part. Bonjour,
mon ami. Nous ne tarderons pas à nous revoir et à nous
embrasser. Si vous faisiez à Mr. de Maux une visite en
mon nom, je vous serois bien obligé.

À Langres, ce 8 7bre 1770.

[À Grimm [?]][1]

[Au Grandval, 21 octobre 1770.]

Vous êtes, mon ami, très fin, très délié ; mais pour cette fois je crois que je vois mieux que vous, parce que j'ai sur le nez d'autres besicles que les vôtres.

J'aime mieux la croire inconstante que malhonnête. Voyez M^r l'Écuyer s'installer entre la mère et la fille à Bourbonne ; toutes les deux, convaincues qu'il en vouloit à l'une ou à l'autre, cependant appeler ses visites ; le retenir à souper tous les jours ; retarder son retour ; le mener à Vandœuvre où il n'est pas connu ; à Chââlons, où il ne l'est pas davantage ; lui permettre à Paris une cour assidue, accepter de lui et voiture et gibier, dont j'ai mangé par parenthèse, et que j'ai trouvé bon ; attendre une déclaration ; arranger une présentation au Louvre ; accorder la permission d'écrire, et par conséquent s'engager à répondre, etc...

Oh ! ma foi, mon ami, si l'on a bien résolu de refuser à cet homme là ce qu'il est aussi encouragé à demander, vous avouerez qu'on s'expose de gaieté de cœur à le rendre profondément malheureux. Est-ce là le rôle qui convient à une femme aussi franche, aussi bonne, aussi honnête que notre amie ?

Et mon bonheur et ma tranquillité, que deviennent ils dans le courant de cette menée ? Si l'on avait projeté de me rendre fou, dites moi ce qu'on pourroit faire de mieux ?

Et son bonheur et sa tranquillité, que deviendront ils, lorsqu'elle aura sous les yeux le spectacle assidu d'un

---

1. La date et le destinataire de cette lettre sont reconstitués par l'édition Roth-Varloot. Cette femme, que Diderot préfère « croire inconstante que malhonnête », c'est Mme de Maux et ce M. l'Écuyer est en réalité un M. de Foissy. Mme de Maux a pu servir de modèle à un certain nombre de coquettes de l'univers romanesque de Diderot. La fin de la lettre fait allusion aux divers états du texte des *Deux Amis de Bourbonne* (voir à ce sujet *supra*).

malheureux qu'elle aura fait ? Se donne t'on ce passe-temps là à l'âge de quarante cinq ans ?

Une femme qui ne veut pas aimer, et qui n'en a pas assez des visites journalières qu'on est libre de lui rendre chez elle, et qui s'arrange pour voir un homme dont elle est éperdûment aimée trois fois la semaine dans une autre maison ; et cette femme là en use bien ? et cette femme là connaît le fond de son cœur ? et cette femme là garde quelque mesure avec son ami ?

Convenez, mon ami, que je suis au moins traité très légèrement ; convenez qu'il n'y a dans cette conduite pas une ombre de délicatesse. Convenez qu'à ma place vous sentiriez comme moi. Convenez que vous en seriez bien autrement blessé que moi. Y a t'il d'autres règles pour une femme que pour une maîtresse ? Si votre femme se comportoit ainsi, ne lui en diriez vous pas un mot ? Puisque l'étude et la pratique de la justice ont été le travail de votre vie, soyez juste.

Elle est sûre d'elle même ? Et qui le sait ?

Quand elle seroit sûre d'elle même, n'a t'elle aucun ménagement à garder avec moi ? Je ne souffre point ; je ne souffrirai pas ; mais qui est ce qui le lui a dit ?

Y a t'il une conduite pour les femmes et une conduite pour les hommes ? Que penseroit elle, que penseriez vous de moi, si j'étois aimé d'une autre et que je me permisse tout ce qu'elle a fait ?

Je ne vous parle ainsi, ni pour la dépriser à vos yeux, ni pour exhaler mon ressentiment. Je n'en ai point ; je suis tranquille, je suis heureux et je n'ai que faire de la solitude pour sentir le prix de la liberté qu'on me rend.

Si elle s'en va, je la perdrai sans regret ; si elle revient, je la recevrai avec transport.

Qu'elle s'en aille ou qu'elle me reste, je m'occuperai sincèrement de son bonheur ; l'estime que je faisois d'elle n'en sera point altérée, et je lui conserverai tout mon attachement.

J'ai bien peur que vous ne me voyez ni l'un ni l'autre tel que je suis. Je n'ai aucun mérite à cette belle résignation. Elle ne me coûte rien ; mais rien du tout. Si je lui causois le moindre chagrin, ce seroit méchanceté pure ; car ni l'amour propre ni le cœur ne sont offensés.

Je vous répéterai ce que je lui ai écrit. Je sçais ce que je souhaite ; je sçais ce qui est honnête ; mais je sçais tout aussi bien ce qui n'est pas libre.

Je demande deux choses qu'on ne sçauroit me refuser sans tyrannie : la jouissance d'un bien que vous avez tant de fois regretté, de mon tems ; et la liberté de m'éloigner, quand il me plaira, d'un spectacle assidu qui pourroit finir par me tourmenter ; et c'est autant pour elle que pour moi que j'insiste sur ce point ; car si j'avois de la peine, elle la partageroit assurément.

Elle s'imagine que je vais chez vous verser un fiel dont mon âme est trop pleine ; vous m'obligerez de la détromper sur ce point.

Je suis arrivé tout à tems pour prévenir une aventure très fâcheuse. Je vous parlerai de cela quand nous nous verrons.

Je n'ai point remis votre billet au baron, et pour cause.

J'ai été malade à mourir pendant deux jours ; j'en suis quitte et je me porte comme ci devant.

J'avois pensé comme vous que l'atrocité du prêtre ôtoit tout le pathétique de l'histoire de *Félix*. Envoyez moi une copie de cette histoire et de celle d'*Olivier*, et ce que vous me demandez sera fait ; mais dépêchez vous.

Je viens de recevoir une lettre d'elle, où je lis : « Que votre travail ne soit point troublé par l'idée d'une peine qui n'existe *encore* que dans votre tête » ; et ailleurs : « Personne n'a *encore* le droit de tracasser mon âme. » Ou je ne sais pas lire, ou ce n'est pas le langage d'une femme sûre d'elle ; je n'entends rien de rien, ou cela signifie : Attendez.

Il est vrai que j'ai mené mon écuyer à toutes jambes, et j'aurois bien fait, si l'on avoit su lui faire la réponse nette, ferme et tranchée qu'on devoit lui faire, que j'espérois qu'on lui feroit, et qu'on auroit dictée à une autre.

On prétend être sage ; mais je suis bien assuré qu'on jugeroit autrement de sa voisine, et qu'on ne balanceroit pas à dire qu'elle est fausse et folle.

Je puis me taire sur un rival ; mais si j'en parle, je dirai ce que j'en pense, surtout si j'en pense bien.

Sans moi cela ne seroit pas arrivé ? — et c'est vous

qui la faites parler ainsi ? N'est elle pas à présent maîtresse des événements ?

Bonjour, mon ami ; bientôt je n'aimerai vraiment que vous, et je n'en serai pas fâché.

[À Madame Caroillon, née Diderot[1]]

Ma fille, vous allez quitter la maison de votre père et de votre mère pour entrer dans celle de votre époux et la vôtre. En vous accordant à Caroillon je lui ai résigné toute mon autorité. Il ne m'en reste plus. Il n'y a qu'un moment, je vous commandais, et votre devoir était de m'obéir. À présent, je n'ai plus que le droit de conseiller. Je vais en user.

Votre bonheur est inséparable de celui de votre époux. Il faut absolument que vous soyez heureux ou malheureux l'un par l'autre. Ne perdez jamais de vue cette idée, et tremblez au premier désagrément réciproque que vous vous donnerez, car il peut être suivi de beaucoup d'autres. Ayez pour votre époux toute la condescendance imaginable. Conformez-vous à ses goûts raisonnables. Tâchez de ne rien penser que vous ne puissiez lui dire ; qu'il soit sans cesse comme au fond de votre âme. Ne faites rien dont il ne puisse être témoin. Soyez en tout et toujours comme sous ses yeux. Songez qu'une fille qui a le maintien d'une femme est indécente, et que par conséquent la femme qui sait garder le maintien décent d'une fille se respecte et se fait respecter. Vous ne sauriez montrer trop d'estime pour votre mari ; c'est un moyen sûr d'éloigner de vous les hommes sans mœurs. Quant aux témoignages secrets de votre tendresse, gardez-les pour la solitude de votre maison. C'est ainsi que vous éviterez le ridicule, les observations malignes et les propos malhonnêtes. Ménagez votre santé. La santé est à la longue la base de tous

---

1. La fin de la lettre donne la date : 13 septembre ; il s'agit de l'année 1772. Voici Diderot dans le rôle du père de famille vertueux.

les devoirs, et peut-être la gardienne des mœurs d'un mari. Celui qui nous aime le plus, nous plaint d'abord, nous soigne, mais il finit par se lasser de nous voir souffrir. Si le spectacle du malaise commence par accroître l'intérêt, il finit toujours par le détruire. Vous rendrez votre maison si agréable à votre mari qu'il ne s'en éloignera qu'à regret, si vous êtes douce, complaisante et gaie. Vous avez un fardeau commun à porter ; chargez-vous courageusement de votre portion. Les affaires du dehors sont les siennes ; celles du dedans sont les vôtres. Ordonnez votre maison avec intelligence et économie. Votre mari sera moins à sa chose, s'il a quelque souci sur la vôtre. Rendez-vous compte à vous-même tous les jours. Ne vous couchez jamais, par quelque raison que ce puisse être, sans avoir bien connu l'état de votre journée. Ne confiez l'intérieur de votre maison à personne. Je n'en veux moi-même savoir que ce qu'il vous importera de m'en dire. Que ce soit un mystère pour tout autre. Les succès excitent l'envie ; les malheurs n'excitent guère qu'une fausse pitié. Vous me trouverez dans tous les moments fâcheux, et je dois vous suffire. Je ne vous recommande pas d'avoir des mœurs. Ce soupçon de l'inconduite, si commune aujourd'hui, m'accablerait de douleur, vous ôterait mon estime, et me chasserait de votre maison et de beaucoup d'autres. Après m'être glorifié de vous, je mourrais d'avoir à en rougir. Je suis fait à vous entendre nommer avec éloge. Je ne me ferais jamais à vous entendre nommer avec blâme. Plus vous êtes connue, par vous et par moi, plus votre désordre serait éclatant. Soyez surtout en garde contre les premiers jours de votre union. Une passion nouvelle entraîne à des indiscrétions qui se remarquent et qui deviennent le germe d'une indécence qui dégénère en habitude. On est honnête, et l'on n'en a pas l'air. C'est un grand malheur que de perdre la considération attachée à la pratique de la vertu, et que d'être confondue par l'opinion fausse qu'on donne de soi, dans la foule de celles auxquelles on a la conscience de ne pas ressembler. On se révolte contre cette injustice, et l'on a tort. On a le droit de juger les femmes sur les apparences, et s'il y a quelques personnes d'une justice assez rigoureuse pour n'en pas user et pour mieux aimer accorder le titre de vertueuse à une libertine que de l'ôter à une femme sage, c'est une grâce qu'ils vous font.

Je vous aime de toute mon âme ; si vous vous occupez à accroître ce sentiment, si vous vous demandez à vous-même : Que mon père penserait-il de moi s'il me voyait, s'il m'entendait, s'il savait, vous ferez toujours bien. Vous allez entrer dans le monde ; prenez garde à vos premiers pas. Établissez bien votre caractère. Recevez tous ceux qu'il plaira à votre mari de vous présenter ; il a du sens, de la raison, et j'espère qu'il n'ouvrira sa porte à aucun homme suspect. Ne vous hâtez pas de juger ; mais un personnage une fois bien démasqué pour vous, qu'il le soit aussitôt pour votre mari. Ayez le moins de réticences qu'il est possible, parce qu'il est impossible d'en deviner les suites. Restreignez, restreignez encore votre société. Où il y a beaucoup de monde, il y a beaucoup de vices. La société nombreuse n'est nécessaire qu'à ceux qui s'ennuient et qui sont mal avec eux-mêmes. Jugez de ma satisfaction par la fréquence de mes visites. Plus je serai content de vous, plus vous me verrez. Malheur à vous, et malheur à moi, si je craignais de passer devant votre porte ! Mon enfant, j'ai tant pleuré, tant souffert depuis que je suis au monde. Console-moi. Dédommage-moi. Je te laisse aller avec une peine que tu ne saurais concevoir. Je te pardonne bien aisément de ne pas éprouver la pareille. Je reste seul, et tu suis un homme que tu dois adorer. Du moins, au lieu de causer avec toi, comme autrefois, quand je causerai seul avec moi, que je me puisse dire en essuyant mes larmes : Je ne l'ai plus, il est vrai ; mais elle est heureuse. Si vous ordonnez bien vos premières journées, ce sera un modèle auquel vous n'aurez plus qu'à vous conformer pour les autres. Levez-vous de bonne heure ; donnez à vos détails domestiques de toute espèce les premières heures de votre matinée : peut-être même toute votre matinée. Fortifiez votre âme. Ornez votre esprit par la lecture dont vous avez été assez heureuse pour recevoir le goût. Ne négligez pas votre talent. C'est le seul côté par lequel vous puissiez peut-être vous distinguer sans qu'il vous en coûte aucun sacrifice essentiel. Quoique vous n'ayez plus besoin de maître, gardez-le, ne fût-ce que pour vous assujettir à travailler. Craignez la dissipation. C'est le symptôme de l'ennui et du dégoût de toute occupation solide. Si je passais chez vous plusieurs jours de suite sans vous y trouver, j'en serais très attristé. Si vous y trouvant, j'étais assez heureux pour vous y voir occupée selon mon souhait, mon cœur nagerait dans la joie tout le reste de la journée. Je vous ordonne de serrer cette lettre, et de la relire au moins une fois par mois. C'est la dernière fois que je vous dis *Je le veux*.

Adieu, ma fille, adieu, mon cher enfant. Viens que je te presse encore une fois contre mon sein. Si tu m'as trouvé quelquefois plus sévère que je ne devais, je t'en demande pardon. Sois sûre que les pères sont bien cruellement punis des larmes, justes ou injustes, qu'ils font verser à leurs enfants. Tu sauras cela un jour, et c'est alors que tu m'excuseras. Si tu profites de ces conseils, ils seront le plus précieux de tous les biens que tu puisses obtenir de moi. Je te bénis dix fois, cent fois, mille fois : va, mon enfant. Je n'entends rien aux autres pères. Je vois que leur inquiétude cesse au moment où ils se séparent de leurs enfants ; il me semble que la mienne commence. Je te trouvais si bien sous mon aile ! Dieu veuille que le nouvel ami que tu t'es choisi soit aussi bon, aussi tendre, aussi fidèle que moi.

Ton père.

Diderot.

Le 13 septembre, quatre jours après ton mariage.

[À GRIMM [1]]

Mon ami, je suis seul ; je suis désolé d'être seul, et je ne sens que cela. Toute la famille vient aujourd'hui dîner

---

1. Cette lettre du 19 septembre 1772 révèle l'autre versant de sa personnalité : un attachement passionné à Angélique, et un grand sentiment de solitude.

chez moi. Si sur le soir, à six, à sept, à huit heures, vous vouliez vous trouver chez vous, nous irions vous voir moi, les deux enfants, la belle-mère et ma pauvre sœur qui se meurt de vous embrasser. Elle est aussi bonne sœur que vous êtes bon ami. Vous saurez ce qu'elle est venue faire, et qu'elle a fait.

Mon ami, j'ai depuis huit jours l'âme navrée de tant de douleurs, j'ai reçu tant de coups violents, que je ne sais quand j'en reviendrai. Je n'aurais pas voulu mourir la veille du mariage de ma fille, car ce mariage ne se serait pas fait. Mais j'avais tant besoin de repos le lendemain, que celui qui finit tout et qui ne finit point m'aurait semblé un grand bonheur.

Bonjour, mon ami ; bonjour, mon tendre ami. Mon âme est devenue si douloureuse que je ne vois rien, n'entends rien, sans émotion. Tout m'affecte. J'ai ouvert votre billet en pleurant ; je l'ai lu en pleurant ; je vous écris en pleurant. Cependant il n'y a pas sujet. Je me le dis, et je n'en pleure pas moins. Je n'oublierai jamais l'instant de la cérémonie ; mon enfant, qui ne manque ni de raison ni de courage, perdit la tête et se trouva mal à plusieurs reprises. Je vous laisse à penser ce que je devins. Il n'y eut que sa mère qui se posséda. Elle aime cependant sa fille. Dites-moi donc comment on allie tant de dureté avec quelque sensibilité.

Bonjour, mon Grimm. Vous me resterez toujours, vous ; n'est-il pas vrai ?

Si vous ne me faites pas de réponse, nous irons vous voir entre sept et huit.

[À GRIMM [1]]

[23 septembre 1772]

Comme votre visite est remise à demain à sept heures et demie, vous passez ici la journée. En conséquence, je serai chez vous ce soir entre cinq et six, plus proche de six. Tâchez de vous y trouver. Vous me donnerez mon argent, si cela vous convient. Je vous répète, mon ami, que je n'en suis pas pressé. Je vous porterai les deux contes, et cætera.

Mais êtes-vous bien sûr que ce soit à sept heures et demie du matin ?

Êtes-vous bien sûr que ce soit demain ?

J'ai vu Liégeois, que j'ai renvoyé chez Petit, parce qu'il ne savait ni l'un ni l'autre, tant il avait sottement fait sa commission.

Bonjour.

[AU CHANOINE DIDEROT [2]]

(...) Ah, mon frère, que votre prédiction s'accomplisse ! Qu'au lit de la mort, l'existence de Dieu, l'immortalité de l'âme, la juste rétribution des châtiments et des récompenses, les avis paternels, les instructions maternelles, les bons exemples de parents religieux, reviennent sur moi dans toute leur force. Je n'en serai pas plus affligé dans ce moment-là que dans celui-ci. Je serai toujours sincère avec moi-même. S'il plaît à la grâce de me dessiller les yeux, je reconnaîtrai mon erreur sans m'en désespérer,

---

1. Les deux contes dont il est ici question doivent être *Ceci n'est pas un conte* et *Madame de La Carlière*. — **2.** Ce fragment d'une longue lettre du 13 novembre 1772 de Diderot à son frère contient des accents proches de ceux de l'*Entretien avec la maréchale de* ***.

parce qu'elle est tout à fait involontaire, et que, du reste, mes opinions n'ont point détérioré ma conduite. Si j'avais été chrétien, j'aurais fait tout ce que j'ai fait, et rien presque de ce que vous faites. Mon cher abbé, je ne mettrai pas dans un des plats de la balance vos bonnes œuvres, et dans l'autre les miennes. Tout ce que je puis vous dire, c'est que je ne changerais pas, dussé-je y gagner ! Soyez bien sûr que j'ai aussi envoyé ma provision de voyage dans mon tombeau, au cas que j'en sorte, avec cette différence que je n'ai pas prêté à usure, et que je n'ai pas dit à Dieu : Donne-moi ton paradis pour un milliard. — Mon ami, *non bis in idem*. Je suis si malheureux quand je fais mal, que je n'en serai pas châtié deux fois ; et si heureux quand je fais bien, que je me tiens pour suffisamment récompensé dès la première. (...)

[À GRIMM [1]]

[9 décembre 1772]

J'étais en beau train de faire la suite de ces contes, je touchais à la fin du préambule, lorsque votre commissionnaire est venu.

J'assisterai sûrement à ces deux solennels dîners : et ce n'est pas sans quelque répugnance. J'aime mieux être

---

1. Cette lettre à Grimm que l'édition de Minuit date du 9 décembre 1772, par-delà le drame qu'a constitué pour Diderot le départ d'Angélique, esquisse une critique du mariage, centrale dans les contes que nous présentons ici, et auxquels fait allusion la première phrase de la lettre. Angélique, selon le témoignage de Burney et d'autres contemporains, étaient une excellente « clavecinière ». Eckart, dont il est question à la fin de la lettre, fut un de ses maîtres. Diderot a laissé, en collaboration avec Bemetzrieder, des *Leçons de clavecin et d'harmonie* qui furent d'abord destinées à Angélique et qui datent aussi des années 1770.

seul, quoique je ne sois pas trop content quand je suis seul.

Mon ami, j'ai donné ma fille à un personnage moitié grave et moitié freluquet.

J'avais accoutumé cet enfant à la réflexion, à la lecture, au plaisir de la vie retirée, au mépris de toutes les frivolités qui évaporent la vie entière des femmes, à la modestie dans les vêtements, au goût de la musique et de toutes bonnes choses. Ce petit monsieur veut que, dès le matin, sa femme soit parée comme une poupée, et qu'elle passe la journée en décoration pour lui plaire. Il souffre avec peine qu'au retour d'une visite elle se débarrasse de ses incommodes et somptueux harnais. Il n'a de l'harmonie que dans les yeux ; c'est son mot. L'enfant qui tient encore à ses anciens errements paternels se révolte, se plaint, jette feu et flamme, et ne s'accommode point du tout de toutes les fades et plates leçons de son pédant petit-maître.

J'assistais à ces scènes-là qui me montraient en ma fille une tête mûre contredite par une tête, entre nous, d'écolier. Je m'en suis lassé et me suis un peu renfermé. Mon ami, on travaille à faire de mon enfant une sotte petite, plate, impertinente, qui incessamment ne saura rien que bien placer un pompon, minauder, médire, et sourire. Cela me désole...

Partons, partons vite, mon ami. La vie me pèse. Je ne saurais ni me bannir absolument de cette maison, ni y être à mon aise.

Ce n'est pas tout. On trouve qu'elle n'a pas suffisamment de robes. Il en faudrait, je crois, pour toutes les heures du jour, afin de contenter la vanité de mon petit fleuriste qui voudrait pour son passe-temps que sa pauvre tulipe se panachât diversement à chaque minute.

J'y consens ; qu'on lui fasse une robe, si celles qu'elle a ne suffisent pas. Mais dites-moi, faut-il que cette robe soit prétintaillée, gazée, fanfreluchée de la tête aux pieds ? Faut-il jeter un argent infini à ces guenilles-là ? Et quand j'y vois employer quinze louis, est-il possible que je ne souffre pas ?

Cela est sans jugement, sans délicatesse, sans connaissance de ses vrais intérêts.

Sans jugement. Que voulez-vous que pensent et disent les femmes des protecteurs, quand elles voient leur protégée aussi parée qu'elles ?

Sans délicatesse. Que voulez-vous que sente un homme qui a abandonné toute sa fortune à la merci des insensés morveux-là ?

Sans connaissance des vrais intérêts. Car ou la fortune répond aux apparences, et l'on prononce que ces jeunes gens-là sont riches ; ou la fortune n'y répond pas, et l'on prononce que ces jeunes gens-là sont fous. Et prend-on bien de l'intérêt ou à des riches qui sollicitent comme s'ils étaient pauvres, ou à des gens qui sont insensés ?

Je ne dis pas ces choses-là au mari, parce qu'il est très suffisant et que ce serait pour lui un fieffé radotage ; ou peut-être parce que cela m'attirerait une impertinence que je ne souffrirais pas, et qu'il est d'autant plus sage de ne pas amener.

J'en parle à la femme, qui est si sensible à mes remontrances qu'elle en pleure, qu'elle s'en afflige, et que sa santé s'en dérange.

Je ne saurais faire le bien du mari par mes remontrances ; je ne fais que le mal de la femme. Il faut donc jeter le manche après la cognée, et laisser tout aller comme il pourra. Mais il ne faut pas être témoin de cela. D'où je conclus derechef : Partons, partons vite, et allons oublier bien loin des enfants qui ne valent pas la peine qu'on s'en souvienne.

Je paie à Eckardt des leçons fort chères. Le mari s'en fout : et la femme, qui étudie du matin au soir tous les petits goûts pervers du mari, s'en soucie peut-être fort peu ; ou, si cela n'est pas encore, cela ne tardera pas, parce qu'il n'y a rien dont la persécution domestique ne vienne à bout.

Le projet ou arrêté de réflexion, ou exécuté sans qu'on s'en doute, est de transformer mon enfant en une fieffée petite-maîtresse du second ordre : c'est-à-dire dans l'espèce la plus insignifiante et la plus ridicule que nous connaissions.

Ce qu'il y a de fâcheux, c'est que ce jeune homme, avec des qualités très solides d'ailleurs, ne sent pas combien cela touche de près aux mœurs.

J'aurai voulu que, tandis que le mari serait à ses affaires, la femme fût à son domestique, à ses livres, et à son clavecin. Il n'entend pas cela, lui. Il ne sait pas que, quand il lui aura inspiré le goût de la parure, des fadaises et de la dissipation ; que, quand elle aura tout oublié, qu'elle ne saura que faire seule, qu'elle s'ennuiera chez elle, il faudra qu'elle coure et qu'elle aille où elles vont toutes.

J'ai été tenté de lui envoyer cette lettre à lui-même, afin qu'elle le fît un peu réfléchir : mais je la trouve amère. Je la garde, pour la rectifier, en prendre ce qui peut lui servir, et vous la donner ensuite.

Venez ce soir chez Mme de Maux ; ou, si cela ne se peut, attendez-moi chez vous sur les six à sept heures : et tâchez de ne pas vous ennuyer du rôle d'ami. Où voulez-vous que j'aille porter ma peine et mon souci, si vous lui fermez la porte ? Bonjour.

CHRONOLOGIE

1713 (5 octobre). — Naissance à Langres de Denis Diderot, fils de Didier Diderot, coutelier, et d'Angélique Vigneron.

1715. — Mort de Louis XIV et début de la Régence.
— Naissance de Denise Diderot.

1722. — Naissance de Didier-Pierre Diderot, le futur chanoine.

1723. — Début du règne de Louis XV.

1726. — Diderot reçoit la tonsure.

1732. — Il est reçu maître ès arts de l'Université de Paris.

1736-1740. — Vie de bohème et « petits métiers ».

1742. — Diderot rencontre Rousseau.

1743. — Voyage à Langres, pour demander à son père l'autorisation d'épouser Anne-Toinette, marchande de lingerie. Il la lui refuse, le fait interner dans un monastère près de Troyes. Diderot s'enfuit. Mariage secret à Paris.

1744. — Diderot rencontre Condillac. Il traduit avec Eidous et Toussaint le *Dictionnaire universel de médecine et de chirurgie* de Robert James.

1745. — Bataille de Fontenoy. Mme de Pompadour, favorite de Louis XV. Diderot adapte l'*Essai sur le mérite et la vertu* de Shaftesbury.

1746. — Le libraire Le Breton charge Diderot de traduire et d'adapter la *Cyclopaedia* de Chambers. Rencontre avec d'Alembert. Publication des *Pensées philosophiques* condamnées par le Parlement de Paris.

1747. — Diderot est chargé avec d'Alembert de la direction de l'*Encyclopédie*. Diderot rédige la *Promenade du sceptique*.

1748. — Publication anonyme des *Bijoux indiscrets* et, sous son nom, des *Mémoires sur différents sujets de mathématiques*.

1749. — *Lettre sur les aveugles à l'usage de ceux qui voient*, qui vaut à Diderot d'être emprisonné au château de Vincennes (juillet-novembre). Rousseau lui rend visite et en route a l'illumination qui lui inspire son *Discours sur les sciences et les arts*. Diderot rencontre d'Holbach et Grimm.

1750. — Diffusion du *Prospectus* de l'*Encyclopédie*.

1751. — Affaire de Prades. *Lettre sur les sourds et muets à l'usage de ceux qui entendent et qui parlent.* Parution du tome I de l'*Encyclopédie.*

1752. — Perquistion de la police chez Diderot, qui confie ses papiers à Malesherbes, directeur de la Librairie. *Apologie de l'abbé de Prades.* Querelle des Bouffons. Tome II de l'*Encyclopédie.*

1753. — Naissance d'Angélique. Publication du tome III de l'*Encyclopédie* et de *De l'interprétation de la nature.*

1755. — Diderot rencontre Sophie Volland. Premières lettres (perdues). Tome V de l'*Encyclopédie.*

1756. — Début de la guerre de Sept Ans. Tome VI de l'*Encyclopédie.* Début de la collaboration de Diderot à la *Correspondance littéraire.*

1757. — Attentat de Damiens contre Louis XV. Croisade des Cacouacs contre l'*Encyclopédie.* Publication du *Fils naturel*, suivi des *Entretiens sur le Fils naturel. Dorval et moi.* Parution du tome VII de l'*Encyclopédie* (qui contient l'article « Genève » de d'Alembert).

1758. — *Le Père de famille. Discours sur la poésie dramatique.*

1759. — L'*Encyclopédie* est condamnée par le Parlement ; le privilège est révoqué (mars). Condamnée par Rome (septembre). Mort du père de Diderot. Voyage à Langres. Séjour au Grandval, propriété du baron d'Holbach, près de Boissy-Saint-Léger. Rédaction du premier *Salon* destiné à la *Correspondance littéraire.* Diderot écrit le premier de ses *Salons* pour la *Correspondance littéraire* de Grimm.

1760. — Mystification dont naît *La Religieuse. Les Philosophes* de Palissot.

1761. — Deuxième *Salon.*

1762. — *Éloge de Richardson.* Arrêt du Parlement de Paris supprimant les jésuites. Rencontre de Sterne. Début de la publication des volumes de planches de l'*Encyclopédie.* Esquisse du *Neveu de Rameau.*

1763. — Troisième *Salon.*

1764. — Diderot termine l'*Encyclopédie* et s'aperçoit que Le Breton a censuré des articles des dix derniers volumes.

1765. — Catherine II achète sa bibliothèque à Diderot, en lui en laissant l'usufruit. *Quatrième Salon. Essais sur la peinture.*

1766. — Les tomes VIII à XVII sont livrés aux souscripteurs. Correspondance avec Falconet qui est en Russie.

1768. — Rédaction de *Mystification* (septembre-novembre).

1769. — Liaison avec Mme de Maux. Rédaction du *Rêve de d'Alembert* (publié en 1830) et de l'article sur *Garrick et les Acteurs anglais.*

1770. — Fiançailles d'Angélique Diderot avec Caroillon de Vandeul, maître de forges. Voyage à Langres (août) et à Bourbonne où il rejoint Mme de Maux. Rédaction des *Deux Amis de Bourbonne*, du *Voyage à Bourbonne et à Langres*. *Entretien d'un père avec ses enfants*.

1771. — Rédaction de *Jacques le fataliste*. Septième *Salon*.

1772. — Mariage d'Angélique. Diderot écrit *Ceci n'est pas un conte* et *Mme de La Carlière*. Première rédaction du *Supplément au Voyage de Bougainville*. Collaboration à l'*Histoire des deux Indes* de Raynal. Il travaille au *Neveu de Rameau* (première publication en allemand en 1805).

1773. — *Paradoxe sur le comédien*. Publication des *Deux Amis de Bourbonne* et de l'*Entretien d'un père*, avec les *Idylles* de Gessner. Préparatifs pour le voyage en Russie. Juin-août à La Haye, chez le Prince Galitsine. Du 20 août au 8 octobre, voyage de La Haye à Saint-Pétersbourg. Diderot reste cinq mois en Russie, auprès de Catherine II.

1774. — Mort de Louis XV. Avènement de Louis XVI. Diderot revient de Saint-Pétersbourg en s'arrêtant de nouveau à La Haye. Il travaille à la *Réfutation d'Helvétius*, rédige les *Observations sur le Nakaz* et ébauche l'*Entretien avec la maréchale de ****.

1775. — *Plan d'une Université pour la Russie*. Huitième *Salon*.

1776. — Déclaration d'indépendance des colonies d'Amérique.

1777. — Diderot travaille à l'*Histoire des deux Indes* de Raynal.

1778. — Mort de Voltaire et de Rousseau. Publication de *Jacques le fataliste* dans la *Correspondance littéraire* et de l'*Essai sur la vie de Sénèque le Philosophe*.

1780. — Début de la publication dans la *Correspondance littéraire* de *La Religieuse*.

1781. — *Est-il bon est-il méchant ?* (publié en 1834).

1782. — Publication de l'*Essai sur les règnes de Claude et de Néron*.

1783. — Mort de Mme d'Épinay et de d'Alembert.

1784. — Mort de Sophie Volland et de Diderot.

1785. — Mme de Vandeul expédie la bibliothèque de Diderot et une collection de ses manuscrits à Catherine II.

BIBLIOGRAPHIE

I. ÉDITION DES CONTES

Diderot, *Œuvres complètes*, éd. Roger Lewinter, Club français du Livre, 1969-1973, tomes VII, VIII, IX, X, XI.

Diderot, *Œuvres complètes*, éd. D.P.V., Hermann, t. XII, 1989.

Diderot, *Œuvres*, éd. Laurent Versini, Laffont, Bouquins, 1994 t. I, *Philosophie* (pour l'*Entretien d'un philosophe avec la maréchale de****, t. II), *Contes*, 1994 (pour les autres contes).

Diderot, *Quatre Contes*, éd. critique avec notes et lexique par Jacques Proust, Genève, Droz, 1964.

Diderot, *Œuvres philosophiques*, éd. Paul Vernière, Classiques Garnier, 1964 (*Entretien d'un père avec ses enfants, Entretien d'un philosophe avec la maréchale de****).

Diderot, *Œuvres romanesques*, éd. Henri Bénac, Classiques Garnier, 1962 (autres contes, sauf *Mystification*). rev. L. Perol, Garnier, 1981.

Diderot, *Contes*, éd. Herbert Dieckmann, Univ. of London Press, 1963.

Diderot, *Contes et entretiens*, éd. Lucette Perol, G.-F., 1977.

Diderot, *Supplément au Voyage de Bougainville*, éd. Chinard (d'après le manuscrit de Leningrad), Baltimore, The Johns Hopkins Press, 1935.

Diderot, *Supplément au Voyage de Bougainville* (d'après la copie Vandeul), éd. Herbert Dieckmann, Droz-Minard, 1955.

Diderot, *Voyage à Bourbonne, à Langres et autres récits*, présentation d'Anne-Marie Chouillet, Aux amateurs du livre, 1989.

Diderot, *Correspondance*, éd. Georges Roth et Jean Varloot, éd. de Minuit, 1955-1970, 16 vol.

II. ÉTUDES SUR DIDEROT

Yvon BELAVAL, *L'Esthétique sans paradoxe de Diderot,* Gallimard, 1950.

Jean-Claude BONNET, *Diderot*, Le Livre de Poche, 1984.

Jean CATRYSSE, *Diderot et la mystification*, Nizet, 1970.

Jacques CHOUILLET, *Diderot*, chronologie et bibliographie par Anne-Marie Chouillet, Sedes, 1977.

Jacques CHOUILLET, *Diderot poète de l'énergie*, PUF, 1984.

Elizabeth DE FONTENAY, *Diderot ou le matérialisme enchanté*, Grasset, 1981 ; rééd. Le Livre de Poche, 1984.

Georges DANIEL, *Le Style de Diderot, légende et structure,* Genève, Droz, 1986.

Michèle DUCHET, *Diderot et l'Histoire des deux Indes ou l'Écriture fragmentaire,* Nizet, 1978.

Roger KEMPF, *Diderot et le roman ou le démon de la présence*, Seuil, 1964, rééd. 1984.

Robert MAUZI et Sylvain MENANT, *Littérature française. Le XVIIIᵉ siècle, 1750-1778,* Arthaud, t. X, 1988, p. 169 et *sq.*

Roland MORTIER, *Le Cœur et la raison*, Oxford, Voltaire Foundation, 1990.

René POMEAU, *Diderot, sa vie, son œuvre, avec un exposé de sa philosophie*, P.U.F., 1967.

Jacques PROUST, *Diderot et l'Encyclopédie*, Colin, 1962.

Jean-Pierre SÉGUIN, *Diderot, le discours et les choses*, Klincksieck, 1978.

Laurent VERSINI, *Denis Diderot*, Hachette, 1996.

Arthur WILSON, *Diderot, sa vie et son œuvre*, New York, Oxford University Press, 1972, trad ; Laffont-Ramsay, « Bouquins », 1985.

Diderot Studies, Syracuse Univ. Press, 1949-1952 ; Droz, 1961 et *sq.*

Recherches sur Diderot et sur l'Encyclopédie, Soc. Diderot, 1986 et *sq.*

III. ÉTUDES SUR LES CONTES

Voir les préfaces des éditions citées plus haut.

Enea BALMAS, *Il buon Selvaggio nella cultura francesa del settocento*, Milan, Cisalpino-Goliardica, 1980.

Georges BENREKASSA, « Dit et non-dit idéologique : à propos du *Supplément au Voyage de Bougainville, D.H.S.,* n° 5,

1973, repris dans *Le Concentrique et l'excentrique : marges des Lumières*, Payot, 1980.

Georges BENREKASSA, « Loi naturelle et loi civile : l'idéologie des Lumières et la prohibition de l'inceste », *Studies on Voltaire*, 1972, repris in *Le Concentrique et l'excentrique...*

Bougainville et ses compagnons autour du monde, Journaux de navigation établis et commentés par Étienne Taillemite, Imprimerie Nationale, 1977, 2 vol.

BOUGAINVILLE, *Voyage autour du monde*, éd. Jacques Proust, Folio, 1982.

Pierre CHARTIER, « Parole et mystification : essai d'interprétation des *Deux Amis de Bourbonne* », *Recherches nouvelles sur quelques écrivains des Lumières*, Genève, Droz, 1972.

Pierre CHARTIER, Le Conte « historique ». Diderot théoricien de la mystification dans *Les Deux Amis de Bourbonne*, in *Le credibili finzioni della storia*, a cura di Daniela Gallingani, Centre editoriale toscano, 1996.

La Correspondance littéraire de Grimm et de Meister (1753-1813), Actes du Colloque, n° 19, colloque de Sarrebruck, 22-24 fév. 1974.

Yves GIRAUD, « De l'exploration à l'utopie. Notes sur la formation du mythe de Tahiti », *French Studies*, XXI, 1977.

Angus MARTIN, « Diderot's *Deux Amis de Bourbonne* as a critique of Saint-Lambert's *Les Deux Amis, conte iroquois* », *Romance Notes*, vol. XX, 1979-1980.

Michèle MAT, « Le Supplément au Voyage de Bougainville : une aporie polyphonique », *Revue internationale de philosophie*, Bruxelles, 1984.

Merle L. PERKINS, « Community planning in Diderot's *Supplément au Voyage de Bougainville* », *Kentucky Romance Quaterly*, XXI, 1974.

Lucette PÉROL, Quand un récit s'intitule « Ceci n'est pas un conte », *Frontières du conte*, éditions du CNRS, 1982.

Jacques PROUST, « Diderot, Bougainville et les mirages de la mer du Sud », *Bulletin de l'Académie des sciences et lettres de Montpellier,* 1982.

Raymond TROUSSON, *Voyages aux pays de nulle part*, Bruxelles, éditions de l'Université de Bruxelles, 1975.

Laurent VERSINI, « Le philosophe, l'imagination et la "vérité" », *Bulletin de la Société historique et archéologique de Langres*, 1984.

Stephen WERNER, « Diderot's *Supplement* and late Enleigtenment thought », *S.V.E.C.*, 86, 1971.

TABLE

DOSSIER

Composition réalisée par NORD COMPO

IMPRIMÉ EN FRANCE PAR BRODARD ET TAUPIN
Usine de La Flèche (Sarthe).
LIBRAIRIE GÉNÉRALE FRANÇAISE - 43, quai de Grenelle - 75015 Paris

ISBN : 2 - 253 - 09841 - 8   ✧ 30/3144/0